Pierre Henri Loman
Gänsehaut

Roman

Bibliografische Information der
Deutschen Nationalbibliothek:
Die Deutsche Nationalbibliothek verzeichnet diese
Publikation in der Deutschen Nationalbibliografie;
detaillierte bibliografische Daten sind im Internet über
http://dnb.dnb.de abrufbar.

TWENTYSIX
Eine Marke der Books on Demand GmbH
Alle Rechte vorbehalten.

© Pierre Henri Loman 1991/2022

Herstellung und Verlag:
BoD – Books on Demand, Norderstedt

ISBN: 978-3-7407-0621-0

Lektorat und Korrektorat: Brigitte Bausch
Cover: Twentysix

Für Lilly
(1991)

*Nichts an dir, das mich nicht anzöge mit
unbesiegbarer Liebeskraft.*
(Claudio Monteverdi)

*Es-tu ma femme?
Ma femme faite pour atteindre
la rencontre du présent?*
Bist du meine Frau?
Meine Frau, stark genug,
dem Heute zu begegnen?
(René Char)

Neulich erst hielt ich das Foto wieder in Händen. Die Nahaufnahme ihrer Haut. Damals in Breizh gemacht. Vor über 30 Jahren. Wir waren aus Paris getürmt. In einer Zeit, als die Welt noch anders Kopf stand. In einer Zeit, als 1968 erst zu wirken begann. In einer Zeit als Pennac, Pouy und Raynal zusammen wahnwitzige Krimis schrieben, die alle wahr waren und doch gelogen. So wie das Leben nun mal ist. Und ein Franzose, Alain Prost, noch Zweiter beim Grand Prix wurde. Der zweite Golfkrieg tobte und der in Jugoslawien und die Sowjetunion aufhörte zu existieren. Und ich machte ein Foto ihrer Haut. Ihrer Gänsehaut.
Ich schaute auf und grinste. Ich wusste, ich hatte alles aufgeschrieben und abends las ich es ihr vor. Auch sie lächelte, verschränkte dabei ihre Arme hinter dem Kopf und lehnte sich zurück. Sie meinte nur: Gib mir einen anderen Namen, nenn mich anders in dieser Geschichte! – und ich nahm einen anderen Namen und es war doch ihrer und unsere Geschichte. Vor 30 Jahren. Jetzt sitzen wir in unserem Garten und schauen in den Himmel.
Aber lest selbst!

Eins.

Mit der Nässe ihres Schoßes malte ich ein feucht funkelndes Herz um ihren Nabel, während draußen bei einem Wolkenbruch das hinter den Regenschleiern verschwindende Gold der Sonne millionenfach in den Tropfen zerplatzte. Ich biss in ihre harten Knospen, glitt zu ihren geöffneten Schenkeln und gab ihr einen Kuss in das glitzernde Dreieck. Dann tauchte ich mit meiner Zunge noch einmal in sie ein.

Vor drei Tagen hatte ich meinen Job in der Papierfabrik an den Nagel gehängt und genau diese drei Tage war es her, dass ich vor einer idiotischen Schiebetür eines Carrefour-Supermarktes gestanden hatte, die sich unaufhörlich, verendend quietschend, öffnete und schloss. Schon da zog seit Stunden ein endloses Gewitter über das Kaff und die Gummis der Scheibenwischer erfüllten im finalen Todeskampf mühselig ihre Aufgabe.

Ich saß hinter dem Lenkrad, das ich mit meinen klopfenden Fingern traktierte und schaute kopfschüttelnd durch die Seitenscheibe. Seit fast einer Stunde ließ ich den Motor laufen. Als wenn wir in den nächsten zwei Minuten starten würden, und beobachtete dabei immer ungeduldiger den zunehmend dunkler werdenden Himmel, die Blitze, die ihn eggten und Lilly. Doch sie hüpfte für die weiteren nächsten Viertelstunden durch die vielen Scheiben zwischen uns für mich unhörbar, pantomimisch, wütend, tanzend hin und her. Fuchtelte wild mit ihren Händen und brachte dabei den Sensor des elektrischen Türöffners zum Kochen.

Ihr eigentlich schon seit Wochen zukünftig Verflossener schüttelte eine Hand vor seinem Gesicht hin und her, machte Kniebeugen und schlug mit seinen Handflächen auf alle möglichen Gegenstände um sich herum, vielleicht auf der Suche nach dem Knopf, mit dem er den Bau zum Einsturz bringen könnte. Dann drehte er Pirouetten, sprang in die Luft, drehte sich von links nach rechts und wieder zurück, wedelte dabei mit den Armen vor seinem Gesicht und in der Luft herum, um gleich danach mit gefalteten, bittenden Händen fast auf die Knie zu sinken. Nun griff er nach ihrem Arm, zog sie zur Tür und winkte beschwichtigend mit der freien Hand, damit sie nun mit ihm hinausginge und sie mit dem Theater aufhöre. Doch sie flutschte aus seiner Hand, riss ihm dabei fast den Arm aus, duckte sich und stand längst wieder über zwei Meter weit von ihm entfernt. An seiner Mimik erkannte ich, dass ein startendes Flugzeug im Vergleich zu ihm leise war und durch das Kino wusste ich – so trennt man sich – endgültig.

Irgendwann fuhren wir dann in die Stadt. Nachdem Lilly – nun endlich in der offenen Tür stehend – Armand noch mit einer Salve Obstabfall und Kehricht beworfen hatte. Neben mir, im Auto, tobte sie ihre Streitkaskaden noch eine Stunde lang laut und gestenreich aus, bis sie plötzlich wie ein verschnürtes Paket auf dem Sitz zusammengekauert zur Scheibe hinausstierte. Ihr Körper mutierte zu einem Igel, zitterte und es war klar, dass sie weinte. Und das nicht schlecht.

Eine Stunde hatte sie ihm Zeit gegeben, sich wenigstens zu entschuldigen, ohne zu wissen, wofür. Trennungen liefen nie harmonisch ab. Außer einer schluckte dabei alles herunter, was zur Sprache kam. Vor ein paar Tagen hatte sie es schon versucht. Stand bei ihm vor der Tür, obwohl sie wusste, dahinter befand sich längst nicht mehr ihre Wohnung. Sie klingelte und klingelte und klingelte. Dann klopfte sie immer lauter werdend auf das Holz der Türe. Nach zwanzig Minuten nahm sie ihren Schlüssel, den sie ihm eigentlich bei anderer Gelegenheit zurückgeben wollte, und öffnete die Tür. – Und erwischte ihn und die Neue in wenig Unterwäsche.

***

Ich war das erste Mal seit März 1990 wieder in Paris. Es hatte sich seitdem nicht viel verändert. Die *Grande Dame* zog es vor, trotz ihrer Falten kein Lifting auszuprobieren. In der Rue Lepic hatte sich der Gemüsehändler etwas aufgepeppt und sah jetzt aus wie ein geschrumpfter, aber bunt erleuchteter Supermarkt mit aseptischem Licht, Spots und farbigen Lichterketten. Obst, Gemüse und das in Dosen Verpackte schillerte in den verrücktesten Farben. Doch das alte Eisengitter mit den großen Maschen hing immer noch schief und schräg über dem Eingang. Dazu kam ein paar Meter weiter ein Laden, den ich noch nicht kannte. Ich kurvte mit dem alten Audi ums Eck. Fast hätte ich dabei Jeans weißen Peugeot zusammengeschoben, der wie immer wie hingeworfen in einer Fastparklücke stand und beinahe die kaum ein Meter entfernte Hauswand touchierte. Ich klopfte mit den Händen auf das Armaturenbrett, fluchte und nickte Lilly gespielt aufmunternd zu. Sie schob ihre Unterlippe zwischen die Zähne, zog eine Augenbraue hoch und schielte mich von der Seite an. *Du kennst dich hier aus, wie?* Ich zuckte mit den Schultern. Vorne genauso halb auf dem Gehweg und mit dem Heck im Verkehr stehend packten wir unsere Plastiktüten aus dem bedrohlich vollgestopften Kofferraum aus, sortierten diese an einer Hauswand entlang und warfen über die Hälfte davon wieder ins Auto zurück.

Wir dachten eigentlich nicht, Platz in Jeans Mini-Bude zu bekommen. Wir kamen unangemeldet und er mochte es einfach nicht, wenn man ihm seinen Platz so unangekündigt streitig machte. Das war einfach zu häufig in den letzten Jahren vorgekommen. Diese Art von Heimsuchungen durch mich hatte er also noch allzu gut im Kopf. Schon vor Monaten hatte er mich bekniet, dass ich mir doch endlich mal eine andere Bleibe suchen sollte. *Lisette oder Pauline haben wirklich billige Zimmer, Kerl! – Ja, ich weiß. Billige!* Und kaum dass er geöffnet und mich erkannt hatte, räumte er, vielleicht gerade deswegen, trotzdem jedes Mal nahezu bereitwillig das Feld und zog, dabei allerlei Verwünschungen ausspuckend, von dannen. Aufgrund des unanständigen Wortschwalls fragte ich mich, ob Armand noch einen Bruder hatte, von dem er keine Ahnung hatte. Zumindest hatten sie beide die gleiche Art von Veitstänzen einstudiert. Auch wenn Jeans allerdings nur wenige Sekunden dauerten und mit einem gestreckten Mittelfinger endeten. Im gleichen Moment, in dem ich versuchte, ihn zu beruhigen, hatte er seine Finger in die Ohren gesteckt und mich angeblafft. Ungefähr genauso lief es diesmal ab:

„In drei Tagen bist du wieder verschwunden, du Arschloch. Und versuch diesmal ausnahmsweise das hier auch *danach* wie eine Wohnung aussehen zu lassen."

Und so etwas nannte sich Freund?!

Der beste, den ich eigentlich hatte.

Sein Mittelfinger schoss nach oben und ohne dass wir eine Chance hatten, mit ihm noch einen vernünftigen Satz zu reden, hörten wir unten die Tür zuknallen. Lieber ging er in eine seiner Pinten und schüttete sich dort Bauch und Leber voll, als dass er uns bei potenziellen Atemschwierigkeiten zuhören musste. *Wahrscheinlich macht ihr ja den ganzen Tag nichts anderes!* Stattdessen rief er aus seiner Lieblingskneipe, nachdem es fast Mitternacht geworden war, Luc an, den einzigen wirklichen Freund, den er noch in dieser Stadt hatte, ob er ein paar Nächte bei ihm verbringen könnte. Er wollte wenigstens diese, wie all die anderen, in Ruhe verbringen.

Ich hatte Jean damals bei François in der Rue Tholoz kennengelernt, als ich noch wie ein Tourist nach Paris gekommen war und meinte *in* zu sein, wenn ich in den Nebenstraßen die Restaurants besuchte. Er war ein Hüne von Mann, groß, stark, schwer, durchtrainiert und hatte ein knappes blaues Wollkäppi auf. Später stellte ich fest: immer. Egal, ob es schneite oder die Sonne mit vierzig Grad vom Himmel knallte. Nach dem Motto *Und ewig grüßt das Murmeltier* saß er dann dort halb vornübergebeugt an der Theke und stützte sein Kinn auf ein fast leeres Glas Pastis. Aber nach einem guten Quantum wurde er redselig, vertraute jeder Menschenseele und man konnte sich mit ihm über Gott und die Welt und die Unzulänglichkeiten des Daseins unterhalten. So kamen wir auch damals bei meinem ersten Besuch in Paris ins Gespräch.

Er erzählte mir schon bald mit dunem Kopf sein Leben, von seinem Beruf und den Bescheuerten, die er mit seinem Taxi durch die Gegend kutschierte, und über das beginnende Familiendrama. Über die Frau, die er erst liebte, aber dann doch gern auf den Mond geschossen hätte, weil er sich wie ein Schuljunge bei ihr alles erbitten und erbetteln musste. Aber er konnte damals keinen Absprung finden, denn er war mit ganzem Herzen Vater und hing zu sehr an seiner kleinen Tochter.

Nur das wenige Geld, das er verdiente, wurde durch seine Alte noch weniger und war natürlich nicht genug. Morgens, mittags, abends hörte er nichts anderes. Und dazu eine Unmenge an Vorschlägen, die angeblich genug Geld für ihre Ansprüche einspielen würden.

Stattdessen las er eines Morgens ein paar hingeschluderte Zeilen dieser lieben Gattin. Sie hatte sich, das Kind, einen Koffer voll mit ihren Sachen und sein Gespartes aus einer Schublade geschnappt und war auf Nimmerwiedersehen verschwunden. Das Vakuum, das sie hinterlassen hatte, raubte ihm fast den Verstand. Um den Schmerz erträglich zu machen, stürzte er sich von nun an in einen Suff nach den anderen. Eine Zeit lang hatte er noch versucht sie zu finden, um wenigstens das Kind sehen zu können, aber mit dem wachsenden Bierkonsum schwand die Energie für eine wohl ohnehin aussichtslose Suche. Sie hatte sich in Luft aufgelöst.

Als diese leutselige Nacht damals zum Morgen geworden war, wusste ich, dass sein Äußeres einen viel zu weichen Kern enthielt, der sich gegen keine Ungerechtigkeit der Welt hätte zur Wehr setzen können. An den folgenden Abenden erzählte er dann mit einem singenden Ton und meist deutlich angetrunken die irresten Geschichten von seinen Taxitouren. Stimmten sie, war er der geborene Fahrer für die Wohlfahrt. Ständig transportierte er allerlei Sozialfälle in seinem Taxi durch die Nachbarschaft: Hunde, Fleischwaren, Käse für Henrys Käseladen, sein Bier, die fünf Kätzchen von der kauzigen Jeanne mitsamt der Dame, weil sie sich auf dem Friedhof verlaufen hatten, tote Schweine für Jussuf und alte Omas, die keinen *Centime* mehr in der Tasche hatten, aber trotzdem nach Hause wollten. Er erzählte von Schwulen, die er durch die Gegend karrte, um sie mit schlaffen Bäuchen und steifen Buxen vor dem *Basilic* zum Fraß abzuladen. Anschließend durfte er sie mit ihren nassen Hosen in ihre Liebesnester fahren und ihnen womöglich noch eine Packung Gummis besorgen.

Ältlich alte Herren saßen im Fond mit schmierigen grabbelnden Fingern und dicken steifen Krawatten um den Hals, neben ebenso ältlichen Damen mit weitmaschigen Netzstrümpfen, in die diese Typen beim Fummeln weitere Löcher und Zugänge rissen. Nicht selten hörte er die schmatzenden Geräusche ungeduldiger Liebeshungriger nach vorne dringen. Doch die meisten ließen sich in die entlegensten dunklen Ecken der Stadt bringen, um dort ihren kleinen Glücklichmacher noch mal flottzubekommen, während er dabei draußen mit einer Zigarette zwischen den Lippen und einer leerer werdenden Flasche an seinen Wagen gelehnt den vermüllten Acker anstarrte und dabei die Geräusche und das Gestöhne von innen für sich schwer hörbar machte. Liebesdienste nannte Jean sinnigerweise so was.

***

Die Tage waren feucht und warm. Lillys Haut und Körper schimmerte wie das glatte Innere einer frisch geöffneten Dose Niveacreme, genoss die taumelnden Stunden und hatte viel Zeit für die Liebe. Wenn wir aus dem Fenster blickten, sahen wir durch Petrus' Gießkanne die Sacré-Cœur, den alten Mann, der dort seit über 40 Jahren die Vögel fütterte, und unsere Spiegelbilder in den Scheiben. Doch wir hatten keine Zeit für die Stadt, für ihren wabernden Puls und für Diskussionen über unseren Lebensfrust, ihr Leben war bisher klein und meines nicht groß. Sie hatte diesen nörgelnden Typen und ich meine verblüfften Lohnzahler verlassen. *Und wovon wollen Sie da leben?* Die einst gelenkten Bahnen hatten wir hinter uns gelassen, jetzt war der alte Abenteuerspielplatz wiederentdeckt.

Mit einem Gummischieber verschafften wir uns hin und wieder einen Blick durch die beschlagenen Scheiben, zerstörten so das Spiegelbild unserer fiebrigen, tauchenden Hände, die über unsere Haut glitten, notierten das miese Wetter und kehrten zu den Kissen zurück. Die Tage wurden gespickt mit Augenblicken und dem Zeugen zukünftiger Erinnerungen. Wurden die nassen Bindfäden, die ständig aus den Wolken quollen, einmal unterbrochen, schafften wir es aufzustehen, uns anzuziehen, einen schnellen Kaffee zu trinken und anschließend durch die Straßen zu bummeln. Wir sogen den Atem der Stadt ein, beobachteten die Nationen in diesem riesigen Dorf und saßen dabei wieder in einem Café oder tranken in irgendeinem Bistro Pastis.

Zurück in der Wohnung wollten wir dann nur noch unsere schon wieder fickrig gewordenen Körper verschweißt, verschwitzt, verschwunden unter des anderen Haut. Und hinterließen dabei eine wilde Spur ausgezogener Kleidungsstücke zwischen Wohnungstür und Bett. Es war selbstverständlich geworden. Wir hatten uns seinerzeit, gefühlte Jahre von Tagen zuvor, gesehen, verstanden und nach einer Stunde geliebt. Zunächst weil Körper und Lust ausgehungert waren, dann weil dieser Hunger unbändige Lust auf den anderen machte. Mit einem Mal waren die Probleme, Schwierigkeiten und alles, was die Sicherung unserer Rente betraf, vergessen. Frühstück um Mitternacht, schlafen während die Ersten ihre Pausen im Büro machten.

Zärtlich lagen wir beieinander, nachdem ich ihr nachmittags stundenlang die Sahne statt vom Kuchen aus ihrem Nabel geleckt hatte, bis auch die dritte Dose endlich leer war. Die Zurückhaltung, die man uns irgendwann vor Millionen von Jahren durch Erziehung aufzuerlegen versuchte, wich gierig ungehemmter Leidenschaft. Unsere Zungen schlängelten sich umeinander und unsere Arme und Beine taten es auch. Ich verlor mich in ihren tiefen braunen Augen, wanderte mit meiner Nase durch ihre heiße Wölbung und zog gerade den Duft ihrer feuchten Spalte ein, als im Hausflur draußen ein Orkan zu entstehen schien. Keine Sekunde später flog die Wohnungstür unter donnernden Schlägen fast aus den Angeln. Ich vermutete einen bis in die Gehörgänge abgefüllten Jean. Deshalb brüllte ich vorsorglich mit voller Wucht:

„Hey! Jean, was soll das? Bist du übergeschnappt?"
Ich riss die Zimmertür auf und eine kleine 38er bohrte sich in meine Rippen. Diese Dinger erkannte ich immer noch sofort.

„Ach, nicht Jean Duchas?"
Eine Faust traf mich unvermittelt und plötzlich. Ich flog halb waagrecht durch den Raum und landete in die anschließenden Reste eines Stuhls. Ich sprang mit einem Reflex voller Wut und blitzender Sterne im Kopf Fäuste vorwärts auf den Typen zu. Meine unzureichend wedelnden Hände verirrten sich im Nirwana, denn eine fliegende Faust von dem anderen startete meine Fünf-Komma-neun-Pirouette, die mich von den Beinen riss, und ich landete mit dem Gesicht auf Lillys Bauch. Wir fielen vielversprechend aufeinander. Doch, Mist, falscher Zeitpunkt, wir hatten Besuch. Ich befühlte mein ramponiertes Kinn und wunderte mich, dass davon nichts in Einzelteilen herumlag.

„Nee. – Nee! – Nein!"

Ich rappelte mich versuchsweise auf. Das Blut lief mir aus der Nase in den Mund. Ich wischte mit dem Unterarm drüber.

„Ich – äh – wir sind nur 'n paar Tage hier. Fünf, um genau zu sein. Ich weiß nicht, wo Jean ist. - Was is' überhaupt los, verdammt?"

„Wer ist denn die Kleine da?"

Und schon stand der Pistolenrambo über ihr. Lillys Lachfalten waren längst aus ihrem Gesicht verschwunden.

„Hast dir wohl seine Kleine unter den Nagel gerissen, was?"

Ich tänzelte nervös und etwas bedeppert hin und her.

„Du, ich weiß ja nicht, wer du bist, aber die Kleine, wie du sagst, ist zufällig meine Freundin und ich hätt' verdammt noch mal jetzt gern gewusst, wer du bist."

„Mach dir doch nicht in dein nicht vorhandenes Hemd, Kleiner!" Sein Lachen schetterte lungenkrank und plötzlich baumelte ein Ausweis der Gendarmerie an seinen Fingern. Seine 38er hatte er gnädigerweise wieder eingesteckt. Ich scheiterte fast bei dem Versuch seinen Namen, Caron, zu entziffern.

Erst jetzt merkte ich, dass ich mit wippendem Glied und Lilly wie Eva verkleidet im Zimmer stand. Ich haspelte mich in meine Jeans und Lilly verschwand unter dem Laken, dabei mussten wir uns den ganzen vermeintlichen Schlamassel anhören, in den wir anscheinend geraten waren, während sich zwei Typen über unsere restlichen, seit drei Tagen unverändert herumliegenden Sachen hermachten und dieses Durcheinander seltsamerweise nicht verschlimmerten. Lillys Blick wanderte die ganze Zeit fragend zwischen denen und mir hin und her. Aber ich hatte nicht die leiseste

Ahnung, was dieser ganze Quatsch sollte, und erfuhr es nun scheibchenweise nach der Salami-Methode.

Am Tag bevor Jean so bereitwillig das Feld geräumt hatte, hatte er wohl in seinem ständigen Suff in einer schmierigen *Bar-Tabac* in Barbès ein Päckchen Koks weitergegeben, natürlich ausgerechnet an einen Schnüffler von der Gendarmerie und genau der stand vor unserer Nase. Und der sah nicht so aus, als ob er uns für Unbeteiligte hielt. Er hatte angeblich Jean beschatten lassen und dachte, er hätte mit uns nun den großen Fang gemacht. Ein weiteres Duo, das in seiner Sammlung für den Vertrieb dieser Ware fehlte. Denn er brauchte offensichtlich welche, die ihm als Dealer oder so ins Konzept passten. Sein Hunger nach Erfolg war in dieser Hinsicht groß genug. Wie wir nun zu spüren bekamen, sogar immens. Zumindest suchte er die, die Jean zum Dummen gemacht hatten, und die Lücke schienen wir ihm bestens zu schließen.

„Verdammte Scheiße, ich hab' mit der Sache nichts zu tun. Lilly und ich sind da ja noch gar nicht in der Stadt gewesen, so eine gottverdammte Scheiße! Wir wollen hier endlich mal 'n paar ungestörte Tage. Ich hab' Jean seit fast 'nem halben Jahr nicht mehr gesehen. Das kannste nun glauben oder auch nicht. Ich war früher hier so gut wie zu Hause, und wenn ich mal in die Stadt komm', dann kann ich hier jederzeit pennen. Mensch, ich kenn' Jean seit über zehn Jahren. Der macht doch keinen Scheiß. Das kannst du ihm nich' anhängen. Der ist inzwischen sogar froh, dass er seine Alte los ist. Der will nur seine Ruhe haben."

Ich kam richtig in Fahrt und aus der Puste, denn das Blut suppte die ganze Zeit auf meine Oberlippe, aber der Typ winkte grinsend mit beiden Armen ab.

„Ist gut. Ist ja gut. Woher weißte denn das alles so genau? Bist ja echt gut informiert!"
Inzwischen sah die Wohnung, die mir in den letzten Jahren oft zweite Heimat gewesen war, dann aus wie nach einem überaus feuchten Gelage. Jean würde mich in der Luft zerreißen. Nach der oberflächlichen Durchsicht unserer Sachen lagen vor den Wänden Fetzen von Stoff, türmten sich nun leere Schachteln, ausgeleerte Gläser und Töpfe oder Ähnliches in weiß Gott wie vielen Haufen herum. Selbst unsere Dosenvorräte waren allesamt offen. Die vollführten hier die reinste Schikane. Jean würde sich bedanken und in einem geeigneten Moment, nachdem er auch meine Einzelteile auf das Durcheinander verteilt hatte, auch Lillys siebfein dazulegen. Diese Idioten nahmen seine Behausung vollkommen auseinander.

Ich versuchte die Typen irgendwie mit irgendwas zu überzeugen, saugte mir den letzten Blödsinn aus dem Hirn und quasselte in einer Tour auf sie ein. Riss ihnen dabei Dinge aus der Hand, die wirklich niemanden was angingen, fing mir dafür einen Rempler nach dem anderen ein und hatte plötzlich den Inhalt eines Glases Marmelade im Gesicht. Meine Schläfen begannen zu pochen. Lilly blieb die ganze Zeit über unter ihrem Laken versteckt und schaute sich das Treiben mit ihren großen Augen ungläubig an. Ich zuckte mit den Schultern und meinte lediglich leise in Dauerschleife: *Nein, ehrlich, unmöglich, mit krummen Sachen hat der sicher nichts zu tun.* Ich ballte die Fäuste. Seine Geschichten waren ja wirklich famos, aber jetzt auch noch Joints oder was?

Die Typen hier gingen mir allmählich auf den Geist. Selbst die Bücher und seine beknackten Lieblingscomics von Leroi hatten sie zum Teil in Luftschlangenbreite auseinandergerissen. Nach zwei oder drei Stunden, der Typ hatte nahezu ohne Unterbrechung auf uns eingequatscht, ohne eine meiner Fragen beantwortet zu haben, zogen sie dann endlich ab. Unsere Adressen, Geburtsorte, Schuhgrößen und andere Horoskopangaben waren notiert. Zum Schluss klebten überall die Reste von spurensicherndem Tesa und wir erhielten die Erlaubnis, die Wohnung fürs Erste nicht zu verlassen.

Scheiß drauf! Aber echt! Nach ein paar Minuten und nachdem ich durch das Fenster gesehen hatte, dass sie wirklich abgezogen waren, rief ich Jean bei Luc an. Ihm die Sache in diesem Moment zu verklickern, hätte fast keinen Sinn gemacht. Ich erzählte ihm deshalb das Nötigste und ließ mir Luc geben, der immer auf solche Hiobsbotschaften zu warten schien und deshalb selbst in den unmöglichsten Situationen vorbereitet war und die Nerven behielt. Im Hintergrund hörte ich Jean, wie er versuchte seine Erinnerungen zu sortieren. Ich hätte sämtlichen Pariser Putzfrauen die Besen weggefressen, wenn Jean auch nur annähernd mit der Sache zu tun gehabt hätte.

Etwas mutlos legte ich den Hörer auf die Gabel, zuckte mit den Schultern und brabbelte vor mich hin. Ich nahm Lilly in die Arme, vergrub mein Gesicht in ihren Haaren und schaute aus dem Fenster. Über der Sacré-Cœur flogen die Vögel immer noch in weitem Bogen über die grauen Dächer der Stadt auf den alten Mann zu, der Regen wurde zu Nebel, dieser Herbst allmählich zum Winter. Ich strich Lilly mit beiden Händen über die Wangen und überdeckte ihr Gesicht und ihren Hals mit Küssen. In der kurzen Zeit, die wir uns jetzt kannten, hatten wir uns keine nervenden Fragen gestellt und wären auch nicht bereit gewesen, solche zu beantworten. Ich wollte keine Kommentare für die Zeit vor den Geschehnissen im Supermarkt und sie keine lexikalischen Erklärungen für mein Leben vor gestern.

Der Streit mit Armand hatte zwar etwas Brutales, etwas von einer Großwildjagd, war aber wohl reinigend wie ein Gewitter oder Monsunregen. Doch war jetzt ein Punkt erreicht, der alles wieder aufwühlte und ihr zu denken gab. Sie starrte mich mit flackernden Augen an und begann am ganzen Körper zu zittern und zu beben. Mit nasser werdenden Augen schoss sie Salven von Fragen auf mich ab und suchte durch den Film der Tränen einigermaßen passende Antworten in meinem Gesicht. Ich schaute betreten auf den Boden und wedelte geistlos mit meinen Armen herum. Ich hätte gerne etwas geantwortet, aber ich hatte keine Ahnung, was ich sagen sollte.

Als sie ihre Arme und Hände um ihren Körper legte, versuchte ich sie an mich zu ziehen und sie festzuhalten, ich hoffte, sie beruhigen zu können. Doch ein Igel war ein Wattebausch im Vergleich zu ihr. Sie boxte mich und meine Arme weg und ihre Gedanken waren mehr als sichtbar. Es brauchte nur ein paar Sekunden mehr, bis sie meinte:

„Du bist also auch so ein Arsch! Mensch, und ich war so blöd, hab dir vertraut und mach den ganzen Tag mit dir rum. Schluss mit dem Geficke! Ich hau wieder ab, in fünf Minuten bin ich weg, da ist ja jeder Hansel und sogar Armand besser."

Ich war gespannt, was ich antworten würde. – Logisch: Nichts. Ehrlich. Zwecklos.

Sie ließ sich auf das Bett fallen und schaute mich aus schmalen Augen an. Dann stand sie wieder auf, meine Schultern hingen bis zur Hüfte runter.

„Ich kapier nix. Ist wohl auch nicht nötig, oder?" Ihre Hand glitt in meinen Nacken. „Ich glaub dir ja, war nicht so gemeint, okay?"
Ein anderer Gedanke schoss ihr durch den Kopf. Sie stupste mich leicht.

„Vielleicht weiß ja Luc doch was, oder er kriegt's aus Jean raus ..."

„Ach, woher denn ..."

„... oder der Typ, von dem du mir unterwegs erzählt hast, der mit den bescheuerten Klamotten, der dauernd rumsteht, der sich so besonders originell findet und über alles Bescheid weiß."

„Mein Gott, Lilly, hier in der Stadt wohnen mindestens drei Millionen Menschen und davon sind 'ne halbe Million originell, da ist doch nicht jeder gleich ..."
Ich verzog mein Gesicht, winkte mit beiden Händen ab und kratzte mir eine Stelle über dem Ohr. Das wäre was! Aber was für ein Blödsinn! Sie meinte LaCluse. Einen Typ, der eigentlich in jedem anständigen Reiseführer über unser Stadtviertel genannt werden und in jedem mittelprächtigen Roman eine Hauptrolle spielen müsste. Ein dunkler zappeliger marokkanischer Lackl, der dauernd irgendwelche Felle oder Nerze über bunten Hemden an seinem pyknischen Körper trug. Ständig war er in der Stadt unterwegs, ohne einen Finger krumm zu machen, trieb sich öfter in Henrys Käseladen neben Lucs Druckerei herum und verbreitete dort die neuesten Nachrichten. Bestens informiert, auf jeden Fall besser als die gesamte französische Polizei und *dafür* ließ er sich bestens bezahlen, vollkommen egal, von wem er das Geld bekam. Keiner wusste, woher er all die Informationen hatte und wovon er sich ansonsten ernährte. Auf jeden Fall schaffte er es, dieses Nest

dadurch sauber zu halten und sah dabei weder verhungert noch heruntergekommen aus. Denn *richtig* arbeiten, tat er nicht, das wusste jeder.

Ich versprach Lilly etwas Ordnung in die Dinge zu bringen. Es gibt ja für alles eine Lösung. Oder die richtigen Leute. Oder ... Aber wie sortiert man den ganzen entstandenen Müll ohne entsprechende Schachteln, Tüten und Eimer?

Ich brauchte Zeit und wollte meine Gedanken sortieren. Kaltes Wasser ins Gesicht könnte dabei nicht schaden. Ich schlurfte ins Bad und stellte mich unter die Dusche. Die Wasserleitung bollerte immer noch, als sei eine Kanone eingebaut und stieß abwechselnd Wasser und Luft, mal heiß mal kalt, durch die mit Nägeln bearbeiteten Düsen. Meine Gedanken waren gerade dabei sich zu sortieren, als Lillys Körper meinen Rücken berührte. Ihre Brüste rutschten langsam an ihm entlang, während sie mit ihren Händen an meinen Schenkeln nach oben glitt und mein steifes Glied mit ihnen festhielt. Ich drehte mich um und ihre Knospen streckten sich mir keck entgegen. Für herrlich lange Minuten floss die ganze Sache mit Jean mit dem herabstürzenden Wasser durch den Abfluss und war kein Anlass mehr zur Sittsamkeit.

Wir wuschen uns gegenseitig ab, leckten uns das Wasser aus den Gesichtern und unsere Finger, Hände und Lippen waren überall. Wie viele hatten wir? Ihre Haut war straff und zart zugleich. Sie neigte ihren Kopf nach hinten, den Mund leicht geöffnet und klemmte ihre Unterlippe ein wenig zwischen die Zähne. Sie genoss das brausende Wasser, während sie ein Bein auf den Wannenrand stellte und ihre Schenkel spreizte. Dann nahm sie den Brausekopf und hielt ihn eine Handbreit unter ihren Schoß, während sie das Wasser immer mehr aufdrehte. Langsam drang ich neben dem pulsierenden Strahl in sie ein. Sie kam, als aus dem Boiler nur noch kaltes Wasser floss.

***

Anschließend fuhr ich zu Luc in die Rue Ramey. Während Lilly die Wohnung instand zu setzen versuchte, wollte ich aus Jean unbedingt herausbekommen, wer ihm dieses Paket angedreht hatte. Was ich mir irgendwie unglaublich leicht vorstellte. Wahrscheinlich hatte ich zu viele dusselige Krimis gelesen, in denen der Detektiv seine Fälle Zigaretten rauchend und Whisky trinkend am Schreibtisch löste, indem er nicht nur diverse Gläser leer soff, sondern einfach eins und eins zusammenzählte. In Jeans Wohnung war ich allerdings schon daran gescheitert, die erste Eins benennen zu können. Mathe war noch nie mein Ding. Mein Zeugnis verstand, den Jubel darüber erfolgreich kundzutun. Ich parkte den Wagen in Eile senkrecht zwischen zwei Autos direkt vor Henrys Käseladen, stibitzte ein Stück von seiner Theke, die direkt neben der Tür stand, weil ihr Duft in geschlossenen Räumen eher Gestank erzeugen würde, und grinste ihn breit an, als er mich bemerkt und ich schon den Käse schon verspeist hatte. Er drohte zum Spaß mit der Faust.

„Kannste ja anschreiben. Waren aber höchstens und maximal fünf Gramm."

Der Happen war schon im Magen verschwunden, als ich durch den Hausgang und den kleinen Hof Lucs Druckerei betrat. Durch die Scheiben konnte ich erkennen, dass sich Luc und Jean bereits heftig unterhalten hatten. Jeans beleidigtes Gesicht und die in solchen Momenten übliche Flasche Bier in seiner Hand waren Beweis genug. So kam es, wie es kommen musste, das ganze Gerede, das nun zu dritt folgte, brachte nichts Neues. Jean schmückte Carons Geschichte wie einen Christbaum. Man konnte wirklich glauben, die Unschuld in Person vor sich zu haben. Mit jedem Satz änderte er das Geschehen und konnte sich doch nur an die Hälfte richtig erinnern, dabei zog er sich sein mindestens viertes Bier rein.

Seit ihn seine Frau verlassen hatte, hinterließ er bei jeder Gelegenheit den Eindruck, sich lieber unter den Tisch zu saufen, als seine, wenn auch erzwungene Freiheit zu nutzen. Das ganze Theater lag zwar schon ein paar Jahre zurück, aber seitdem hatte ihn auch noch niemand mit einer anderen Frau gesehen. Luc, dieser treue Kerl, hatte zudem auch noch ständig Zeit, um sich seinen täglichen Kram und Frust anzuhören. In den Stunden seiner absoluten Einsamkeit schickte Luc Jean mit seinem Hund dann zu den Grünanlagen, hinauf zur Kirche oder zu Einkäufen, damit die Umgebung durch die diversen Haufen verschönert wurde, oder ließ ihn mit seinem Taxi mit angeblich eiligen Druckaufträgen quer durch die Stadt sausen. Es war wirklich verwunderlich, dass er sich über Wasser halten konnte. Denn unser Taxifahrer saß dabei sicher häufiger am Tresen bei François als hinter dem Lenkrad.

Jetzt aber war er sichtlich genervt. Währenddessen qualmte Luc in der Küche, fluchte leise vor sich hin, stieß dampfende Wattebäusche an die Decke und der Hund döste geräuschvoll unter dem Tisch.

„Die Typen müssen gewusst haben, dass du den Bullen in die Arme läufst, da steckt doch was anderes dahinter. Das war 'ne Nachricht, die sie loshaben wollten und die du kapieren solltest. Hast du denen mal ein Bein gestellt?"

„Herrgott, ich kannte den Kerl doch gar nicht."
Luc zerquetschte seine Kippe nervös und morsend im Ascher.

„Das musste mal so kommen. Glaub mir's! Irgendwann musstest du mal mit deinen bekloppten Liebesdiensten auf die Schnauze fallen."
Jean kippelte auf seinem Stuhl nervös nach hinten.

„Och, reg mich doch jetzt nicht auf. – Wer sagt denn überhaupt, dass wir da wirklich drinhängen."

„Warum wir? DU kannst dir mal deine vier Wände ansehen, solange sie noch stehen."
Ich lehnte mich an Lucs Kühlmonster, gefüllt mit den Vorräten für die nächsten hundert Jahre, und angelte mir über den Rücken und ums Eck herum eine Flasche. Das Zeugs schmeckte allerdings fürchterlich.

„Eh, Kerl. Lass meine Ingwersoße in Ruhe."
Ich spuckte das Geglibber in die Spüle. Heute lief aber auch gar nichts locker. Die sogenannten Coolen gab es demnach nur auf *Canal Plus*.

„Herrjemine, es muss doch was geben, was wir tun können."
Ich zog mir ein Geschirrtuch über das Gesicht und schaute wohl nicht faltenfrei. Plötzlich herrschte bei den beiden Eintracht. Sie lächelten die Decke an und zuckten mit den Schultern. In den entscheidenden Momenten waren sie schon immer ein Herz und eine Seele.

„Hast du einen Vorschlag parat? – Die Bullen kannst du auf jeden Fall schon mal vergessen."

„Das weiß ich auch. Wer kann denn ein Interesse daran haben, dir eine auszuwischen?"

Jean tat naiv:

„Vielleicht bin ich ja nur verwechselt worden, die hätten mich doch sonst gleich mitgenommen, aber sie haben mir halt nix anhängen können."

„Klar, und dann kommen sie vorbei, entschuldigen sich und tapezieren dafür deine Wohnung neu, passt genau. Ich glaub', du spinnst."

Ich pfefferte eine ausgetrunkene Dose in den leeren Abfalleimer, sie prallte von seinem Boden hoch und startete an die Decke. Der Hund spitzte die Ohren und knurrte. Luc wurde sofort wieder sauer.

„Brauchst ja nicht gleich so 'n Radau machen?"

„Ach, leck mich, beim nächsten Mal kannst du dir ja mal 'ne Pistole in die Knochen rammen lassen. Guck ihn dir doch an, der muss was wissen oder ich bin Napoleon."

„Ich – weiß – aber – nichts. Ich hab' das Zeugs weitergegeben, wie all den Kram, den man mir in die Hände drückt. Ich frag Luc ja auch nicht, was für Pamphlete ich da durch die Gegend fahre."

„Dann solltest du dein Geschäftsmodell überdenken!", giftete ich zurück.

„Sehr weiser Tipp. Ist aber die einzige Nummer, ein bisschen zusätzlich zu verdienen. – Und das hier sieht irgendwie nach einer eingefädelten Nummer aus."

„Aber selbst dafür müssen die dich schon länger auf dem Kieker gehabt haben."

So langsam hatte ich die Nase voll.

„Und weswegen, bitteschön? Ich sag dir, die brauchen 'nen Arsch für ihren nächsten Orden am Revers!"

Ich drehte mich um, knallte die Tür hinter mir zu und kickte ein paar Schuhe in den Hof. Vorne flachste Henry hinter seinen Käsebergen. Ausgerechnet jetzt stand LaCluse bei ihm und hielt Maulaffen feil. Noch hatte ich keine Lust, ihn mir vorzuknöpfen, sondern jonglierte das Auto durch die parkende Blechlawine und fuhr schlecht gelaunt zurück. Für mich gab es nur eines, ich wollte mit Lilly die Wohnung klarmachen und sie dann schnappen und mich mit ihr absetzen – raus und weg. Irgendwo Luft holen und wieder einen Job suchen. Ich wollte nichts mit dieser schmuddeligen Geschichte zu tun haben. Wir waren die einzig echten Unbeteiligten.

Gerade wollte ich zur Tür rein, als diese nun vollends mit einem lauten Knall auf den Boden krachte. Ich musste fast lachen, dieser Caron hatte tatsächlich sogar den Eingang geliefert, doch dann blieb ich wie vom Donner gerührt stehen. Die Wohnung sah aus, als ob ein Panzer durch den Buci-Markt gedonnert wäre. Ich rief Lillys Namen, aber ich hörte keinen Ton, nur das krächzende Radio mit einem schlecht eingestellten Sender. Ich flog über den ganzen Kram, durch das erste Zimmer:

„Lilly?"

und dann durch das zweite. Irgendein glitschiger Schmier brachte mich zu Fall. Auf dem Hintern gelandet sah ich nichts außer einem Wust von herumfliegenden Sachen, umgeworfenen Möbeln, unserer sezierten Matratze, Flächen mit Frau-Holle-Effekt und anderen nun undefinierbaren Benutzungsobjekten.

„LILLY!"

Nichts.

Ich begann durchzudrehen.

„LILLY! – VERDAMMT NOCH MAL, LILLY!"

Nichts.

Kreuz und quer kämpfte ich mich durch die Berge um mich herum. Schleuderte leere Kartons, Kissen und anderes Zeugs durch die Räume. Ich warf Decken, Bücher und Pappteller zur Seite. Mit dem Gedanken im Kopf, sie jetzt unter dem ganzen Fitzelkram in einer riesigen Blutlache zu finden, ackerte ich erst recht alles um. Ich hatte das Gefühl, selbst kein Herz und Blut mehr zu haben. Ich trat vor lauter Wut gegen einen Stuhl und fluchte lauthals.

„Wo warst du?"

Ich drehte mich um und sah sie im Türrahmen stehen. Tausend Sachen gingen mir durch den Kopf: Schlechte Träume, Halluzinationen und andere Geister, die mich zum Narren hielten und stottern ließen.

„Äh, bei Luc, das weißt du doch."

Ich musste sie tatsächlich wie ein Geist angeschaut haben. Denn sie lachte und sie lachte noch mehr, als ich auf das Chaos zeigte. Hatten wir das nicht schon mal?

„Ich wollte eigentlich was einkaufen, aber als ich zurück war, konnte ich gleich noch mal los."

Sie hob die Arme und zeigte mir einen Eimer und diverse Putzlumpen.

„Ich hab' die Typen sogar noch gesehen, wusste aber erst danach, dass sie es gewesen sein mussten. Sie saßen unten im Auto und haben wohl gewartet und als ich im Laden war, müssen sie dann raufgekommen sein. Ich frag mich, was die in dem bisschen Rest hier noch finden wollten?"

Ich betrachtete das Gerümpel um uns herum und versuchte das Durcheinander in meinem Kopf zu sortieren. Am besten hätte ich für beides einen offenen Container gemietet, um den ganzen Schrott zu beseitigen. Ich drehte ein paar Teile und Scherben in meinen Händen und betrachtete sie eingehend, bevor ich sie mit einem wenig gezielten Wurf in Lillys Eimer beförderte.

„Du, komm lass uns abhauen. Die Sache wächst sich noch zu einem Ungetüm aus. So wichtig ist mir das hier auch nicht. Wenn wir nicht hier gewesen wären, hätte er die Liveshow erlebt. Das ist hier wirklich nicht unser Ding. Also Koffer packen und ab."
Hier gab es nichts zu suchen und zu finden.
Ich schaute sie an und wartete auf ihre Reaktion.
Doch sie stellte den Eimer auf den Boden und meinte:
„Ich möchte nachher weich liegen und nicht schon wieder abhauen müssen. – Ich hab' nachgedacht: Lass uns zur Polizei gehen. Die sollen uns beiden sagen, was wirklich Sache ist. Das kann alles nur ein Irrtum sein."

***

Stunden später waren die Spuren der Heimsuchung in etwa verwischt. Lilly hatte zuvor den Kopf geschüttelt und dann die ganze Zeit mit einer Engelsgeduld die unzerstörten Dinge eingesammelt, gesäubert und zusammengestellt.
„Was sammelt der alles? Jean wird diesem Caron noch dankbar sein. Jetzt ist es richtig schön geworden." Zwischenrein wollte sie lediglich ab und zu ein Glas Wasser. Wir stellten die Tüten mit Abfall in eine Ecke und legten die gestopfte Matratze wieder auf die Paletten. Sie ließ sich mit einem Seufzer drauffallen und begutachtete das neue Design der Wohnung. Es war gelungen. Die reparierten Regale um uns hielten den Belastungen wieder stand, selbst die mit Klebeband und drei Dutzend Schrauben zusammengebastelte Tür hielt, wir konnten sie sogar wieder abschließen.
Ich legte mich zu ihr und versuchte mir einen Reim auf das alles zu machen. Irgendwann müssen wir dann

eingeschlafen sein. Mitten in der Nacht wachte Lilly aus ihrem Schlaf auf und setzte sich auf. Ich tastete mit einer Hand nach ihr, um sie zum Weiterschlafen zu bewegen. Sie wendete sich mit ihren verführerischen Augen, die im schimmernden Dunkel gerade noch zu sehen waren, zu mir und versuchte zu lächeln. Sie begann noch mal über das Ganze laut nachzudenken.

„Wahrscheinlich haben die Typen wieder dieses Päckchen gesucht. Oder?"

„Warum das denn, er hatte es doch abgegeben."

„Aber vielleicht war der Typ im Auto nicht der Richtige und das haben sie jetzt herausbekommen."

„Ich dachte, dass dieser Schnüffler es nun hat."

„Eben, aber er ist ein Schnüffler und *der* hätte gern die Quelle gewusst."

„Ja, was nun? Wenn er es doch hatte, braucht er es doch nicht suchen. Jean hat es doch *ihm* gegeben, um es loszuwerden. Das war der Auftrag. Also müsste er auch wissen, woher es kommt. Außer man hat ihm eine Falle gestellt. Und dann hätte ich gern gewusst, warum."

Dieses Spielchen konnte ja noch lange so weitergehen. Und weil ich mehr Schiss hatte, dabei selbst was abzukriegen, rief ich nun mitten in der Nacht Jean und Luc an. Ich wollte ihnen klarmachen, dass nur die Flucht nach vorn etwas nützen würde. Sie schnauften ein paar Sekunden, waren aber dann einverstanden – und ab ging die Post.

Kaum eine Stunde später schmissen wir ein paar Klamotten in den Kofferraum. Ausnahmsweise wollten wir Kavalier spielen – wenn wir schon beim Aufräumen nicht geholfen hatten –, aber gerade, als wir Lillys Beutel, Taschen oder Tüten nehmen wollten, schlug sie uns die Hände weg.

„Ihr spielt zwar gerade ein bescheuertes Kinderspiel, aber ich bin bei Gott keine alte Oma."
Synchron verdrehten wir die Augen. Mit Steinplatten auf dem Gaspedal und einem kläffenden Hund im Kofferraum fuhren wir dann Richtung Süden. Wir hatten keine Ahnung, wohin wir wollten, Hauptsache raus – vorerst.

***

Wir donnerten mit Vollgas auf der sonst sonnenversprechenden A 6 Richtung Mittelmeer. Die Scheinwerfer des Audi schossen ihre letzten Watt wie ein Stroboskop aus sich heraus und scheuchten die Krücken von der linken Spur. Meine Sohle kochte auf dem Gaspedal. Keiner verlor auch nur ein Wort. Aus dem Radio schepperte der letzte Hip-Hop-Mist und die Tante vom Verkehrsfunk überschlug sich fast mit ihren Durchsagen, doch die Staus mussten hinter uns sein oder auf einem anderen Planeten irgendwo im Universum, die Bahn war frei.

Wir rasten durch ein Tal von Bäumen, Häusern und Feldern. Hochspannungsleitungen zerrissen den Himmel in geometrische Muster und die Masten vergitterten die hinter ihnen liegende Landschaft. Die ersten Zugvögel reihten sich wie Klaviertasten auf den Überlandleitungen aneinander. Wir hetzten weiter, nirgendwo blieb unser Blick hängen. Lilly saß neben mir und hatte sich ihren Walkman über die Ohren gestülpt. Mit den Händen schlug sie den Takt und fühlte sich wie ein Pirat auf Kaperfahrt. Ich streichelte ihr über die Haare und ließ meine Hand in ihrem Nacken liegen, er war herrlich flaumig und warm. Sie gab mir einen Kuss in die Armbeuge. Ab und zu wurde unsere Fahrweise von wütendem Hupen begleitet, wenn die Ausflügler und Reisenden zur Seite spritzten. Wir ballten unsere Fäuste. Das einzige gewohnte Bild bot Jean. Jedes Mal, wenn ich in den Rückspiegel schaute, war er gerade dabei eine seiner Kronenbourger zu köpfen, fast im gleichen Rhythmus wie die Musik. Nach Dutzenden von Kilometern schrie Luc plötzlich:

„Ey, da runter, fahr hier runter, Mensch, fahr runter!"
Ich hätte fast die Wegweiser gepflügt.
„Fahr nach rechts. Ich kenn da 'nen verlassenen Hof. Da können wir fürs Erste bleiben. Da kommt kein Aas hin. Da bin ich früher oft gewesen. Okay, ich war auch mal verknallt. – Und da können – müssen wir erst mal darüber reden, wie's weitergehen soll. Ich frage mich sowieso, warum ich mitgefahren bin. Heiße ich Jean und hab Scheiße gebaut? Nächste Woche muss ich einen Katalog abliefern, da kann ich hier nicht meine Zeit vertrödeln und pinkeln muss ich auch mal."
Wir suchten seine verlassene Villa und fanden ein Gemäuer, in dem sich nicht mal mehr die Ratten wohlfühlen dürften. Egal. Die Inspektion ergab einen trockenen Raum mit Fischteich und eine Art Gewölbe, in dem es muffelte, als ob man Leichen vergraben hätte. Lilly kam mir da natürlich nicht hin. Also Hund und die zwei nach unten und wir in die Loge. Von wegen *darüber reden*, Vorschläge waren Mangelware, trotzdem war Luc wie so oft der Erste:

„Mensch, jetzt lass doch den Hund in Ruh. Kauf dir 'n Porno und mach 'n Loch rein, wenn du das gerade brauchst."
„Ey, willst du mich anmachen oder was? Hast mir vielleicht sogar die Scheiße unter die Schuhe geschoben, hä! Ich hau dir doch gleich den Schädel ein!"

Lilly und ich guckten uns nur an. Das konnte ja heiter werden. Ich dachte, die wollten mit uns reden? Zwei Kumpels, die sich die Birnen einschlugen, hatten uns gerade noch gefehlt. Es erinnerte eher an alte Zeiten, als Jean schon einmal aus der Bahn gerutscht war.

„Halt dein Maul! – Wer hat dir denn das Ding angedreht? Ich sicher nicht."

„Bist wohl 'n ganz Schlauer, was?"

Irgendwie hatte er zwei Sixpack organisiert und mitgeschleift. Er zerbiss fast den Kronkorken und goss sich eine Flasche auf einen Happs hinter die Binde.

„Glaubst wohl, ich merk mir jeden von diesen Affen. Irgend so 'n Typ von der Küste gab mir das Paket im Taxi: Kennss den Typen aufm Foto? Kannsse dem das geben? Ich frag, was is 'n das, aber der Kerl meinte nur: Hadder ohne Scheiß bei mir liegen lassen. – Mensch, Luc, kennst mich doch, so was mach ich mindestens dreimal in der Woche mit. Von dem einen Irren ein stinkendes Briefchen mit gesammelten Duftproben eines Jahres aus Grasse und von einem anderen die Pissbuchsen seines Freiers. Wie oft soll ich's denn noch erzählen. Ich bin in keiner Sekunde draufgekommen, wie er ausgerechnet auf mich kam, den Kerl zu kennen. Und konnte ich wissen, dass Caron 'n Bulle is'? Überhaupt ist der doch genau so ein Arsch. Bei François mit mir einen brüderlich saufen und später meinen, er müsste den Stammbaum meiner Freunde auf den Kopf stellen."

Das Wetter war trüb, aber uns wurde sonnenklar, diese Idioten wussten oder wollten todsicher, dass Jean in eine Falle laufen würde. Aber was der ganze Zinnober sollte, wusste natürlich keiner. Und die oder sogar Caron selbst mussten die Typen gewesen sein, die Jeans

Wohnung neu einrichten ließen. Es war zum Davonlaufen, wir saßen drin, nämlich mitten in der schönsten Scheiße.
Dufte.
Klasse.
Wunderbar.
Fürs Erste hatte ich genug. Es war saukalt und ich wollte eine Runde schlafen. Es war ja doch nichts zu regeln. Zumal uns jede Fantasie, eine Lösung zu basteln, fehlte, geschweige denn eine zu finden. Wir kamen nicht drauf, was an der Sache unlogisch war. Morgen war auch noch ein Tag und an dem wollte Luc wieder nach Hause fahren. Lilly fror, aber sie war immer noch gut drauf. Die zwei verzogen sich mit dem Hund in ihre Gemächer, und alle Klarheiten waren beseitigt. Ich legte mich neben Lilly auf die Schonbezüge, die wir aus dem Auto geholt hatten. Plötzlich wurden ihre Augen schmal und um ihre Nase war ein Kranz kleiner Fältchen zu sehen.

„Das ist mir echt alles zu hoch. Inzwischen ist mir ja klar, dass du nichts damit zu tun hast, aber ich hab' mir die Tage etwas anders vorgestellt. Du hast recht, keiner kann uns daran hindern, abzuhauen. Und warum sollten wir den Bullen nicht erklären können, wie sich die ganze Chose mit uns ergeben hat."
Ich saugte meine Wangen zwischen die Zähne. Vielleicht hatte sie ja recht. Aber erstens waren da noch Luc und Jean und zweitens würde uns auch dieser Caron sicher keinen Millimeter glauben. Irgendwie wusste ich nicht, was ich von diesem Kerl zu halten hatte.

Ich rutschte dicht an Lillys Seite und sah, wie ihre Knospen sich durch ihren Pullover drückten.
„Hast du keine Decke im Wagen?"
„Nee, nur die hier."

Ich hob ihr meine Arme entgegen und legte meine einigermaßen warmen Hände auf ihre Brüste und versuchte sie ein wenig zu wärmen. Sie verdrehte die Augen und grinste. Doch ich konnte nicht lange in dieser Starre bleiben. Langsam schlüpfte ich ihr unter den Pulli und ihre Hände schlossen sich um meinen Kopf. Ihr noch näher zu kommen, traute ich mich im ersten Moment nicht, ich musste dauernd an die zwei im Nachbarzimmer denken, aber sie ließ mich spüren, dass ich sie ein wenig streicheln sollte. Meine Hand begann einen Erkundungsgang, sie verschwand in ihrer Hose und suchte Sheelas Schlucht. Lillys Haut war wie ein Wegweiser, keine Sekunde später hatte ich sie hinter einem kleinen struppigen Busch gefunden. Dort war sie nass wie ein Weihwasserbecken. Zuerst tupften meine Finger, dann tauchten sie in Lilly hinein und glitten gleich darauf wieder heraus. Mir wurde heiß und ich wiederholte das Ganze. Ihre Zunge vergrub sich derweil zwischen meinen Lippen und meine Finger drangen nun tief in sie ein. Sie presste mich an ihren Hals, seufzte auf und lächelte mich an. Ihr Becken hob sich dabei rhythmisch und ihr Atem hatte denselben Takt. Dann ging ein Schauern durch ihren Körper.

***

Am nächsten Morgen waren wir in hundertprozentiger grippaler Verfassung. Die Nacht hatte uns alle vier geliefert. Entsprechend dynamisch war unser Abgang, wir hatten uns nun doch entschlossen, weiter nach Süden, in Richtung Nîmes, zu fahren. Von dort wollte Luc morgen oder übermorgen mit einem Zug zurück nach Paris fahren. Das Schlafzeug landete unsortiert im Kofferraum, klamm und feucht, wie es war. Keiner bemerkte das fehlende Frühstück und Klo, nur Jean vergrößerte noch schnell eine Wasserlache, schnappte sich die letzten Flaschen Bier und stieg als Letzter ein. Diesmal mieden wir die Autobahn, warum wusste keiner. Unsere Köpfe klingelten, aber es lag nicht an einer Invasion guter Ideen. Wir waren verflucht gesprächig, denn jeder hustete, was das Zeug hielt, und schniefte vor sich hin. Trotzdem wurde unsere Laune mit jedem Kilometer, den wir vorwärtskamen, besser. Lilly schlief ruhig neben mir, während sich die zwei auf dem Rücksitz mit dem vernachlässigten Hund beschäftigten und sich die blödesten Witze erzählten. „Kennste diesen und du schon jenen?" Ich griente mit und konnte nur noch meinen Kopf schütteln. Doch dann bekam Jean seinen Moralischen.

„... und was machen wir jetzt?"
Das Rumphilosophieren nahm ab jetzt kein Ende.
„Jetzt lass uns doch erst mal in die Wärme kommen! Du bist ja wie ein kleines Kind: Sind wir schon da?"
„Du hast supergut reden, butterst hier die Straße runter, hast 'ne Eins-A-Frau und kastrierst die freie Meinung."
„Ey, hab dich nicht so. Kann ich was dafür, dass du nicht klar kommst in deinem Leben, du hättest deine Frau ... Ach, such' dir endlich mal was, damit du ..."
Ich hörte noch ein Krachen von hinten und wir nickten alle wie ein Quartett dressierter Aufziehaffen. Im Rückspiegel sah ich nur noch eine Riesenkarre mit drei idiotisch grinsenden Gebissträgern.
„Wo kommen denn die Arschlöcher her? Die sind wohl nun ganz ausgerastet oder was?"
Wir gerieten in Panik.

„Das sind sicher die Wichser, die meine Bude auf dem Gewissen haben!"

Jeans Stimme überschlug sich. Für einen kurzen Moment wunderte ich mich, warum er sofort an *die* dachte. Ich versuchte im Rückspiegel die Gesichter zu erkennen, aber wir schlingerten wie ein oller Dampfer. Und dann hörte ich nur noch, wie Jean wohl eine der leeren Bierflaschen an der unteren Kante eines der Seitenfenster zertrümmerte. Logisch, dass die Scheibe dabei zu Bruch ging, sie flog wie eine zerplatzte Tüte Erdnüsse durch die Gegend.

„Bist *du* jetzt völlig übergeschnappt?"

Luc hatte die halbe Scheibe im Gesicht. Ich hörte ihn wie ein abgestochenes Schwein quieken. Dazu kam das Getöse des Hundes, der wie von einer Tarantel gestochen zwischen Hutablage und Wagendach herumsprang. Ein totales Chaos im Wagen. Und ich sollte den Wagen auf Spur halten. Während dauernd von hinten dieses blecherne Knirschen zu hören war, musste Jean weiß Gott wo einen Bleistift, den er mit den Scherben der Bierflasche spitzte, gefunden haben und warf fortwährend Zettel mit der Aufschrift:

„Wir haben euer Scheißpäckchen nicht."

„Wir haben euer Scheißpäckchen nicht."

aus dem kaputten Fenster hinaus.

Ein wildes Affentheater war das. Ich bemühte mich weiterhin, den Wagen auf der Straße zu halten und nicht aus den Kurven zu fliegen, auch wenn ich fast die Grasnarben am Rand abmähte und diverse Begrenzungspfähle wie kleine Raketen in die Landschaft schossen. Plötzlich war deren Wagen neben uns. Mit einem finalen Schwinger krachte er in unsere Seite. Verdammt, der Audi war der Stolz der Familie gewesen. Er musste jetzt schon ausgesehen haben wie ein Stück

Blech aus der Metallpresse. Ein zweiter Haken folgte. Dem hatte ich nichts mehr entgegenzusetzen. Wir gruben uns mit sicher hundertzwanzig Sachen in einen Acker. Die Frontscheibe platzte wie ein berstender Luftballon aus dem Rahmen. Luc musste sich natürlich noch seine Stirn am Mittelholm des Audi wie ein rohes Ei aufschlagen. Aus der Wunde floss das Blut wie ein dicker Lavastrom.

Plötzlich stand Caron neben unseren Resten.

„Was? Der?", schrien wir im Chor.

Ich schaute ihn an und schüttelte ungläubig den Kopf. Fast hätte ich ihn weiß Gott was genannt, während Lilly neben mir wie eine Säge kreischte, die sich durch ein Stück Bongossi wühlte. Im gleichen Moment saß der Hund plötzlich jammernd auf meinem Schoß, statt Caron den Kopf abzubeißen. Wenn ich ein Stück Rohr mit Griff am Ende gehabt hätte, wäre Caron ein Schweizer Käse geworden. Er grinste seine tumben Begleiter von einem Ohr zum andern an und spielte lässig mit seiner Knarre.

„Wenn ihr mit der Sache nichts zu tun habt, frage ich mich, warum ihr dauernd davonlauft. Ihr Schwachköpfe glaubt wohl, ihr könnt mich verladen – hä?"

Ein bellender Schuss explodierte während seiner Worte und machte einen nahen Baum um einen Ast ärmer, der wie ein waidwunder Papierdrache auf uns runterkrachte.

„Auf, 'n bisschen plötzlich, wenn ich bitten darf. Ach nä, da haben wir ja noch 'nen Vierten, wer bist du denn. Och, du blutest ja, – wie herzzerreißend. – Jacques, bring doch mal ein Pflästerchen!"

Er spielte geistlos die berühmte Mutter ohne Brust. Ohne lang zu fackeln, wurden wir in den anderen Wagen verfrachtet. Schwer bewacht von diesem testosterongeschwängerten Drei-Zentner-Riesen, der vernünftigerweise keine falsche Hand auf Lilly legte. Sechs Stunden später spuckte uns der ramponierte Renault Carons, der nun wie ein Kleinbus daherkam, in Paris wieder aus. So hatte Luc sich das Geld für eine Fahrkarte gespart.

***

Zu siebt standen und saßen wir dann eingequetscht in einem kleinen Büro des Kommissariats in der Rue du Mont Cenis herum. Jean wurde in einen Stuhl vor den Schreibtisch geschraubt, Caron postierte sich hinter dem Tisch und seine zwei Ölgötzen klemmten sich als Privatgorillas neben ihn, zusätzlich eingerahmt von blöden Flaggen, während Lilly, Luc und ich beinahe in der Tür standen und der Hund leise in einer Ecke wimmerte.

„Wenn ihr mich für blöd verkaufen wollt, müsst ihr ein bisschen früher aufstehen. Glaubt wohl, ich verteil Freifahrtscheine, wenn ich meine Hausbesuche mache, hä? Euer Ausflug ist hiermit beendet. Was seid ihr bloß für Knalltüten. Ey, Duchas, mich tät immer noch brennend interessieren, von wem du das Päckchen ergattert hast."

„Mensch, geh mir nich' auf den Wecker mit deinem Scheißpäckchen! Wie oft soll ich dir denn die Sache noch vorsingen. Werd' doch Taxifahrer dann lernste den Kerl vielleicht kennen."

Caron drückte sich in seinen Stuhl und glotzte mit zusammengekniffenen Augen zuerst Jean, dann die Decke an. So wie er es tat, suchte er sie wohl nach Spinnen oder ähnlichem Ungeziefer ab.

„Pass mal auf, Kleiner. Du kannst aus der Sache mit 'nem nur leicht blauen Auge aussteigen. Dein Grips wird doch noch so weit funktionieren, dass du blickst, mir nur den verfluchten Namen nennen zu müssen, um aus der Story raus zu sein."

„Du verdammter Arsch! Ich weiß es nicht, ich kenn den nicht und hab ihn vorher noch nie gesehen. Geht dir das in deine weiche Watte rein?"

„Klink bloß nich' aus. Diesen Koks kenn' ich nämlich noch nicht, und ich will endlich wissen, wer den Krempel in die Stadt gebracht hat. Ich lass mir von dir und den anderen nicht in die Suppe spucken, kapiert? Also, du Schwachkopf! Ich will wissen, wer's war und was er gesagt hat!!"

„Ich – kenn – ihn – nicht! – Aber er hat mir DEIN Bild gezeigt."

Caron schoss hoch, begann eine tänzerische Einlage und hüpfte hinter seinem Schreibtisch, die Hände auf die Tischplatte donnernd, hin und her.

„Ich reiß dir gleich deine Eingeweide raus. Du bist doch so beschissen tief in der Sache drin, dass es schon stinkt. Verteilst du deine Geburtstagsgeschenke etwa genauso wie diese Tütchen und Päckchen? Ich kann dich auch einbuchten bis an dein Lebensende, wenn du das für spannender hältst. Kannst du mir mal die Logik erklären, warum er in so einem Moment dir mein Konterfei zeigen sollte."

Er klang wie 'ne zu heiß abgespielte Platte: Tütchen Namen Päckchen Namen. Für einen Moment dachte ich, ich wäre im Kino, und da fing die Vorstellung auch schon an. Lucs Hund jaulte jämmerlich auf und Jean platzte aus seinem Stuhl. Er war schon fast über den Tisch an Carons Gurgel geflogen, als die beiden Big-Bodys seine Arme schnappten und nach hinten rissen.

Jean aber war im Schwung und bekam einen Koller. Mit der Wucht, die ihn wieder in den Stuhl schleudern sollte, rammte er seine beiden Beine unter die Tischplatte und ein horizontales Gebilde mit flatternden Zetteln, tanzenden Kugelschreibern, klaffenden Ordnern, herumirrendem Kleinkram und acht Schrauben unten dran flog durchs Zimmer.

Caron bekam die Kante der Platte voll in die Fresse und knallte rückwärtsfallend mit seinem Hirnkasten an ein Regal. Dann landete er als Abpraller wie ein frisch gefällter Baum auf dem Rest seines Schreibtisches, während die schweren Schubladenteile vor die Knie der Bodys kippten. Das ganze Zeug stob auf und bedeckte das Fiasko wie riesiges Konfetti. Ein bondreifes Manöver begann. Lucs Hund galoppierte quer durchs Büro, bellte und knurrte jedes fliegende Teil an. Jean zertrümmerte den Stuhl um Haaresbreite im Gesicht des linken Guards, traf aber nur halb und der rechte tobte sich durch das Gewühl in Richtung Tür. Blieb allerdings an irgendeinem Stück mit seinem Fuß hängen und knallte geräuschvoll in die zersplitterten Bretter. In Nullkommanichts sah das Büro wie nach einem Besuch einer Dampframme aus. In dem ganzen Tohuwabohu merkte ich nicht, dass jemand ständig an meinen Klamotten zerrte, doch als ich mich endlich umdrehte, sah ich nur noch, wie Luc mit Lilly und dem Hund unterm Arm aus dem Büro gestürzt war und den Gang entlang zum Ausgang hetzte.

Fast war der zweite Schläger schon an mir vorbei. Doch drehte ich mich für ihn zu schnell um, trat ihm voll zwischen die Beine und ließ seine Glocken läuten. Nun prallte er mit Getöse gegen den Türrahmen, ein bisschen Putz rieselte wie Schnee und garnierte mein Opfer. Jean wollte gerade über uns hinausjagen, als eine

Salve neben uns in die Wand prasselte. Irgendeiner der Idioten hatte sich noch bewegen können. Wir standen da wie in Beton gegossen und es machte an Jeans und meinen Händen viermal Klick.

***

Sie steckten mich natürlich nicht zu Jean in eine Zelle, obwohl ich laut protestierte und meine Arme bekräftigend herumkreisen ließ. Die Tür knallte hinter mir zu und ich war sofort so allein wie ein vergessener Bumerang am Himmel. Die Zelle war ein stinkendes Betongemäuer, so groß wie 'ne Schuhschachtel. Die angepinkelten Wände pumpten giftige Gase in die Luft und die Matratze oder das, was von ihr übrig war, staubte puffend in alle Himmelsrichtungen. Ich fluchte und trat gegen die Stahltür, aber die war stark und dick, die hätte sogar den nächsten hundert Sintfluten standgehalten. Ich knallte mich auf die Pritsche und versuchte zu dösen. Hoffentlich hatten sie Lilly und Luc nicht geschnappt. Meine Gedanken rasten, da wollte ich mit Lilly nach Paris und lande im Gefängnis, weit weg von jeglichem Saum der Zärtlichkeit. Gerade als ich einen Anfall kriegen wollte, um mich abzureagieren, ging die Tür auf und ein kleiner Bulle gab mir einen Teller mit einer pissgelben Grießsuppe rein, die sogleich diagonal durch den Raum gegen den Beton flog. Der Klecks zerrann zäh und dampfend Richtung Boden.

„So wird aus dem Schuppen hier nie ein Wohnzimmer", meinte der kleine Arsch und grinste von einem Ohr zum andern. Wahrscheinlich konnte er diese Vorstellung schon als Abo genießen. Ich reckte ihm meinen Mittelfinger entgegen, während er mir einen Eimer mit einem ekligen Lappen vor die Füße stellte.

„In zehn Minuten hastes sauber gemacht!" Sein Mittelfinger stach mir dabei fast ins Auge.
Nach 24 Stunden ließen die Bullen mich ohne Papiere laufen. Jean wollten sie noch ein bisschen mürbe machen. Ich versuchte zwar, denen noch mal zu erklären, dass der Junge wirklich nichts wissen konnte, aber einem Hamster Seilhüpfen beizubringen, wäre leichter gewesen.

In diesem Moment dachte ich ohnehin nur an Lilly. Ich war gierig auf den Keulenschlag der Sinne, musste erst mal nach Hause und sie spüren, ihre Haare in meiner Nase und ihren Atem an meinem Hals. In der Zelle hatte ich schon beinahe Löcher in die Matratze gestochen. Auch Gefühle können zur Sucht werden und dann gibt es nie eine Überdosis. Unterwegs fiel mir ein alter Song von Fleetwood Mac ein. Eine Zeile, die ich vor mich hin summte:

I need some lips ... a soft voice – just to talk to me at night. Und morgen holen wir Jean aus diesem Loch, sang ich passend dazu.

Dass sie nicht in Jeans Wohnung sein würde, war mir mal ziemlich klar. Also versuchte ich es gleich in Lucs kleiner Druckerei, denn die Bullen hatten vielleicht den winzigen Fehler gemacht, sich nicht rechtzeitig um seine Papiere zu kümmern, um seine Personalien festzuhalten. Wer weiß, und sie waren somit nicht auf seiner Spur, auch wenn er nur schier bei ihnen um die Ecke wohnte. Ich betete, endlich mal Glück zu haben. Ich ging durch den Hof zum Hintereingang und war froh, das Rattern der Druckmaschine zu hören.

„Ey, Luc. – LUC. – LILLY."
Im Haus waren sie sicher nun alle wach. Luc tauchte hinter seiner Maschine auf und putzte sich seine schmierigen Hände an der Hose ab.

„Weia! Kumpel ... Habense dich in die Freiheit entlassen?"

„Blödmann! Klingst grad so, als wenn ich's nicht verdient hätte. Ist Lilly da?"

Er fasste mich väterlich um die Schulter.

„... du weißt wohl noch nicht, was passiert ist?"

„Hä? Warum, ist wer gestorben?"

Ich wollte gerade einen Lacher in Gang setzen ...

„Lilly ..."

Ich packte ihn am Kragen.

„Is' gut Junge. Is' gut. – Ich denk, sie lebt noch. Der Tod spricht sich schneller rum."

„Was soll das heißen: Ich denke, lebt noch? Ist sie etwa nicht hier?"

„Nein, verdammt. Wir sind aus dem Präsidium raus und rannten auf 'n Taxi zu, als so 'n Kack-Citroën mit zwei Typen in die Karre sauste und einer von denen Lilly in den Wagen schleifte. Du, es ging alles viel zu schnell. Eh ich wieder auf den Beinen war und der Taxifahrer überhaupt erst Muh gemacht hatte, waren die schon wieder weg."

Einen kurzen Moment dachte ich, die Erde stünde still. Ich stand da wie ein Stalagmit und guckte Luc ungläubig an.

„Willst du etwa sagen, Lilly ist weg? Bist du von allen guten Geistern verlassen. – Du bist nicht hinterher, hast die Polizei gerufen oder hast dir wenigstens die Nummer von dieser Scheißkarre gemerkt. – Nein, Luc der Gesalbte steht hier im Warmen und spielt an seiner Maschine rum. Ich glaub' ich flipp gleich aus."

Ich boxte mit beiden Fäusten auf seine Schultern, holte aus und stolperte dabei über ein abstehendes Teil seiner Druckmaschine. Statt ihm eine zu langen, zerfetzte und zerknüllte ich fertig gedruckte Visitenkarten irgendeines Pornohändlers am Pigalle und bewarf Luc damit wie bei einer Schneeballschlacht.

„Spinnst du vollends? Wir müssen sie finden, verdammte Scheiße. Kapierst du das? Schwing deine Hufe und setz dich ins Auto. Auf. Zack. Mach ran. Steh nicht rum wie ein Ochse."

Ich griff ihn an seiner Jacke und zog ihn hinter mir her.

„Jetzt beweg dich doch, du Trottel!"

Er schaute mir mit einem provozierend ruhigen Blick in die Augen.

„Kannst du mir vielleicht auch sagen, wo du da so erfolgreich anfangen willst, du Idiot?"

Ich ließ ihn los. Mein Gesicht fing an zu kochen und die ersten Tränen rannen runter zum Kinn.

„Ja, willst du etwa hier warten bis zum Sankt-Nimmerleins-Tag. Ich glaub, dir geht's zu gut. – Wir müssen was unternehmen! Beweg dich! Du Schlappschwanz."

Er schubste mich an die Wand.

„Kerl, komm zu dir. Ich glaub wirklich, du bist nicht mehr ganz dicht. Sag mir mal in Paris die Stelle ..."

Ich ließ ihn los, rutschte langsam die Wand hinunter, vergrub das Gesicht in meinen Händen und flennte wie ein kleines Kind.

„Verdammte Scheiße, wir müssen doch irgendwas unternehmen."

„Du bist total bescheuert. Was ist überhaupt mit Jean?", kam plötzlich aus ihm heraus. Ich schaute zu ihm hoch.

„Mein Gott! Du bist vielleicht ein Hornochse, der liegt verdammt warm in seiner Zelle, nehm' ich an und hat sein tägliches Fressen. Was sollen wir für den wohl tun können? Der ist doch manchmal zu blöd 'ne Kerze

auszupusten. Das weißt du so gut wie ich. Oder nimmst du ihm etwa den Schwachsinn mit dem Päckchen ab. Wahrscheinlich hat er mal wieder überdurchschnittlich viel Zaster gebraucht, um Schulden bezahlen zu können, und gehofft auf die Art 'nen schnellen Franc zu machen, damit er wieder kräftig nachgießen kann. Was willst du *jetzt* von dem? – Ach verdammt, ich weiß auch nicht."
Ich stand auf und wischte mir übers Gesicht. Langsam kam ich wieder zu Sinnen.

„Mensch Luc. Ich hab' kein einziges Papierchen, dich suchen die Bullen, Jean sitzt im Knast und Lilly ist von 'nen paar Weichhirnen entführt worden. Scheiße ..."
Ich rutschte wieder die Wand mit meinem Rücken runter. Wahrscheinlich war die noch nie so sauber gewesen.

„... ich hätt' nicht gedacht, dass ich mal ..."
Luc klopfte mir väterlich auf die Schultern.

„Das ehrt dich sehr."
„Dann gib mir die Autoschlüssel, ich muss durch die Stadt fahren. Und wenn's für die Katz ist."
„Mach' keinen Blödsinn."
„Mann, kennst mich doch, in einer Stunde bin ich wieder da. Ich muss klar denken können."
„Wer's glaubt, wird selig."
Er gab nach und warf mir seine Schlüssel zu. Sie gehörten immer noch in das Schloss seines 62er Volvo Kombis; das war alles, was er hatte: eine Maschine zum Drucken, eine zum Fahren und eine auf vier Beinen, die ständig um einen herumschwänzelte. Ich scheuchte Lucs Hund zur Seite, auch wenn er Autofahren liebte, jetzt wollte ich meine Ruhe haben.

***

Ich kurvte mit dem Oldie durch die Stadt wie ein außer Kontrolle geratenes Fernlenkauto. Ich wusste partout noch nicht, wohin ich wollte, fahren, bis der Tank leer ist, war das kleinste Ziel. Diese Idioten würde ich wie Knallbonbons in der Luft zerreißen. Wo konnten die Kerle sie hingeschleppt haben? Gib mir ein Zeichen. Ich biss mir, wie Lilly es hundert Mal am Tag machte, auf die Unterlippe, bis es wehtat. Es funktionierte. Schwupps, stand sie vor mir. Da bin ich das erste Mal in meinem Leben so richtig und ehrlich verliebt, verdammt noch mal, und jetzt muss so eine Scheiße passieren.

Die Bilder tanzten einen vollkommen konfusen Reigen in meinem Kopf. Das konnte doch alles nur ein mieser Traum sein. Der erste Tag, an dem ich Lilly gesehen hatte, Paris, Carons Auftritt, Jeans Geschichte, dieses Durcheinander. Und dazwischen immer wieder sie. Die ganze Fahrt musste ich an sie denken, an ihre Lippen, ihren Blick, der das Vatikanische Konzil hätte sprengen können, und die Ruhe, die sie so oft mit ihm ausstrahlte, ihren Körper und ... und ... und ... wenn ich sie finde, muss ich ihr endlich sagen, dass ich sie liebe, denn bis jetzt hatte ich es immer nur getan.

Mittlerweile war ich im Zickzack bereits durch die halbe Stadt gedüst, ich hoffte tatsächlich einen Citroën zu sehen, der vorne oder an der Seite eine erhebliche Beule aufwies. Jeden inspizierte ich so intensiv, dass ich fast immer wieder einen Passanten überfuhr oder einen Unfall baute. – Keiner war's. Klar. Nach einiger Zeit hatte ich den Eindruck, dass der hinter mir fahrende Wagen sich lange nicht verändert hatte. Sprich, es war der gleiche, den ich schon auf dem Boulevard und der

Périphérique gesehen hatte, außer ich würde nun vollends unter Halluzinationen leiden. Ich gab etwas Gas und bog ab, sie kamen hinterher. Ich fuhr in eine Parklücke und stieg aus, hundert Meter weiter standen die. Erkennen konnte ich die Typen nicht. Ich wieder rein und Vollgas, durch 'ne rote Ampel und ums Eck. Nach zwei Minuten waren sie ein paar Wagen hinter mir. Ich fuhr wieder auf die Périphérique. Dann gab ich Stoff. Der Tacho quetschte sich an den Anschlag. Jetzt hätte nur noch eine Streife gefehlt.

Ich peste wie ein Pilot, den Mittelstreifen zwischen den Rädern, die Piste runter. Die Typen blieben hinter mir, nicht direkt, aber ich wusste es und sah ab und zu einen kontrollierenden Schwenker ihres rollenden Blechhaufens.

Wer waren bloß diese Kerle?

Carons Leute waren es wohl nicht.

Die hätten mich doch ... oder?

Die Luft zog hart und heiß durch meine Lungen und mein Magen krampfte sich zusammen. Der Verkehr wurde dichter und ich fädelte von links nach rechts ein. Hundert Meter hinter einem Stau nahm ich die nächste Abfahrt. Im Industriegelände von Clichy wollte ich sie abhängen.

Ich brauste durch irgendein Tor und war prompt auf dem Gelände einer Eisenbahnverladung gelandet. Ich ratterte und flog mehr auf und über Schienen, Kies und Schwellen als auf vorgeschriebenen Wegen zwischen Waggons und irgendwelchem für die Ladung bestimmten Zeugs durch, um am Ende eines Gleises endlich wieder auf eine normale Straße zu kommen. Ein paar Dieselloks und dösende Arbeiter guckten mir wutschnaubend, dampfend und fuchtelnd hinterher. Ich donnerte durch den Spagat eines Krans nach rechts in eine Straße, ein Gabelstapler rammte fast in meine Seite, dann nach links, nach rechts, geradeaus, ein abbiegender Laster rasierte mir den Rückspiegel ab und ich blieb an der nächsten Palettenwand hängen, dann ohne Zierleiste, Antenne und von Sinnen.

Die Heckklappe klinkte aus, kreiselte hoch und legte sich auf das Dach. Ein Gesicht der 60er-Jahre war jetzt leicht demoliert, einer der wenigen noch rollenden Charaktere seiner Schönheit beraubt. Mist, wenn Luc den 120er sieht, killt er mich ohne Vorwarnung. Teile seiner geliebten Karosse hatten nun auf dem Straßenpflaster ihren Strand gefunden, aber mich juckte es nicht. Und als ich in den Rückspiegel schaute, war der Schock schnell überwunden. Ich jubelte wie ein Besessener, als ich nichts außer meiner eigenen Staubwolke sah. Ich klopfte aufs Lenkrad und warf eine total bekloppte Kassette, die in dem Gerümpel des Fußraums lag, in den Rekorder. Tatsächlich waren die Kerle nicht mehr zu sehen. Hoffentlich hatten sie sich an einem Puffer oder einem Schlagbaum aufgehängt. Ich stieg aus, schloss die Heckklappe wieder und schaute zwischen Container und Paletten, ob nicht doch irgendwo was zu sehen war. Zwanzig Meter hinter mir lagen die Zierleiste und der Rückspiegel. Die Leiste passte noch, aber den Rückspiegel warf ich auf den Beifahrersitz.

Fürs Erste hatte ich genug und fuhr um einiges gemächlicher mit dem ramponierten Wagen zu Lucs Druckerei zurück, der Wind zog durch sämtliche Löcher. Plötzlich schoss mir wie ein Blitz eine Ahnung durch den Kopf. Wenn die mich die ganze Zeit verfolgten, wussten sie von Luc und wussten, wo er wohnte. Noch ergab das für mich keinen Sinn. Die Bullen konnten es nicht sein, die hätten uns doch schon längst hopsgenommen. Die Kokainübermittlungskompanie konnte es auch nicht sein, denn die mussten damit rechnen, dass uns die Bullen observierten. Ich kapierte nichts.

Das Erste, was ich tun wollte, war mit Luc einen diesmal absolut wasserdichten Plan zu schmieden, um zumindest Jean zur Verstärkung aus der Sache rauszuboxen. Zu dritt hatten wir sicher mehr Schlagkraft, um Lilly wiederzufinden, als wenn wir die ganze Chose allein aufzurollen versuchten. Zumal er sich durch seine Fahrerei besser in der Stadt auskennen würde als wir. Vielleicht wäre er dann auch mal nüchtern genug, um mit seinen Erinnerungen halbwegs dienlich zu sein.

Auf der Rückfahrt war der übrig gebliebene Rückspiegel clean. Es war nichts Verdächtiges zu sehen. Luc begrüßte mich wie einen verlorenen Sohn und strich mit seinen Fingern zärtlich über das Blech, es fehlten halt ein paar Teile. Er schaute hoch und durchröntgte meinen Kopf.

„Dir haben sie wohl 'ne Tomate ins Hirn gebombt."
Es war in seinem Gesicht nicht ganz zu erkennen, ob er sich dabei über das noch fahrbare Auto freute oder über meine Unversehrtheit.

***

Wir schmiedeten also einen Plan.
So einen mit Hand und Fuß.
Ohne Kopf und Verstand.
Aber wir *wussten*:
Erst einmal aufrüsten.
Ein paar Ballermänner mussten her.
In jedem miesen Kinostreifen und Krimi ging es so weiter. Man war bewaffnet.

Zumindest wehren sollten wir uns können, die anderen hatten ja auch so Schießeisen. Dann kam die Suche nach einer guten Idee für Jeans Befreiung. Aber nach kurzer Zeit war klar, dass das mit den Schießeisen wahrscheinlich der leichtere Teil war, denn außer die Befreiungsaktion doch abzublasen, fiel uns nichts ein. Also blieb es bei den Ballermännern. Unsere Erfahrungen solche Dinger zu organisieren waren immens.

„Wo Jean Päckchen verteilt, kannst du auch das deichseln." Ich fand das extrem sinnig.

„Klasse! Kannst mir ja 'n bisschen Geld mehr mitgeben. Und dann sag mir mal, wen ich scharf angucke, damit der gleich weiß, was ich will, ohne mich zu blamieren. Oder hat der 'n Schildchen an seinem Hemd: Offizieller Schießeisenhändler? – Ich glaube, du tickst nicht ganz. Wen willst du überhaupt umnieten?"
Meine Hände wurden feucht und meine Adern begannen wie Jeans Wasserleitung zu klopfen.

„Ich hol die alle von den Füßen. Verstehst du das? Ich bin für ein paar Tage in dieser Scheißstadt, will mit Lilly ein wenig abhängen und stattdessen geraten wir gleich in diesen Mist! Ich will lediglich Lilly finden, diese Ratten sollen mein Mädchen rausrücken. Seit ein paar Tagen ist sie bei mir und kriegt nur Scheiß mit. 'n Trupp Geisteskranker schlägt uns die Knochen blau und du fragst, wen ich aufen Kieker hab. Ich glaub, es geht bei dir los. Los, komm endlich, ich bin grad geil auf 'ne Leiche."
Er schüttelte den Kopf:

„Oh Mann, du hast nicht mehr alle Tassen im Schrank."
Ich packte ihn und los ging's, ab in eine von Jeans schummrigen Bars. Qualm und Gestank waren noch die einfachsten Dinge, die wir hier identifizieren konnten.

Ich hätte zu gerne gewusst, was Jean in so einem Loch dauernd zu suchen hatte. Bier könnte man auch eine Spur gepflegter zu sich nehmen. Aus dem Hintergrund hörte man eine eher glucksende Sängerin, die von einer ziemlich antiken und verkratzten Scheibe begleitet wurde. Karaoke nannte man so etwas. Ihre Stimme war nicht anders, wie die Platte mit der Musik –, wenn man die überhaupt so nennen konnte. Sehen konnten wir sie allerdings nicht. Der Qualm war wie ein riesiges Stück Frischkäse.

Es wimmelte natürlich nur so von Händlern und Hehlern. Alle trugen sie massenweise Knarren unterschiedlichster Nutzungsart unter ihren Mänteln. Es war uns ein Leichtes. Sie kamen in Scharen auf us zu. Klappten die Seiten ihrer Mäntel auf und boten ein komplettes Waffenlager an. Berettas, Smith & Wessons, Walther PPKs. – Wunschdenken. An der Theke saßen zwei Kerle, voll wie Weinfässer, grinsten sich ständig total bekloppt an, schlugen sich hochfrequent auf die Schultern und grölten wie ein Fußballstadion, in dem gerade das ersehnte Führungstor gefallen war. Der Abstieg war verhindert worden. Der Typ hinter dem Tresen musterte uns abfällig, während er mit einer Zigarette zwischen den Zähnen ein Glas klassisch polierte und dann fein säuberlich in die Reihe der Artgenossen hinter sich in ein vor der Jahrhundertwende zum letzten Mal geputztes Spiegelregal stellte. Er ließ uns dabei nicht aus den Augen und nickte uns fragend an. Ich verzog den Mund und dankte innerlich verneinend. Mit einer Hand meldete ich dann doch zwei Bier.

An einem der Tische saß ein feister Kerl und nestelte unter der Platte mit seinen schmierigen Zehen zwischen den Beinen einer geübt stöhnenden Alten mit einem Dekolleté bis zu den Knien. Ihre Hände befingerten unterm Tisch irgendeine Stelle an seinen Beinen und ihr Becken schob sich auf dem Stuhl langsam nach vorne. Plötzlich ein Würgen, sie stieß sich ohne Vorwarnung von der Platte weg und kotzte auf sein gieriges Bein. Sie plumpste mit ihrem lackierten Organismus zur Seite, gerade wohl in dem Moment als er mit seinem großen Onkel in ihr stecken geblieben war. Eine riesige Laufmasche bleckte dabei am Hintern. Der kippende Tisch mit schwappendem Bier und spritzender Suppe rundete das harmonische Bild ab.

Hinter uns donnerte die Eingangstür in unser Kreuz und ein N'amd-Dschak-wih-hicks-geets posaunender Typ latschte uns auf die Hacken. Jetzt waren sie also alle zusammen. Sechs potenzielle Waffenschieber. Menschen, zu denen man sofort Vertrauen hatte. Souveräne und solide wirkende Leute. Mitten in Paris zu zivilen Zeiten. Luc, der Hund und ich schauten uns an und kehrten auf dem Absatz um. Die Biere fanden sicher auch so ihre Abnehmer. Diese Aktion war jedenfalls fürs Erste abgeblasen.

Am nächsten Morgen wollten wir's auf dem Großmarkt versuchen und uns da mal umsehen. Dort schwirrten so viele schräge Vögel umher, vielleicht hatten wir Glück.

***

Wir hatten es. Ein orientalischer Typ mit allem Drum und Dran wurde unser Geschützvermittler. *Waffe, nix Waffel! Haben kapiert! Bin aus Marokko und nicht blöd. Okay? Also zwei Stück. Ihr warten! – Hier!* Es waren tatsächlich zwei fast ästhetische Dinger, die wir in den Händen wogen. Himmelherrgott, ich hatte eine solche

Wut im Bauch und musste mich regelrecht zurückhalten. Die Knarren lagen so gut in den Händen, dass ich nahezu all die verstand, die damit für Recht und Ordnung und Freiheit und solche Sachen durch die Gegend ballerten. Ich visierte ein Knie unseres Händlers an, aber der drehte meine Hand zur Seite und tippte sich mit seinem Finger an die Stirn. *Anfänger? Dann gute Nacht!* Egal, ich war high wie nach einer Runde Koks und wollte gleich los.

Der Typ hatte allerdings nur eine Handvoll Patronen für uns übrig, er hatte wohl Angst nach meiner Attacke auf sein Bein, dass wir gleich den Laden hier auseinandernehmen wollten. Dabei hätte ich tatsächlich schon verflucht gerne ein bisschen Rambazamba gemacht. Die Pistolen gaben mir das Gefühl, nichts mehr verlieren zu können. Wenn diese Idioten Lilly auch nur ein Härchen gekrümmt haben, würden sie einen Tag später drei Meter tiefer liegen.

Wir fuhren ziellos durch die Stadt, ich wusste nicht, wie groß dieser Moloch in Wirklichkeit war. Dreimal tankten wir nach. Alles in Ruhe und ohne Begleitung am Heck. Zumindest war keine auszumachen. Ich befühlte meinen Ballermann und fühlte mich wie Mandela, de Gaulle und Zorro zugleich, neben mir saßen Robin Hood, der Rächer, und sein scharfer Hund, der uns ständig beschützte.

Wir bekamen Hunger. An einem Drive-in parkten wir in Tischnähe, eine Blondine, mit einer gefährlich perfekten Figur und berufsgezwungen aufpoliert mit einer knallengen schwarzen Lederhose, die ihr durch Schritt und Hintern schnitt, steckte die zwei Sandwichs und die Colas langsam wie Briefkuverts durch die knapp geöffneten Scheiben. Wie aus Neugier schob sie den Kopf mit ihren langen wilden und ungebändigten

Haaren hinterher. Ihre knallroten Lippen schmatzten. Rein optisch hinterließ sie die Aufforderung, nach Mitternacht noch mal mit einem anderen Hunger wiederzukommen. An ihrer Bluse hatte sie zwei Knöpfe mehr offen als an einem Sonntag. Unsere Blicke konnten diese Einladung nicht absagen. Sie hatte nicht mal einen BH an. Obwohl ihre Sachen anders nicht zu bändigen gewesen wären und ihre Nippel sich bei der Kälte aufreizend durch den Stoff drückten. Als sie zurückging, schaute ich wie magnetisiert auf ihren Arsch, selbst das Fabrikschildchen ihres Slips zeichnete sich durch. Doch sie wackelte mit ihm leider kein bisschen appetitanregend. Sonst hätte ich – vielleicht. Dachte ich – zumindest.

Ich schüttelte den Kopf, dachte an Lilly, lächelte und klatschte applaudierend mit meiner Hand auf den Oberschenkel. Luc stimmte mir, seinen Mund mit dem Handrücken abwischend, grinsend und mampfend zu. Ich quetschte meine Zähne in das Junkfood und die Mayonnaise peitschte quer aus den Stullen heraus. Ein Spritzer blieb an der rechten Scheibe hängen.

Als wir den Wagen wieder in Gang brachten, war Lucs Verständnis für die Spritztour am Ende.

„Kannst du mir eigentlich mal erzählen, was wir hier machen? Langsam wach' ich nämlich auf. Und ich glaub, ich krieg 'ne Meise. Mit einem Schießeisen durch Paris. Echt klasse, kann ich da nur sagen, war schon immer mein Traum. Aber James Dean ist auch in 'nem Porsche gestorben."
Er stieß auf und schüttelte deutlich seinen Kopf.

„Du bist mir vielleicht einer. Warst du das nicht, der was von einer Eins-A-Frau gesagt hat?"

Ich drehte das Fenster runter und legte meine Füße in die kalte Luft. Dabei wedelte ich mit den Resten meiner Stulle herum.

„Kerl, du musst immer an Lilly und Jean denken, vor allem an Lilly. Und Lilly klopp ich da raus, kapiert?"

„Is' gut. Is' ja gut, der Herr der Verdammten hat gesprochen. Und wo finden wir die Kleine? Hä? Ich frag nur noch mal, damit mir's klar wird."

Er verstand einen echt zu motivieren. Ich hatte natürlich keine Ahnung.

„Ich hab's, wir klappern alle Schrottplätze ab!"

Ich strahlte von einem Ohr zum andern, manchmal hatte ich noch wirklich brauchbare Einfälle. Das hatte sogar mal in einem Zeugnis von mir gestanden. *Der Junge hat eine blühende Fantasie!* Luc schaute mich etwas entgeistert an, aber ein gewinnendes Lächeln meinerseits machte jeden Widerspruch sinnlos.

„Oh nein, nicht mit mir!"

„Komm, hab dich nicht so. Nur ein paar. Mensch, die müssen doch so 'ne lädierte Karre loswerden und wenn, dann kennen die da vielleicht die Typen. Auf, fahr noch mal zu dieser Bahnanlage in Clichy, da hat es so Schrotthändler."

„Die reparieren die doch unter der Hand oder stellen die sonst wo ab."

„Quatsch, die vergreifen sich doch nicht an einem geklauten Untersatz."

Wir nach Clichy. – Nichts. Ich geriet jetzt schon in die Nähe eines Infarktes. Wenn wir den Wagen fänden, hätten wir nichts gewonnen, denn die warteten sicher nicht auf uns, um uns einen Hauptpreis zu übergeben. Der nächste Schrottplatz brachte natürlich auch nichts ein, der übernächste ebenso nicht und der folgende? Klar. Nichts.

Wir kurvten nach Hause. In unsere Rue eingebogen, glaubten wir unseren Augen nicht zu trauen. Da stand, nein, wir träumten nicht, ein Citroën, dreihundert Meter von unserer Haustüre entfernt, zu kaputt, um nicht derjenige sein zu können.
„Kapierst du das? Was gibt das, wenn's fertig ist?"
„Ich glaub, du siehst schon karierte Mäuse. Warum soll das ausgerechnet *der* Citroën sein? Aber wenn du meinst, die Farbe stimmt zumindest."
Wir stiegen aus und inspizierten das Blechgebilde. Es konnte tatsächlich sein. Vorne rechts schön und deutlich eingedätscht. Licht kaputt. Stoßstange und Kühlergrill weg. Wir parkten den Volvo mitten auf den Bürgersteig. Der Citroën war sogar offen. Er konnte noch nicht lange hier stehen, sonst wäre er doch schon längst zwanzig Hände weitergereicht worden. Ich schaute mich nach allen Seiten um, stürzte mich auf die Sitze und stocherte wie ein Berserker mit meiner Nase in den Sitzkissen herum. Wenn ich auch nur eine Spur von deren unanständigem Treiben gerochen hätte, hätte ich meine Knarre genommen und den Tank gesprengt, um augenblicklich den ganzen Stadtteil in die Luft fliegen zu lassen. Ich konnte keinen falschen Duft ausmachen. Zudem fand ich nicht einen Hauch von ihrem Duft, und Lilly hätte ich durch eine Betondecke wahrgenommen.
„Ey, komm mal her!"
Ich schwang ums Heck auf Luc zu, Bello knurrte ausnahmsweise wie ein Wachhund und hatte seine Vorderbeine auf der Stoßstange. Ein ziemlich feiner Stoff klemmte zwischen Karosse und Kofferraumdeckel. Lillys Rock Bluse Hose. Das Schloss klemmte oder war abgeschlossen. Mein erster Gedanke war natürlich, diese Arschlöcher hätten Lilly umgebracht. Ich brüllte.

„Ich bring sie um. Ich reiß denen die Eingeweide raus. Ich hack eure Pimmel ab. Ich mach diese Scheißstadt kaputt."
Mein Kopf spielte Kino mit den neuesten Horrorstreifen und die Leute blieben wie angewurzelt stehen und über uns öffneten sich zwei Millionen Fenster. Ganze Heerscharen von denen hatten sich plötzlich in diesen, um uns und an den Hauswänden verteilt. Ich versuchte sie wegzuscheuchen, indem ich meine Arme wie ein Gänsehirte ausbreitete und mit meinen Händen ruderte.

„Ey, habt wohl nichts zu tun. Haut bloß ab. Hier gibt's nichts umsonst. Kommt! – Auf! – Weg da!"
Luc hatte inzwischen aus dem Volvo einen Wagenheber geholt und bolzte damit in dem Schlitz zwischen Blech und Deckel herum. Als die Klappe aufsprang, wünschte ich mich in dem Moment zehntausend Kilometer weit weg. Ich wollte nicht hineinsehen. In Gedanken sah ich sie schon drin liegen.

Ich jag euch ins Jenseits.

Diese Scheißstadt hatte lang genug existiert.

Mich brauchte sie auch nicht mehr!

Die Klappe war auf. Luc, ich und das halbe Stadtvolk schauten rein. Die Leiche lag drin. Erfreulich maskulin und dadurch ziemlich männlich. Ich feuerte meine Faust auf den Kofferraumdeckel. Der zerborstene Schädel füllte den Kofferraum, wie eine zu weiche Quiche. Der Typ war zu tot, als dass wir ihn hätten erkennen können. Eine kleine hutzelige Oma neben mir bekam weiche Beine. Mit abgespreizten Fingern durchsuchten wir die Kleidung. Nichts. Das überall aufgerissene Innenfutter seines Mantels verriet uns, dass andere vor uns ihn schon auf den Kopf gestellt oder absichtlich alles rausgenommen hatten. Seine Kleidung war piekfein, aber dermaßen zerfetzt, dass jegliche erkennungsdienlichen Hinweise fehlten.

Lilly lebte also. Das stand wenigstens fest. Aber wo war sie? Und hatte das Ganze hier mit ihr zu tun? Was sollte der ganze Schwachsinn? Keiner hier kannte die Leiche und erst recht keiner von den hundert Million Neugierigen wollte es gewesen sein.

Kein Brief. Nichts. Nur, da war *noch* wer. Die Bullen waren es nicht, die Kokser auch nicht, oder doch ... In mir stieg allmählich das Gefühl hoch, dass wir in eine tolle Falle geraten waren und so wie gewünscht bei einer prima Fehde mitmischten, und das ohne ein einziges Ass. Wir schoben die Gaffer zur Seite, ließen den Citroën stehen, wie er war, und setzten uns Richtung Lucs Druckerei ab. Ich brauchte erst einmal einen Schnaps. Ich plünderte Lucs Hausbar.

In dieser Nacht konnte ich deshalb einigermaßen ruhig schlafen. Auch weil Lilly in meinem Kopf war und dann in meinem im härter werdenden Glied. Ich fühlte sie und ihre Liebe und ihre Hände und entleerte meinen Körper mit einem festen, harten und schnellen Griff in die Kissen.

***

„Ich kapier' das einfach nicht. Wo ist da der Sinn? – Das da vor dem Haus hat totsicher mit uns zu tun. – Die spielen Katz und Maus mit uns. – Und wo sind die echten Bullen? Ich frag jetzt LaCluse. Der ist doch sonst auch immer so schlau. – Der muss jetzt was wissen. Der ist doch das wandelnde Nachrichtenblatt."

Ich sprach mehr mit mir selbst als mit Luc, aber er hatte natürlich zugehört und bekam einen Wutanfall. Er kloppte mit seiner Handfläche an seine Stirn.

„Mach dich ruhig da richtig rein. Dann gehst du garantiert als Erster drauf. Erst willst du abhauen, dann schrottest du meinen Wagen, dann die Leiche und deine bescheuerten Ballermänner, reicht dir das noch nicht? Die Typen sind imstand und hetzen uns die ganze Pariser Unterwelt auf den Leib. Mann Gottes! Wir sollten uns da raushalten."

„Du bist mir ja ein ganz Feiner. Meinst du, Lilly kommt hier eines Tages per Einschreiben an und alle klatschen in die Hände? – In dieser Stadt gibt es einen, der Jean eine Erbschaft vermacht hat, ein paar, die Jean und Lilly haben und einen, der uns den Durchblick schwärzt, damit er vor aller Welt seine krummen Sachen drehen kann, aber vorher will der genau sehen, wen wir durch unsere Blödheit vor seine Flinte bringen können. Und all die würde ich am liebsten kaltmachen." Lucs Hand klappte wie ein Scheibenwischer vor seinem Gesicht hin und her. Trotzdem! Und wenn ich nach dem Motto vorginge, lieber zu viele als keinen. Ich musste versuchen einen von diesen Typen zu finden. Ich war mit einem Mal davon überzeugt, durch LaCluse den Schlüssel zu allem in die Hand zu bekommen.

Er war schon immer ein komischer Kauz, jeder im Viertel kannte ihn, er sprach mit jedem und jeder mit ihm. Er gehörte zum Bild der Gegend wie Großeltern zu einer Familie. Keiner hatte ihn jemals etwas arbeiten gesehen, außer, wenn er mal bei den Immobilienmaklern gegenüber oder bei den Vietnamesen oben am Ende der Straße auftauchte und dort über Stunden für einen Kaffee oder ein belegtes Brot ein paar kleine Dienste tat und dann wieder verschwand. Es fiel auf, dass man ihn noch nie anderswo gesehen hatte, als in dieser Straße, in der Rue Ramey, aber das schien keinen zu kümmern. Obwohl man wusste, dass er mal wegen Rauschgift gesessen hatte und Kontakte zu Fixern, ihren Händlern und Bandenkönigen hatte und dass Henrys Tochter Chantal beinahe in seine Hände geraten war, als er mal auf einer Fete ihr sein Zeug verhökern wollte.

Doch später hatte er wohl herausbekommen, dass sie Henrys Tochter war und er durch so einen Quatsch sein tägliches Zuhause kaputtgemacht hätte. Somit wurde er über Nacht zu einem wahrlich fürsorglichen Menschen, bevor ihn alle geviertteilt in die Gosse geworfen hätten. Er half den Ladenbesitzern beim Aus- und Einpacken, hielt da und dort einen kleinen Plausch und klärte jeden, dank seiner Verbindungen, darüber auf, wenn irgendeine Bande meinte, Rabatz machen zu müssen. Seitdem war tatsächlich Ruhe – sehr viel Ruhe im Karton. Und wenn er sich wirklich so gut auskannte, *musste* er einfach etwas wissen.

Ihn also hier irgendwo zu finden, war lediglich eine Frage der Zeit. Doch ausgerechnet jetzt wusste keiner, wo er abgeblieben war. Keiner wollte etwas mit der Sache zu tun haben. Zu offensichtlich erschien allen, was wir von ihm wollten. Es wurde die Suche nach der berühmten Nadel im Heuhaufen. Alle Stellen, die wir in Betracht ziehen konnten, waren ohne irgendeine Spur. Luc blieb angesäuert in seiner Druckerei sitzen, während ich ein paar Bekannte fragte, und bot mir ständig die beleidigsten Grimassen, wenn ich nach erfolgloser Aktion wieder bei ihm vorbeischaute.

Es wurde noch schlimmer, nachdem ich ihn in sein Auto verfrachtet hatte, um zum soundsovielten Male mit ihm die Straßen in der Umgebung abzuklappern.

Als es ihm zu bunt wurde, stieg er aus und drückte dabei fluchend auf die Hupe.

„Jetzt reicht's aber, Kerl. Ich hab' auch noch was anderes zu tun, als hier deinen Chauffeur zu spielen. Halt die Klappe! Geh zu 'nem Anwalt und setz dich endlich in die Karre und sitz still!"

Seine Faust krachte auf das Wagendach, sofort war eine Delle mehr drin. Widerwillig sank ich in den Beifahrersitz und ging ihm fast an den Kragen:

„Mann, bist du blöd oder tust du nur so? Statt dauernd rumzustänkern, könntest du mir ja mal 'nen konstruktiven Vorschlag machen. Ich hätt's gern auch ein bisschen anders gehabt."

Er verzog sein Gesicht und schlug mit seinen Händen auf eine Luftsäule.

„Mach hier bloß keinen auf Moralapostel. Glaubst du, mir macht das vielleicht Spaß, aber ich hab' verdammt noch mal keine Lust, euer Kindermädchen zu mimen und nachher als Sieb im Laden herumzuhängen. Geh zu einer anderen Polizeistation und erkundige dich. – Ach Scheiße."

Wir stierten zusammen durch die Frontscheibe und fixierten irgendwo einen fernen Punkt, dann knüppelte er krachend den Gang rein und spielte Alain Prost. Unter uns fiel beinahe das Getriebe aus der Verankerung.

Die nächsten Stunden blieben in den Uhren kleben und die Sonne stand wie festgetackert neben den Wolken. Ich wusste auf einmal wirklich nicht mehr, was ich machen oder von LaCluse noch wollte. Dieser miese kleine Fisch würde wahrscheinlich sowieso nur den letzten Mist labern. Komischerweise hörten wir auch von Caron nichts. Der war doch sonst auch so fix und fiel uns alle fünf Minuten auf den Wecker. Ich beschloss zu resignieren. Zumal ich beim besten Willen nicht wusste, wie diese Story zu Ende gehen würde.

***

LaCluse trafen wir zufällig, als wir auf dem Weg zur Druckerei waren, fast stilecht vergraben unter einem wahrscheinlich von ihm klein gehackten Stapel Fruchtkisten bei einem Gemüsehändler in der Rue Lamarck. Offenbar durfte er sich wie der letzte Clochard ein paar Vitamine aus den Obstresten heraussuchen. Als er uns sah, begann er wie ein Boxer in seinem Ring herumzutänzeln. Abhauen lohnte sich nicht, wir kamen von zwei Seiten auf ihn zu und Lucs Wuff sorgte mit passendem Gekläffe für eine gewisse Autorität. So wusste er nicht, wohin er schauen sollte.

„Ach – ja – äh. Schau an. Bello, Luc und sein Freund. Wie war doch noch dein Name?"
Im ersten Moment wusste ich nicht, wie ich meine Fragen loswerden konnte.

„Halts Maul Pierre. Was weißt du von der Sache mit Jean?"

„Hä?"

„Komm, stell dich nicht so an. Du bist doch sonst so 'n gut funktionierendes Informationsbüro und jetzt machst du hier einen auf keine Ahnung. Am Ende hast du ihm sogar den Scheiß eingebrockt. Das weiß doch jeder, dass du den besten Stoff hast, und sonst kennst du doch auch jede kleinste Regung unserer Bullen."

„Hä?"
Ich wurde schon wieder hektisch. Ich glaubte zu spüren, dass er mehr wusste, und kam langsam auf Touren.

„Ich glaub, du willst mich zum Affen machen. Was weißt du von der Sache mit dem Päckchen, wer hat Jean das Ding untergeschoben?"

„Hä?"

Zum Dritten und meine Faust fuhr ihm unter die Rippen. Ziemlich hart seine Knochen, ich blies auf meine lädierten Knöchel.

„Ich hab' keine Ahnung, wovon du sprichst", röchelte er. „Was sagst du, Jean sitzt. Hat er was angestellt."

LaCluse spielte zauberhaft.

„Du weißt ganz genau, was ich meine. Das spürt ja selbst mein verstorbener Großvater. Vielleicht weißt du Hühnerficker sogar auch, wo Lilly ist."

Ich krallte ihn mir an seinem Kragen und schob ihn in die Kisten. Er wehrte sich nicht einmal, sondern glotzte vollkommen plemplem in den Himmel.

„Lilly? Wer ist denn das nun wieder?"

Ich schaute zu Luc, der sich am Kopf kratzte und sich erkennbar von hier wegwünschte. Im Gegensatz zu den anderen um mich herum. Denn in solchen Momenten bist du in einer Stadt nicht mehr allein, vorher kümmert sich keine Seele um deine Sorgen. Da bist du der einsamste Mensch inmitten von Millionen. Aber jetzt sahen sie wie bei einem olympischen Ringkampf zu und sahen wohl ihre Chance gekommen, ihre nächste Ration Blut zu sehen. Luc zupfte mich an meiner Jacke.

„Komm, mach keinen Terz. Wir rauschen ab. Ja?"

Ich zeigte ihm einen Vogel; der muss wirklich bekloppt sein. Da fährt man stundenlang rum ... Und schon hatte ich meine Hand fast an der Kanone. Luc wurde wieder wach und warf sich zwischen uns und rammte mir seinen Kopf in den Magen. Ich knallte nach hinten gegen was Weiches und lag flach auf dem Rücken. Über mir sah ich einige fremde blöde grinsende Gesichter, die uns anglotzten. Fußgänger, Touris und den Gemüsehändler mit seiner Schürze, an der er seine Hände abwischte und ein paar alte trockene Salatblätter pappten.

„Bist du übergeschnappt?", prustete ich ihm zwischen die Augen mit fliegender Faust, aber schon hatte ich Lucs Knie zwischen meinen. Ich kringelte mich wie ein Schweineschwanz. LaCluse flog hoch und wollte türmen, doch Luc arbeitete wohl doch nicht für die Gegenseite und stellte ihm mit einer vollendeten Bewegung und bestem Effekt seine Füße in den Weg. LaCluse stürzte und rollte vor die Wand der Schaulustigen.

„Hiergeblieben, Freundchen!"
LaCluse schlug um sich wie ein Kind in der Trotzphase. Unser Publikum wich zur Seite und machte dem zweibeinigen Propeller Platz.

„Komm, mach dein Maul auf. Wir sind ja nicht die Bullen. Sag's und wir sind verschwunden."
LaCluse fuchtelte immer noch mit seinen Armen.

„Leute, lasst mich doch in Ruhe, ich weiß inzwischen nicht mehr als ihr. Die Marokkaner machen mir zurzeit das Leben schon schwer genug. Im Augenblick weiß keiner von uns in den Arrondissements, was los ist und wer hier den Ton angibt. Diese Nigger scheißen jedem vors Fenster. Fragt die doch."
Wir sahen, dass er log. Jedem, der aussieht wie er, sieht man es an. Ich hechtete mich auf ihn und klebte ihm links rechts links eine ins Gesicht. Ich überlegte kurz, wie die das dauernd in diesen Krimis klarkriegten, damit solche Typen sprudelten wie Wasserfälle, aber mir fielen nur die Hiebe ein, die LaCluse gerade einstecken musste.

„Was für Marokkaner?"

Aber er hob nur seine Schulter.

„Tut mir leid, Leute."

Gab es in dieser Stadt neuerdings nur noch Sackgassen? Als ich mich umdrehte, hielt der ungewaschene schnauzbärtige Obsttyp seine Hände auf und wollte Geld für das Brennholz hinter mir. Ich zeigte auch ihm einen Vogel und drückte mich mit Luc durch die Gaffer. Es fiel mir einfach nicht ein, wie die das im Fernsehen machten.

***

In Lucs Druckerei hingen die Vorhänge wie aufgeblasene Spinnaker in den offenen Fenstern und der Anrufbeantworter blinkte fast schon am Ende seiner Kondition. Luc drückte den Knopf. Die Dinger vergessen nichts, selbst den letzten Furz der Leiche, die gerade ihren Tod verkündet.

„Was faselt der?"

Die Stimme war hyper-monoton.

„Wir haben eure Zaubermaus, heute Abend, 23 Uhr, Porte de Clichy, südliche Verladung, Rampe 7, könnt ihr sie euch ansehen, alles Weitere vor Ort."

Jeder von uns hatte noch seine sechs Schuss, genug für 12 gezielte Schüsse in deren Gehirnpampa. Sie hatten also Lilly. Sie? Sofort war ich auf hundertachtzig. Denen blas ich die Rippen einzeln raus. Erst links, dann rechts. Ich schaute mir meine Knarre an. Wir hatten gar keine Zeit darüber nachzudenken, wie vielleicht wer oder warum die uns und was da alles hätte sein können. Diese ganze Sache war wahrscheinlich sowieso so angelegt, dass es überhaupt kein Ende gab. Diese Story hatte jetzt schon zu viele Kapitel. Alles war scheißegal, ich wollte endlich zu Lilly und dann raus aus dieser

Stadt, diesem Land, diesem Erdteil, dieser Welt. Jean hatte ich dabei schon längst vergessen.

Wir waren mutig. Ein halber Kasten vorher verdünnte jegliche Angst und ließ Flügel und Muskeln wachsen. Mit angedumpften Schädeln machten wir uns auf den Weg. Lucs Stadtplan war zu alt und flog aus dem Fenster. Wo geht's lang fahr da rein links na geradeaus mein Gott steht hier ein Zeugs herum weiter komm mach pass doch auf die Kartons auf acht vor elf haste denn wirklich keinen vernünftigen Stadtplan scheiße wo ist bloß diese Rampe man ist das 'ne Krücke deine Karre lass mich doch mit deinem Scheißgenörgel in Ruhe ist eigentlich hinter uns jemand nee nee nee ich würg die wenn die Lilly auch nur ich weiß es du hast es mindestens schon einhundert Mal gesagt hast du eigentlich kapiert was LaCluse mit den Marokkanern getextet hat bin ich vielleicht Hellseher oder was da Nummer fünf drück drauf du Gas ist rechts die kann nicht mehr ich glaub der steckt in der Sache voll drin jetzt rechts Mist neun zurück links nennst du das Stoßdämpfer da sechs sieben SIEBEN. Rampe sieben. Luc hämmerte auf die Bremse.

Scheinwerfer an. Auf die Rampe. Nichts. Langsam weiter. Ein alter gewaltiger Schuppen. Ein offenes Tor. Rein. Ein wahrer Lagerdom. Dunkel. Nicht eine einzige Birne. Wir rollten weiter. Nichts. An Kistenwänden vorbei. Eine Palette nach der anderen. Trotzdem nichts und noch mehr nichts. Nächster Gang. Wieder Kistenwände. Kistenwände. Kistenwände. Nichts. Keine Zeit für Bedenken. Nichts. Mein Herz raste bis zwischen den Ohren. Nichts.

Da. Drei Personen. Die Mitte: Lilly. Die Scheinwerfer spielten sicher nur einen Film. Sie standen mitten im freien Raum. Nein, kein Film. Zwei Muskelpakete mit ihren kleinen Gummiköpfen hielten ihr von beiden Seiten jenseits Schießprügel an die Schläfen. Wir mussten nicht hinsehen, um zu wissen, dass Lilly kurz vorm Zusammenbruch war, beinahe besinnungslos vor Angst, Tränen, Wut und Schwäche.

„IHR SCHEISSKANACKEN!"
Luc trat voll aufs Gas. Der Wagen jumpte diesmal nach vorne wie ein Panther, ein paar Meter vor ihr stieg er auf die Bremse und ließ den Wagen ganz langsam weiterrollen. Lillys Pullover war total verschmiert, das Gesicht grell verlaufen. Make-up oder Blut? Dem Rock fehlten vorne acht von neun Knöpfen und die Nähte. Diese Schweine, wenn die ..., dann können die ihre eigenen Pimmel fressen. Ich zog langsam meine Knarre zwischen den Sitzen hoch, erst in Mono, dann mit Luc in Stereo. Synchronziehen mit Pokerface – Goldmedaille. Die Frontscheibe sah sofort aus wie 'n Stadtplan. Die Geschosse katapultierten sich in den Rücksitz.

Der Volvo stand sofort. Links und rechts machte es *PLONK* an den Scheiben. Ich zu Luc, Luc zu mir, dann wir beide zur Scheibe. Zwei enge und gefährlich offene Röhrchen schauten uns zwischen die Augen.

„Raus! Und Waffen unter die Sitze!"
Keine Chance.

„So Freundchen, umdrehen, Beine auseinander, Hacken weg, Hände aufs Dach."
Hände an, in der Jacke, an, in der Hose.

„Umdrehen!"
Ich konnte sie gerade noch zählen: Vier gekrümmte Finger. Dann spuckte ich 'ne Fuhre Zeugs zur Seite. Luc lag schon flach. Ich rasselte neben ihn mit der Stoßstange im Schlepptau. Ihre Füße hielten uns bestens am Boden.

„Na, Amateure, wie?"

Irgendeiner dieser Arschlöcher grunzte beim Lachen. Ich schielte hoch, spitze Lederstiefel mit Glitzerkappe und Zeugs drauf, Bluejeans und – ich kam nicht rum. Luc keuchte. Etwas Kaltes rutschte auf meine Wange und der Fuß vom Nacken. Ich drehte mich endlich um und hatte 'nen Stück rundes Eisen im Mund und die Fratze über mir.

„Ballert prächtig. Kriegst sogar die Sterne noch mit. Willste mal hören?"

Mein Kopf explodierte. Der Jumbo landete genau in meinem rechten Ohr. Es jaulte wie 'ne Turbine. Ich schrie, tobte und strampelte. Der Tritt in meinen Magen ließ mich dann nach Luft japsen. Etwas Warmes rann an meinem Hals runter und auf meiner Zunge schmeckte es bitter. Lilly schrie, ich versuchte zu ihr zu schielen. Ihr Schrei erstickte. Leer. Das Eisen knallte gegen den Gaumen. Ich musste würgen und meine Lunge pumpte krampfend nach Luft.

„Gleich, mein Junge. Gleich. Erst mal wollen wir noch ein paar Sachen klarstellen."

Ich verstand nichts. Der Glöckner von Notre-Dame tat gerade da oben seinen Dienst und mein Schädel war seine größte Bimmel, die er hatte. Dem über mir schien es Spaß zu machen. Er drückte den Ballermann noch etwas tiefer in meinen Hals. Ich pumpte und schluckte und füllte den Lauf mit Gallenflüssigkeit. Ich hätte kotzen können. Einer von denen fing an zu quatschen. Ich konnte ihn nicht erkennen, die Tränen in meinen Augen ließen mir nur einen Blick wie unter Wasser.

Jean kannten sie bereits, *der* ist eigentlich ein netter Kerl. Aber *wir* waren es, die ihnen stanken. Ob wir Caron kannten. Was Caron von Jean genau wollte, wer ich sei und die und was unser Rumgefahre sollte und was weiß ich.

„Caron ist kein Bulle. Der hat nur seinen Ausweis." Kam plötzlich.

Fiel aus seinem Gesicht wie ein Überraschungsei aus der Hand eines Säuglings. Etwas segelte neben uns runter und klatschte auf dem Boden Applaus. Irgendein Plastik mit Papier. Auch ein Ausweis. *Renseignements Généraux.* Irre. Ich bekam keine Luft mehr und kloppte auf das Blech über mir, dann musste ich mich übergeben. Ich fühlte meinen offenen Hals. Das Schwein hatte tatsächlich eine Ladung neben mich in den Beton gebohrt und mich fast damit angeheftet.

„Was wollt ihr dann von uns", gluckste ich.

„*Just some informations,* wir wissen zum Beispiel immer noch nicht, wer du bist."

„Ich? Scheiße. Guck doch auf meinen Deckel."

Sein Greifer kurbelte mich vor seine Nase. Er stank wie eine Fischfabrik. Mein Nasenbein war sicher vorher schöner. Ein Schwall Blut schwappte über mein Kinn. Mein linkes Auge war fast blind. Mein Körper ohne Gefühl. Ich sprudelte alles aus mir heraus. Blut und Worte. Ich und Lilly nach Paris für ein paar Tage Jean zu Luc Caron in der Bude Kleinholz alles auf den Kopf gestellt dann abgehauen Auto kaputt den Rest weiß er ja selbst was soll der Scheiß ...

„Wissen wir schon alles." Ich flog auf den Wagen.

„Ich brauche nur einen winzigen Namen."

„Ihr mit euren Scheißnamen!"

Ich blickte es nicht und zitierte ihm das halbe Telefonbuch. Wieder seine Faust, sie ließ mich für einen Bruchteil einer Sekunde zwanzig Zentimeter höher verharren. Ich klappte in seinen Armen wie ein Taschenmesser zusammen und überschlug mich fast. Meine Knie waren bereits wieder auf der Motorklappe gelandet, bevor ich ihnen nachkam. Ich muss wie ein sterbender Wal gebrüllt haben. Mir fiel Lilly ein.

„Wo – ist – sie?"

Es kam aus mir raus wie platzende Seifenblasen. Er nickte nach hinten. Dort saß sie zusammengesunken auf einer Kiste. Immer noch mit den Gewehren am Kopf. Die Rockfetzen waren an den Beinen vorbeigerutscht. Ich sah, dass ihr Slip fehlte. Wie ein Kalenderblatt abgerissen.

„Ihr Wichser, ihr verdammten Wichser", hauchte ich.

Mit einem Ruck riss er mich hoch. Sein Stiefel zertrümmerte mir den halben Fuß. Er wickelte meinen Kopf um mein Genick. Auf der anderen Seite stand Luc mit blutleerem Kopf. Die Typen, die neben ihm standen, ritzten feine rote Linien in seine Haut und hatten seinen Mund mit schmieriger Reißwolle verkorkt. Seine Augen waren aufgeblasen wie Ballons.

„Ihr verdammten Ärsche, wir wissen nichts." Ich winselte.

Ein Messer verschwand lautlos in Lucs Oberarm, öffnete eine flutende Ader und nagelte sich in das Holz hinter ihm. – Wir wissen nichts, – noch mal.

„Du lass doch sein, die sind clean. Ich glaub, wir machen den Deal mit denen. Sollen die doch was für ihre Unschuld tun."

In Gedanken küsste ich die Füße dieser Stimme. Luc rutschte wie ohnmächtig zu Boden und riss sich dabei seine Kleider am Rücken kaputt. Bellos verrücktes Blaffen war endlich in meine Ohren vorgedrungen, ein erstes vertrautes Geräusch. Dann begannen sie zu quasseln. Der Handel, den sie wollten, leuchtete ein. Ganz hinten im Kopf kam ihre Logik an. Jetzt war sowieso alles egal, was sie von uns wollten. Wenn das hier nur aufhörte. Wir besorgten denen einen sauberen Beweis dafür, dass Caron im Schutz seiner Hundemarke die erstklassigsten Schiebereien veranstaltete, und sie veranlassten die Freilassung von Jean.

„Aber diese Marokkaner ...?"

Vielleicht interessierte die das ja auch. Da sind doch noch mehr hinter uns her. Und alle wollen irgendeinen Mist von uns.

„Und was ist mit LaCluse?"

„Das lasst mal unser Problem sein, ihr macht euren Part und wir unseren, kapiert?"

Das in unserer Verfassung auszuschlagen, schien Selbstmord zu sein. Hauptsache wir kamen hier lebend heraus. So was hatte es noch in keinem Film gegeben, dachte ich noch und meinte:

„Okay, wir versuchen's ..."

Einer meiner Arme wurde den Rücken hinaufgezurrt.

„Zum Abschied."

Der Kolben traf mich voll unterm Ohr. Ich wurde weich in den Knien und hörte nur noch kurz, wie Luc in die Kistenwände einbrach und Lilly von ihrer Kiste kippte. Der Hund dröhnte immer noch wie verrückt. Dann war alles still.

Zwei.

Irgendwann hämmerte mein Puls hart und wuchtig an die Schläfe und mein Kopf dröhnte wie die Metrostation unter Les Halles. Ich kniff meine Augen zusammen und versuchte zu blinzeln. Im ersten Moment war es stockduster und ich sah nur tanzende grelle Lichtblitze im Raum. Dann sah ich die Silhouette des Volvos, der mit offenen Türen und einer gläsernen Spinne auf der Frontscheibe hinter mir stand und mit seinem matt glänzenden Lack den Raum mit Licht zu füllen schien, und daneben Luc zusammengekauert auf dem Boden hocken. Er zitterte. Irgendjemand hatte ihm einen vorbildlichen Verband um seinen Oberarm gewickelt. Sein Gesicht war gespenstisch bleich. Der Hund saß vor seinen Füßen, winselte und wackelte nervös mit Kopf und Schwanz. Vor dem Tor schien eine Gestalt an der Wand gelehnt zu stehen. Ich versuchte mich aufzurichten, um sie zu erkennen. In diesem Moment hatte ich das Gefühl, als ob Dutzende von Messern sich in meinen Rücken und Nacken bohrten. Ich schüttelte meinen Kopf und presste ihn zwischen meine Hände, bevor er mir vom Hals fallen konnte. Etwas Blut tropfte vom Kinn auf den Boden. Luc schaute mit gequältem Blick herüber und murmelte undeutlich vor sich hin.

Als ich endlich auf meinen Knien hockte und wieder was sehen konnte, schaute ich noch mal zum Tor. Die Lichtpunkte hatten sich aufgelöst. Doch war alles noch wie verschwommen um mich herum. Trotzdem glaubte ich Lillys Gestalt zu erkennen. Ich stellte mich auf die Beine und torkelte an einer Kistenwand entlang in ihre Richtung. Der Hund lief mir zwischen die Beine und ich versuchte ihn zu verscheuchen. Als ich hinter ihr stand

und meine Augen sperrangelweit aufgerissen hatte, um jedes Licht um mich herum auszunützen, wollte ich nach ihrer Schulter greifen. Sie musste eine Bewegung hinter sich geahnt haben. Sie drehte sich um und schrie:
„Fass mich nicht an!"
Zwei Fäuste prallten gegen meine Rippen und ich verlor wie ein Reifen pfeifend Luft. Bevor ich mich keuchend wieder in der Senkrechten befand, war sie schon durch ein Tor nach draußen gerannt und hetzte die Rampe runter zu einem Eingang der Verladung.

Es war schwer sie in der Dunkelheit auszumachen, ich lief den hastigen und ungleichmäßigen Schritten hinterher und stolperte dabei über jeden Mist und meine eigenen Füße. Sie war schon gute zwanzig Meter vor mir.

„Lass mich bloß ich Ruhe."
Es klang wie ein leises Grollen, das Anrollen einer großen Welle. Als ich sie fast erreicht hatte, wich sie aus und ich prallte mit Karacho in die Maschen eines Zaunes. Lilly witschte durch eine Lücke.

„Mensch, Lilly, bleib doch stehen. Verdammt."
Mein Kopf war wieder eine Trafostation und brummte. Lilly konnte es sicher hören. Auf der Straße angekommen, hetzte sie zwischen einigen Autos in Richtung Bahnhof. *LILLY!* Scheiße. *Bleib doch stehen!,* dachte ich laut. Plötzlich kam sie ins Stolpern und schlug an einem Bordstein der Länge nach auf den Asphalt. Mit den Händen voraus brachte ich ein paar nächtliche Raser zum Stehen und hechtete über einen Wagen eines zappelnden Fahrers, dessen Worte man von den Lippen lesen konnte.

Ich zeigte ihm einen Mittelfinger.
Endlich stand ich über ihr. Meine Beine schlotterten.

„Mein Gott, Lilly, ich bin's. Keiner dieser Arschlöcher. Was ist denn los?" Irgendwie blöd, aber hoffentlich beruhigend quasselte ich weiter: „Erzähl, was ist passiert?"
Noch blöder. Als wäre sie auf einem Spielplatz von einem Klettergerüst runtergefallen. Ich bückte mich und drehte sie auf den Rücken. Ihr Gesicht war vollkommen nass und die Stoffreste ihrer Kleider waren nun fast völlig abgerissen. Ihre Beine und Arme waren durch den Sturz blutig aufgeschürft. Sie war ein Bild des Jammers. Ich wusste nicht so recht, wie ich Lilly in die Arme nehmen sollte, befürchtete, dass sie in diesem Getümmel um uns herum wieder um sich schlagen und wegrennen würde. Wahrscheinlich war meine Sorge ihr auch gar nicht wichtig. Ich streckte ihr eine Hand entgegen und sie zog sich kurz dichter an mich, nur um sich an einen schiefen Laternenpfahl zu setzen. Dann geschah eine halbe Stunde lang nichts, außer, dass sie unaufhörlich weinte und ihr Gesicht wie ein Felsen unter einem Wasserfall aussah. Ihr ganzer Körper schüttelte sich und ihre Lungen verkrampften sich beim Atmen. Mir blieb nichts anderes übrig als sie zu halten. Na ja, Händchen und Unterarm. Dabei blubberte ich weiterhin nahezu sinnlose – ich dachte – tröstende Worte und wartete ab. Ich glaub, ich war wirklich zu blöd für richtige Hilfe.

Nach einiger Zeit stand plötzlich Luc mit seinem Volvo neben uns, röchelte irgendwas Japanisches und lud uns anschließend in den Fond. Er schwankte wie ein Volltrunkener auf seinem Sitz hin und her und verteilte halblaut Mordabsichten. Jeans und mein Name waren auch dabei. Aus seinem Verband tropfte Blut. Die Reste der Frontscheibe hatte er mit gezielten Tritten aus der Karosserie gestemmt. Wir blieben noch einige Zeit mit laufendem Motor stehen und glotzten uns an und auch wieder nicht. Dann sprachlos, wie zungenamputiert aus den restlichen Scheiben. Endlich fuhren wir los.

***

Wir brauchten zwei Tage, um zu uns zu kommen. Jeder suchte sich eine Ecke in der Wohnung, leckte seine Wunden und hatte sich auf seine Weise ausgeklinkt. Wir wunderten uns, welchen Effekt dieses Spiel bekommen hatte und hatten daher keine Lust, den ganzen Kram auf die Reihe zu kriegen. Dabei schien sich ein allgemeines Seufzen von Zimmer zu Zimmer zu hangeln, das das einzige Geräusch in der Wohnung war. Denn es fiel kaum ein Wort, außer den anderen zu sagen, dass ein Essen, Kaffee oder Ähnliches fertig sei. Meine Nase war auch hinüber. Ab und zu ging ich zu Lilly ins Zimmer, sie war wie ausgetrocknet und schlief betäubt und gleichmäßig. Ihre Kratzer und Wunden wurden langsam zu einer blau-rot-bunten Landschaft von Nolde, aber Gott sei Dank hatte es sie nur über ihrem Auge wirklich schlimmer erwischt, es war zugeschwollen und die Braue mit einem Klebstreifen provisorisch fixiert.

Ich schaute eine Weile auf den atmenden Körper, der sich im Schlaf entspannt unter einem dünnen Hemdchen abzeichnete. Alles hob sie mir, als sei nichts geschehen, entgegen. Weich und anziehend. Nein, nicht jetzt. Ich tippte mir an den Kopf und rieb beide Hände über mein Gesicht, mit einem Klopfen zwischen meinen Beinen ging ich hinaus. Ich war bescheuert!

Jean und Luc saßen in der Küche. Luc qualmte wie ein Waldbrand. Sie hatten es tatsächlich wahr gemacht und Jean freibekommen. Mussten also doch Bullen gewesen sein, behauptete ich. Lilly hatten sie außer den blauen Flecken nichts getan. *Die Kleider hatte ich mir zerrissen, als ich weglaufen wollte. Und der Slip? Der ging beim Pinkeln kaputt, da hab' ich ihn dann weggeschmissen, 'nen neuen haben sie mir aber nicht gegeben, dafür gegafft wie die Bekloppten.* Wie gedemütigt musste sie sich in diesem Moment gefühlt haben.

Ich schaute aus dem Fenster auf die zerklüftete Dachlandschaft der Stadt. Diesem Arsenal stumpf gebissener und ausgefranster Zähne, die sich wie ein Trainingsparcours für Zahnärzte unter uns ausbreitete. Die Hitze der aufgedrehten Heizungen entschwand nutzlos und unverbraucht kerzengrade in den trüben Himmel, der ganz hinten wie ein unausgewaschenes Glas mit Colaresten aussah. Unter mir schlief Bello schon alle viere von sich gestreckt. Jean knallte sich wie in alten Zeiten fortwährend ein Bier nach dem anderen rein, trällerte bereits wie ein Singvogel und nörgelte die ganze Zeit über seine plötzliche Freilassung. Der Anblick war eigentlich erfreulich alltäglich. Ein prachtvoller Ring stieg aus Lucs Mund und zerschellte an der Lampe. Er musste husten.

„Scheiße, tut das weh!"

Ich schlurfte kreiselnd durch die Küche. Jean schaute Luc mit schiefem Blick zu, wie er seine Waffe wog und dabei genau auf das Absperrventil des Gasofens zielte. Ich plumpste auf einen Stuhl und streckte mich durch den Raum. Luc quasselte in einer Tour vor sich hin.

„Peng!"

Er kippte langsam zur Seite und schlug auf die kalten Fliesen. Seine Augen verdreht und die Zunge aus einem Winkel hängend. Wir guckten etwas belämmert zu.

„Hä?"

„Frag doch Jean."

Der war allerdings schon so voll, dass er, wenn er gelacht hätte, seinen Magen nach außen befördert hätte. Lucs Showeinlage war ihm sowieso zu hoch, der krümmte sich auf dem Boden und stöhnte:

„Oh, Erdenkinder, es geht mit mir zu Ende. Allein mit meinem warmen Blut zugedeckt."

In dieser Lage konnte er allerdings schlecht rauchen, er setzte sich auf und lehnte sich an ein Tischbein.

„Das ist alles total bescheuert."

Jeans Ohr war mittlerweile mitsamt dem Kopf auf der Tischplatte gelandet. Er begann zu schnarchen. Ich verzog mein Gesicht und verabschiedete mich mit einem Abwinken.

Ich warf mich neben Lilly auf das Bett und streckte mich um zwei Dutzend Zentimeter. Kino im Kopf, Blut dick wie Öl, der Körper als Heißluftballon, daran Glieder aus Blei und Lilly neben mir. Normalerweise liebte ich diese Momente. Ich musste sie nur anschauen und war dann wie weggetreten. Was ich glaube auch tat. Nach einigen Augenblicken machte sich ein fetter Traum in meinem Kopf breit. Oder war ich doch noch wach? Ich entschied mich für Traum, so konnte ich besser sinnieren. Über Lilly, mich und die Welt. Wer wollte sich dazwischenwerfen. Was wollten die von uns, warum gerade wir. Lilly und ich, das könnte eine so gute Kombination sein. Es war wie mit diesem Krebs und dem Schneckenhaus. Wir gehörten zusammen. Der eine hatte den anderen gefunden. Und dann splitterte das Holz der Tür. Das war nicht nur das dumpfe Gefühl im Kopf. Und ich hatte den Eindruck, unsere Luft war knapp geworden. Auch wenn wir jetzt wieder ein Quartett waren. Das Ganze begann immer mehr zu stinken, ich drehte meinen Kopf und betrachtete Lilly, die das Gleiche mit mir tat.

Zu einem Leben gehört nicht viel, der Bauch findet immer was und der Kopf bleibt unter der Pont des Arts trocken, heißt es. Im Notfall kann man allem entsagen, wozu braucht man ein Fernsehen? Wozu ein Radio? Wenn du Nachrichten hörst, hast du noch lange nicht die Welt verbessert. Zeitung zu lesen, ändert nicht den Lauf der Erde oder die Köpfe der Manager. Und das wenige Geld in meiner Tasche nützt nur in Kneipen und nicht der Wirtschaft. Wozu einen Eisschrank, in jedem Supermarkt lagern sie dir die schönsten Sachen in den kältesten Graden. Selbst wenn du keinen Centime mehr in der Tasche hast, hast du noch dein Leben Aber eine Frau, die dich liebt, findet man vielleicht nur ein- oder zweimal in seinem Leben. Lilly war für mich die Erste *und* Zweite. Egal, was behauptet wird. Ich küsste ihre Brüste unter dem Shirt und betupfte vorsichtig einen Streifen warme Haut. Ihre Wärme strahlte wie ein Kraftwerk. Dennoch spürte ich in mir keine Spur von guter Laune, ich war wie ausgeblasen. Sie drehte sich zu mir, wölbte sich an mich und lächelte. Ihre Finger spielten mit den Härchen unter meinem Nabel, holten mich aus meinen Gedanken und wanderten unter meiner Hose zwischen die Beine, vorbei und über mein Glied, das aus dem Schlüpfer wuchs. Es war sogleich hart. Ihre Zunge zog auf mir Kreise. Schulter Kinn Mund der Turban um den Hals Brust Bauch meine Spitze. Das Zimmer wurde warm und unsere Lungen arbeiteten heftiger. Ihre Hand und Beine schlossen sich um und ihr Körper über mich. Warm weich und nass.

Wir weinten beide und schossen uns in einen fernen, für den Moment unerreichbaren Orbit ab.

***

Lilly stand am Fenster, sie schaute wie abwesend hinaus in den Regen. Dort draußen waren alle himmlischen Wasserleitungen geplatzt, der trübe Morgen hatte sich wohl entschieden, uns zu ertränken. Das Wasser schoss die Straßen hinab und spülte den ganzen Unrat in den Gossen durch seine breiten Mäander direkt auf die Schaufeln der Stadtreinigung. Die hatten ein Leben! Ein bisschen Wasser von oben und sie brauchten nur noch unter dem Regenschirm sitzend den ganzen Dreck auf ihre Laster hebeln.

Ich umarmte Lilly von hinten und küsste ihren flaumigen Nacken. Meine Erregung drückte ich sanft unter ihren Rücken in die Pospalte. Ich spürte, dass sie eine Gänsehaut bekam. Ihre Brüste lagen leicht auf meinen Händen, ihre schmale Taille stützte sich so an mich und in ihre weibliche Hüfte zeichnete sich zaghaft das Gummi ihres Slips. Ich hätte Stunden so stehen, sinnieren und sie küssen, die Vögel aufsteigen sehen, die Regenmassen schätzen und sie wieder und wieder anschauen können. Wir standen Tage. Sie öffnete ihre Beine und meine Hand rutschte hinab. Gerade wollte sich ein Finger in ihr verstecken, als sie mich doch ganz sanft von sich schob und mein aufgerichtetes Glied nach unten klappte. Ihre Sätze waren schon fast zu Ende, bevor ich überhaupt bemerkte, dass sie mit mir sprach. Ich vergrub ihre Worte zwischen meinen Lippen und ging mit meiner Zunge über ihre spazieren.

Doch dann kam der Rest des Gesagten endlich in meinem Kopf an und ich ließ sie los. Sie musste die ganze Nacht alle Möglichkeiten durchkombiniert haben.

Lilly erzählte mir den ganzen Fall, so wie sie ihn sich vorstellte und ich spürte, sie hatte recht. Dauernd wurden wir ohne große Widerreden freigelassen, zusammengeschlagen und freigelassen, wir waren also ein Köder. Das hatten die Kerle von den *RG* ja selber gesagt. Jeder wollte den anderen ausschalten und wir lockten deren Infanterie aus den Verstecken und solange wir das getan hatten, blieben wir am Leben. Auch wenn im Hintergrund die irre Party ablief. Warum sollten wir dann den Spieß nicht einfach umdrehen? Wenn wir schon den *Renseignements* helfen sollen, dann spielen wir eben den weltbesten Köder und verhökern die Suchtpülverchen an die Meistbietenden, wie gewünscht. Nur mit dem Unterschied, dass wir entscheiden, wann und wo, und dabei hoffentlich im richtigen Moment die Typen eingesammelt werden. Und das natürlich immer unter dem angeforderten Schutz der *Renseignements*, denn ohne die wollten wir keinen Finger mehr krumm machen.

In kurzen Sätzen erklärten wir den anderen beiden, was uns durch den Kopf ging. Luc zog seine Stirn in Falten und steckte sich eine Zigarette an. Der Rauch schoss wirbelnd aus seiner Nase.

„Hmm, klingt nicht schlecht, zumindest hab' ich auch keine bessere Idee, aber ab jetzt gehört auch LaCluse in den Kreis unserer Gegner. Keiner von uns hat ihm was über die Marokkaner gesagt und er war es, der sie erwähnte. – Wir brauchen also eine mittlere Armee. Im Übrigen ändert das alles nichts an unserer Situation. Wir stecken drin, und die denken, wir sind die Neuen."

„Scheiße, und wenn wir Pech haben, mischen da noch 'n paar andere mit. Na gut. Spielen wir Elfer Raus. Mit wem fangen wir an, oder hauen wir gleich ab?"

„Ach was, das hat doch keinen Zweck. Jetzt findest du an jeder Ecke einen, der 'n paar Minuten später dir deine Socken bei seinem Chef beschreibt. Ab heute haben wir einige Schatten mehr. Nee, wir müssen uns um den Koks kümmern und gucken, ob einer anbeißt und wenn, haben wir entweder unsere Ruhe oder wir verschaffen ihm seine ewige. Ich hab' die Schnauze nämlich gestrichen voll. Ich hoffe nur, die Typen von der Kripo – die haben doch gesagt, sie sind von der Kripo, oder? – spuren 'n bisschen flotter als sonst."

„Toll. Und wie stellt ihr euch das vor? Spielen wir Miss Marple, lesen schlaue Krimis und lösen ganz nebenbei den Fall oder wollen wir Lilly im Bikini losschicken und 'n Schild raushängen: Gebt uns Stoff, ihr kriegt 'n Mädchen."

„Du Blödmann ..."

Lilly warf sich auf Jean und gönnte ihm für einen kurzen Moment ihren herrlichen Körper auf seiner Brust, bevor sie ihm mit beiden Händen gleichzeitig die Ohren eindellte. Sogleich wurde ich nervös.

„Könnt ihr vielleicht mit dem Kinderkram aufhören? Wir sollten uns lieber 'nen Satz warme Gedanken machen, wie die von den *RG* zu ihren Wunschkandidaten kommen, sonst werden wir noch als Lochkäse versteigert."

„Aber ohne mich. Ich bin seit fast zehn Tagen nicht mehr gefahren. Und die Mäuse kommen auch nicht von alleine. Also Tschüss!"

Jean schob ab, fluchte in schönsten Bildern und knallte die Tür hinter sich zu.

„Mach's wie damals und nimm die Richtigen mit!"

Luc setzte sich auf die Bettkante und wieherte los.

„Mensch, der Kerl glaubt tatsächlich an den Weihnachtsmann, als wenn die den so durch die Stadt gurken lassen. Da sind doch ganze Mannschaftsbusse hinter uns her! – Verdammt, die knallen ihn schneller ..."
Er schnellte zum Fenster, aber das Taxi war nicht zu sehen.

„Hoffentlich geht das gut."

„Und nun?"
Lilly ging in die Küche.

„Wisst ihr was, wir werden uns heute Abend ein bisschen in der Gegend verteilen und nach jeweils 'ner Stunde über Funk bei Jean melden. Vielleicht können wir die, wenn da wirklich welche sind, etwas nervös machen, uns mit Jean treffen und 'n bisschen Zeit gewinnen. Passieren tut sicher nichts, die warten doch jetzt alle ab. Und vielleicht laufen die dabei sogar in die richtigen Arme. Wäre doch einen Versuch wert, mmh?"

„Nun ja ... Bello komm!"

***

Luc war bereits mit dem Hund verschwunden. Wir hörten nur noch seinen jaulenden Volvo und mehrere Türen zur selben Zeit zuschlagen. Lilly wollte tatsächlich alleine los. Ich wurde fast verrückt, nicht schon wieder, Mensch können wir nicht zusammen gehen, nach all dem Mist, den du schon hinter dir hast, ich flipp sonst noch aus. Die riechen doch gleich Lunte. Sie schüttelte den Kopf und strich mir durch die Haare.

„Nee, nee! Ich geb' uns drei Versuche, jetzt wird sich keiner mehr so schnell an mich rantrauen, die Typen aus dem Schuppen haben zwar geglotzt, aber anständig waren sie trotzdem. Die passen bestimmt auf. Mach dir keine Sorgen, ich werd's mal alleine probieren."

„Und ich? Guck zu, wie es danebengeht?"

„Quatsch. Spiel doch nicht ständig Tarzan! Ab jetzt will ich mich auch mal ein bisschen rächen."

Blödsinn war das nicht in unserem Kopf, sondern Irrsinn. Trotzdem gingen wir nach knapp einer Stunde. Taten ganz cool. Unbeteiligt. Vor Schaufenstern blieben wir stehen und linsten ins Glas, um durch die Spiegelung etwaige Verfolger zu sehen. Mitten auf der Straße wechselten wir die Richtung. Taten das andere auch? Ja, wir gingen sogar zurück und forschten nach dummen Blicken. Aber entweder waren die alle schlauer und kannten die Tricks oder waren nicht existent. Wir sahen niemanden, aber ich hätte meine Großmutter verwetten können, sie trudelten todsicher irgendwo mit herum. In einer Telefonzelle nahmen wir Kontakt mit Jeans Zentrale auf, nichts, er hatte sich noch nicht gemeldet, auch nichts von Luc. Wir stiefelten die Stufen zur Rue Lepic herunter und Lillys Idee blitzte wie bei einem Foto aus ihren Augen heraus. Sie verschwand im Bäckerladen und bedeutete mir draußen zu bleiben. Ich strolchte vor dem Laden umher, die Zeit verging und Lilly kam nicht heraus. Der Sekundenzeiger schlug einen Salto nach dem anderen. Keine Lilly. Ich schlurfte vor den kleinen Laden und sah sie nicht drinstehen. Verdammt, sie war nicht rausgekommen, ich hätte es doch bemerken müssen. Ich fluchte leise vor mich hin und ging rein.

Der Typ hinter der Theke zeigte auf einen Zettel, der auf dem Ladentisch lag: Wenn du alleine bist, komme zum Hinterausgang! Sagenhaft! Großes Kino! Hollywood ließ grüßen und der Laden war voll. Um alleine zu sein, hätte ich bis Ladenschluss warten müssen. Ich bezahlte ein Brot und verdrückte mich mit Kopfnicken und ein paar höflichen Worten so unauffällig wie möglich nach achtern. Wenn Jean recht hatte, fiel das in dieser Gegend meist nicht auf, denn fast jeder hier betrieb lebenserhaltende Nebengeschäfte, die in einem Keller oder sonst wo getätigt wurden. Ich bemühte mich zu grinsen und nickte dem Typ hinter der Theke, bevor die Tür ins Schloss fiel, ein weiteres Mal zu. Lilly stand so unsichtbar hinter einer Tür, dass ich mir vor Schreck die Nase zum zweiten Mal einschlug. Sie machte einen auf leise: *Kommt noch einer in den Laden? Fragt einer nach uns?* Selbst nach einer Viertelstunde passierte nichts. *Die stehen sicher schon an der anderen Tür.* Lilly ging einige Stufen im Treppenhaus hinauf und lugte vorsichtig aus einem Fenster, sie zuckte mit den Schultern und kam wieder zurück. Nichts zu sehen. Dann mal raus.

Klar, wie sollte auch. Wir waren in einem erstklassigen Minigarten gelandet, der durch Bäume, Häuser, Mauern und sonstigem Mist bestens begrenzt war. Ich bin keine Sportskanone. Ist egal. Lilly zog mich zu einer Tür nach gegenüber und klopfte mindestens 'ne halbe Ewigkeit plus fünf Minuten auf ihr herum. Ich war kurz vorm Überschnappen. Lass uns doch wieder vorne raus, und dann mit 'nem Bus oder so immer umsteigen, vielleicht dann ... Sie verzog ihren Mund und hämmerte mit einem Finger auf die Stirn. Ich dachte nur an den gestrigen Tag und an: Wie die kleinen Kinder, spielen Räuber und Gendarm, haben davon keine Ahnung und hoffen, dass in den Pistolen Wasser ist.

Endlich machte eine ältliche Dame auf. Wahrscheinlich die Putzfrau. Ihre Haare türmten sich wie eine Hochzeitstorte auf dem Hinterkopf. Lilly fing an, ihr etwas zu erklären, und die Frau blickte nicht durch, denn ihre Antworten klangen nicht französisch. Mein Gott, jetzt lass uns doch rein. Wir wollen doch nur durch deinen schmucken frisch geputzten herrlich gefliesten Flur nach draußen spazieren. Ich verlor ganz allmählich den letzten Rest meiner Fassung. Ich gab ihr mein Brot und zwängte mich an ihr vorbei.

„Kannst du ja bestimmt gebrauchen."
Sie guckte verdattert: „Die Tür ist da." Sie zeigte zur anderen Seite.

Hammer!
Die konnte sogar Worte sagen, die ich *verstand.*
Wahnsinn!

Draußen auf der Straße redeten wir uns ein, niemand hätte diesen glorreichen Plan erkannt. Wir stiegen in einen Bus, der wie bestellt vorbeifuhr, und düsten mit ihm ab, stiegen um und weiter ging's. Meine Nerven flatterten mehr als Lillys. Und das nach dem ganzen Theater, das sie mitgemacht hatte.

Bei der nächsten Gelegenheit versuchten wir es noch mal bei Jean. Er hatte tatsächlich eine Nachricht hinterlassen. Nein, er hatte nicht den Eindruck, verfolgt zu werden. Mann, waren wir toll. Jean gabelte uns an irgendeiner Ecke schon fast in Belleville auf. Aber immer noch nichts von Luc.

Ohne ihn war der Erfolg natürlich äußerst besch...eiden. Doch Lilly war zuversichtlich. Der meldet sich noch. Und wenn nicht? Die können dem doch gar nichts anhaben, hier verfolgt jeder jeden oder meinst du, die sind blöd und bevorzugen Zeugen. Ich kratzte ausgiebig meinen Kopf und Jean platzte in meine Gedanken.

„Tja Leute, ganz so uninteressant war meine Fahrerei nicht. Die letzte Fuhre war's."
„Was soll das denn heißen?"

„Der Kerl mit dem Päckchen wollte abkassieren."
„Ach du grüne Neune!"
Der Schlag saß, sie waren also tatsächlich hinter uns her gewesen. Die Tour wäre für andere der größte Horror gewesen. Jean erzählte zwar wie ein Fischer mit Anglerlatein, doch die Hälfte hätte uns schon gelangt:

***

„Hättest du wohl nicht gedacht, mich so schnell wiederzusehen. Hä? Haste die Knete etwa schon versoffen? Komm schieb rüber, her mit dem Zaster!"
„Bitte ...?"
„Ey, willsse mich für blöd verkaufen, gib mir das Geld!"
„VERDAMMTE SCHEISSE, was für Geld?"
„Das Geld für das Päckchen, du Arsch, oder biste amputiert im Kopf?"
Jean tat, als wenn er nicht verstünde, und versuchte im Verkehr zu bleiben, so fühlte er sich noch am sichersten. Zeit, wie gewinne ich bloß Zeit. Es gärte in seinem Kopf.
„Ich hab' kein Geld bekommen. Ehrlich! Der Kerl war 'n Bulle und hat mich paar Tage später hopsgenommen. Ich kann dir sogar den Namen sagen."
„Hey Typ, wennde mich verarschen wills, dann musste 'n bisschen früher aufstehen. Ich weiß genau, dass du dem richtigen Typen das Päckchen gegeben hast. Wenn der 'n Bulle ist, fresse ich meine eigenen Finger. Der kriegt ja nicht zum ersten Mal Ware von mir. Der Witz war also scheiße."
Er stöpselte einen Colt auf Jeans Nackenwirbel drauf, beugte sich vor und riss den Hebel für die Lehne hoch. Jean rauschte mit der Rückenlehne, so plötzlich wie ein

Fallbeil nach unten rast, nach hinten und dadurch mit dem Fuß zuerst auf das Gas- und dann mit voller Wucht aufs Bremspedal. Ein etwas betagter Sandkipper wich aus, krachte in den Gegenverkehr und verursachte ein Verkehrschaos. Doch der Peugeot stand unbeschädigt nach zwanzig Millimetern.

Der Typ verlor unterdessen sein Gleichgewicht und schoss nach vorne, brach die Gangschaltung ab und rammte sich Teile von ihr – nämlich den restlichen Knüppel – und eine Ecke des Taxameters in den Schädel. Jean war zwar ein wandelnder Binnensee für jeglichen Alkohol, aber nicht doof. Lehne hoch, abgemurkster Motor wieder an, Blei auf die Tube und ab. Er kannte sich logischerweise aus in der Stadt, schoss durch die Straßen, hupte wie ein Besessener und suchte nach einer geeigneten Stelle, um dieses widerlich blutende und röchelnde Schwein nach draußen zu befördern.

Diese fand er einen halben Kilometer später. In einer dunklen Unterführung verlieh er dem Affen Flügel. Er griff über ihn zur Tür, die wie ein echter Kompagnon ohne zu zögern aufschwang, rückte auf den Beifahrersitz und schmiss ihn vom Sitz. Als er dann neben ihm stand, knallte er ihn mit der Tür, die er wie einen Boxhandschuh verwendete, dabei gegen die Mauer. Er hatte keine Ahnung, ob der Knilch noch okay war, er sah ziemlich ramponiert aus, zumindest kurz vor tot. Jean durchgrub seine Taschen und wurde fündig. Der Kerl hatte so komische Tütchen in seinen Taschen.

Nun jedoch nicht mehr.

Jean schaute sich um, sprang in den Wagen und stob davon.

Gleich würden sich sicher auch die anderen melden.

***

Jean wedelte nun mit der Handvoll Plastiktütchen und fuchtelte mit einer Pistole mit Schalldämpfer herum, eine halbe Flak. Er klang erschreckend nüchtern.

„Ich glaub, wir werden viel Spaß bekommen. Ich fahr noch mal hin, wer weiß und der Typ liegt noch da und kann uns noch 'ne Gutenachtgeschichte erzählen."

„Du bist wohl nicht ganz dicht, der, die Bullen oder sonst was sind längst schon da und werden uns gleich einsacken – und das war's. Daran hätteste vorher denken müssen."

„Oder die. Der liegt da wie ein Penner. Und die dann daneben."

Er spannte blitzartig den Abzug, peilte einen Feind an, griente über das ganze Gesicht und legte das Ungeheuer auf das Armaturenbrett und fügte hinzu:

„Ich fahr hin."

„Scheiße! – Verdammte Scheiße! Du bist ja total bekloppt."

„Das werden wir sehen. *Wenn der ein Bulle ist, fresse ich meine eigenen Finger. Der kriegt ja nicht zum ersten Mal Ware von mir.* Seine Worte!"

Lilly versank in ihrem Sitz. Sie schüttelte den Kopf und pustete sich die Luft aus den Lungen.

„Puh, du bist vielleicht ein Idiot. Was soll das Risiko? Wir haben alles, was wir brauchen. Stoff und jeder 'ne Wumme."

Aber Jean war nicht mehr zu halten. Klar, dass da die Hölle los war. Die halbe Stadt, Polizei und – ein Leichenwagen. Super, das Thema wäre abgehakt. Jean bog blitzschnell um eine Ecke, schlängelte sich durch das übrige Blech und startete eine Stadtrundfahrt. Keiner wollte die nächsten Meter was von uns, doch wenn wir Pech hatten, waren sie wieder schneller hinter uns her, als uns lieb sein konnte. Doch zu sehen war nichts. Und das Einzige, was mir allmählich klar wurde, war, dass die Auftraggeber dieses Typen wohl noch keine Ahnung hatten, wie sich die Sache entwickelt hatte. Aber das war nur ein schwacher Trost.

„Wir müssen uns um Luc kümmern. Fast sechs Stunden sind rum und der hat sich noch nicht gemeldet."

„Der meldet sich, da brauchst du keine Angst haben. Der baldowert die Gegend aus und sagt dann Bescheid. Den Kerl kenn ich ja nun schon 'ne Weile."

„Dein Wort in Gottes Ohr!"

Er wusste genauso gut wie wir, dass sich für uns eine Sackgasse abzeichnete. Es blieb aber nichts anderes übrig, als durch die Gegend zu fahren und an den lieben Gott zu glauben. Die Zentrale *musste* sich einfach melden: Holen Sie Luc da und da ab. Wir mussten tanken, Jean ging zur Kasse und verlangte nach dem Telefon. Mal sehen, ob er vielleicht einfach nach Hause ist.

„Warum das denn?"

„Könnt doch sein."

Strohhalm. Es klingelte am anderen Ende. Einmal, zweimal, dreimal. KLICK, guten Tag, der Automat.

„Der ruft an, der ruft an, bestimmt."

Wir bezahlten, Jean schob seine Dosen in die Taschen und lehnte eine Fuhre über Funk ab. Hin und wieder transportierten wir dann trotzdem einen Opa oder einsame Herzen zu ihrem Rendezvous, die ihren Daumen zeigten. Für 'n Abendessen, meinte er.

Die Stadt wurde wuselig. Kein Wunder für diesen Stadtteil. Alles kam aus den Löchern, süchtig nach Vergnügen, Suff, den käuflichen Witzen und Glücksspielen. Die gab es hier im Sonderangebot, schoss mir durch den Kopf. Die Reichen waren in ihren Edelkarossen neben, vor und hinter uns auf dem Weg, sich ihrer Mäuse zu entledigen und dafür neue zu kaufen oder den Wanst für eine Nacht mit bouquetreichen Blähungen vollzuhauen. Neon spritzte auf die Straßen, Schilder schrien Näherkommen, es grölte aus allen Ecken. Busse quälten sich durch die Blechkarawanen. Die Touristen drückten sich die Nasen an Scheiben und Puppen platt, schmissen ihr Geld an die Bordsteine und torkelten weiter. Französisch war in diesem Viertel eine Fremdsprache und ich fragte mich, was Paris noch von Thailand unterschied.

Immer dunkler und bunter wurde es um uns herum. Jean klemmte entnervt sein Kinn auf das Lenkrad und wünschte, dass der Geist Aladins alles fortzaubern würde. Doch die Massen sprudelten weiter aus den Läden heraus, rempelten sich ihren Weg frei und freuten sich sichtlich befriedigt ihrer nicht nur finanziellen Erleichterung. Die Hälfte ihrer Hosen war offen.

Auf dem Boulevard de Clichy ging nichts mehr, die Autoschlange kam zum Stehen. In den Wagen vor uns stieg eine in Pelz verpackte Sünde ein. Als sie ihr linkes Bein in den Wagen stellte, glitt das Stöffchen nach hinten und ihr Bein wurde ohne sichtbare Barriere bis zum Nabel frei. Ich suchte die Fernsehkameras. Eine Hand schwebte nach draußen, grapschte ihr zwischen die Beine und zog die Nutte in den Fond. Der Verkehr erlebte eine Ampeldisco und das Konzert für Hupe, Gestank und geballte Fäuste. Durch die Heckscheiben der Kutsche vor uns sahen wir, wie die Sünde von eben von einem Kerl mit seinem knutschenden Körper bedeckt wurde und ihr Kopf auf die Hutablage sank. Für einen kurzen Moment hatte ich den Eindruck, dass sie uns anschaute. Den Passanten war dieses Schauspiel egal. Solche Filme wurden mit der Zeit langweilig. Deshalb wohl auch keine Kameras.

Alles quetschte sich an den Sexshops und rot beleuchteten Schaufenstern vorbei. Man hatte nur den Kopf für die eigene Befriedigung frei, zog die Gummis raus und verschwand hinter den erdbeerfarbenen Vorhängen. Andere kamen mit Krämpfen in den Händen heraus. Alles erinnerte an das Chaos in Carons Büro und an das Chaos, das wir immer noch nicht ganz durchblickten.

Der Funk quäkte zum soundsovielten Mal und der Wirrwarr um uns herum wurde immer unerträglicher.

„Ein Monsieur Luc möchte am Gare de l'Est abgeholt werden."

„Ich glaub, mich tritt ein Pferd. Geisterstunde. Kurz vor Mitternacht und der meldet sich tatsächlich."
Wir schauten uns alle ungläubig an, schlugen uns auf die Schenkel und feierten eine Miniaturparty, Jean schmiss eine Runde Bier.

„Jetzt bin ich ja mal gespannt."

***

„Wir können unser Versteckspiel beenden, Leute. Ich war keine fünfhundert Meter weg, da haben sie mich schon gekrallt. Den Volvo durfte ich stehen lassen. Und dann haben sie mit mir 'ne Art Blinde Kuh gespielt. Ich habe keine Ahnung, wo die mit mir rumgegurkt sind. Euch hatten sie auch noch eine Weile verfolgt. Und 'nen toten Fixer oder was der war, den sie aber kannten, haben die auch aufgelesen. Mein lieber Mann, den hat man vielleicht zugerichtet."

„Da kannst du mal Jean fragen, der wird hier nämlich zum neuen Zornnickel. Und wer hat dich bitteschön gekrallt?"

„Die *RG*, du Scherzbold. Oder denkst du der Weihnachtsmann?"

„Nee, aber Caron und ein paar andere kommen ja auch noch infrage, oder?"

„Caron ...?"

Sein Kopf kreiselte nach hinten.

„Der wird sich zurückhalten. Die Lieferanten, die durch Jean den Gruß mit dem Päckchen ausgerichtet haben, wollen ihm schon an die Wäsche. Seit Jahren macht der ein wahnsinniges Geld mit dem Verschieben von Rauschgiften. Die *Renseignements* wollen deshalb 'ne Lösung finden, wie man ihn und seine Mittelsmänner schnappt."

„Ach, und die haben Jean das Päckchen zugeschoben?"

Er zuckte mit den Schultern, lehnte sich zurück und fischte sich eine Zigarette. Sein Zippo flammte auf und erfüllte den Wagen mit flackerndem Licht.

„Vielleicht erinnert ihr euch noch. Denn wir sollen denen ja behilflich sein."

Ein Schwall Tütchen flog auf unsere Beine.

„Damit."

„Schöne Scheiße. Jetzt du auch noch."

„Warum?"

Jean zog seine Ration raus.

„Deshalb!"

„Oh Kacke, prima Sache. Woher hast du denn das Zeug?"

„Von dem im Leichenwagen ..."

Er erzählte auf die Schnelle Luc, was Sache war, und der war sichtlich verblüfft.

„Mensch Kerl, hätt' ich dir gar nicht zugetraut."

„Kannst auch gleich rausfliegen."

„Lasst den Mist. Was wollen die jetzt von uns."

„Ganz einfach, einer ruft Caron an, macht ihn spitz und einen Termin mit ihm aus. Wahrscheinlich kommen seine ganzen Leute, aber unsere auch. Wir lassen ihn schnuppern und er kauft das Zeugs, die anderen sehen zu und sind Zeugen und er geht rückwärts ins Kittchen. So funktioniert das."

„Ey, warum machen die das nicht selber? Meine Haut ist mir verdammt zu schade. Echt, was soll das mit uns?"

„Die eigenen V-Leute sind leider nicht als Zeugen tauglich. Also wir und die knöpfen sich die anderen vor, Marokkaner glaub ich."

Ich kippte nach vorne und bekam den Kragen von ihm zu packen. Ich zog ihn fast durch die Kopfstütze.

„Ich glaub, du spinnst, merkst du nicht, dass die uns für Absahner halten, die nehmen doch alles in Kauf. Nur damit ihre Fingerchen sauber bleiben. Oder meinst du, dass das väterliche Gefühle von denen sind, uns in so eine Scheiße zu reiten. Wir sind denen doch total egal."

„Dann mach mal einen passenden Gegenvorschlag", japste er zurück, „immerhin hatten wir gestern, glaube ich, fast dieselbe Idee."

Ich ließ ihn in den Sitz plumpsen.

„Und wenn wir nicht mitmachen?"

„Dann gibt's was auf die Backen: Fahren mit Alkohol, das kaputte Büro, Widerstand gegen die Staatsgewalt und unerlaubter Waffenbesitz, willste noch was? – Die Formulare haben die doch schon längst ausgefüllt. Jean ist dann seine Lizenz los. Und das nicht nur für eine Woche oder so. Merkste was? *Die* nehmen ihm die Story mit dem Päckchen trotz allem nämlich nicht ganz ab. Weißt du denn, wie viele Tütchen er auf diese Weise schon verteilt hat?"

„Ach Quatsch, ich sag doch, die wollen sich nur nicht die Finger schmutzig machen. Im Übrigen wäre das alles auch Jeans Bier, wir haben uns den Mist ja nicht eingebrockt."

„Mein Gott, geht das schon wieder los? Du bist ja 'n toller Hecht. Willst du kneifen?"

„Kneifen? Ich will mich nicht abknallen lassen!"
Luc glotzte in aller Seelenruhe aus dem Fenster.

„Die haben dich auch beim Wickel mit deinem Ballermann. Die meinen das ernst. Glaub's mir."

„Ich hab' Hunger."
Lilly hatte den erlösenden Einfall.

„Meint ihr, wir können nach Hause?"

„Klar, mit dem Heiligenschein von den RG sind wir da sicher wie in Abrahams Schoß."

***

Die Geschichte war vollkommen konfus, doch die Henkersmahlzeit wollten wir uns schmecken lassen. Lucs Küche war wie ein Warenlager, Tomaten, Eier, Makkaroni, Gewürze, und was weiß ich, türmten sich wie der Turm zu Babel auf dem Tisch. Das Wasser blubberte bereits im größten Topf und jeder hatte versucht, an einer Soße herumzuzaubern. Jean flößte sich wieder wie gewohnt sein Bier ein, Lilly duschte und Luc fraß die Makkaroni trocken. Er nahm ein paar von den Dingern und saugte Tomatensoße wie Saft in sich rein, eine Flasche Schampus wackelte in seinen Händen wie ein Würfelbecher. Auf einmal blies er Jean die rote Suppe durch die Makkaroni aufs Hemd, gleichzeitig knallte der Korken aus der Pulle wie eine Rakete, prallte an die Decke und von dort gegen die hohle Kühlschranktür. Jean schrie sich derweil die Kehle aus dem Leib und stürzte wie ein nasser Sack auf den Boden. Tot. Lilly schoss, in ein Handtuch gerollt, in die Küche, sah Jean tomatenrot auf den Fliesen liegen und Luc mit seiner Flasche und der zischenden Fontäne, die wie Regen von der Decke zurücktropfte. Sie schlug die Hände über dem Kopf zusammen, klappte an die Wand und stöhnte auf.

„Idioten! Ihr seid wirklich total bescheuert. Ich denk, man schießt euch hier zusammen und ... Ihr habt nichts als ein Stück Kacke im Kopf."

„Man, das hat man doch gehört, dass das der Schampus war."

„Hast du schon mal 'ne Flasche Schampus unter der Dusche explodieren gehört? Du bist ja echt nicht mehr ganz dicht."

Sie riss ihr Handtuch vom Körper und schleuderte es wie eine Keule durch den Raum. Es war ein wundervolles Schauspiel und sie nackt. Ihr Kopf schleuderte auf dem Hals herum und ihr schwarzes Haar verteilte Wassertropfen. Luc, Jean und ich konnten uns unser Lachen nicht verkneifen. Das Tuch angelte sich die Nudeln und ließ sie klein gehackt wie Hagel auf alle Flächen prasseln. Lilly weinte und lachte gleichzeitig, und das rotierende Tuch fabrizierte weiterhin herrliche Klecks. Nachdem das Essen statt in unseren Bäuchen in der Küche verteilt war, setzte sie sich lediglich von dem Handtuch halbherzig bedeckt in eine Ecke und lachte ihre Tränen heraus.

„Ihr seid total bekloppte Idioten."

Sie langte nach der Pulle, boxte mit dem dicken Teil gegen Lucs Kinn und genehmigte sich einen großen Schluck. Ein paar Sekunden drauf kullerte ein drolliger Rülpser aus ihrem Bauch. Luc verschluckte sich fast an seinen Makkaroni und Jean kugelte sich auf dem Boden.

„Ihr seid wirk... WUPPS ...lich total be... WUPPS ...kloppte Idioten."

Jetzt hatte Lilly auch noch einen Schluckauf. Ich prustete vor lauter Lachen in die restliche Soße und fabrizierte fliegende Masern. Wir waren vollkommen hinüber. Mit drei vier Schwüngen expedierten wir die leer gefutterten Teller in Spüle und den Müll in den Abfall.

Vor der Flimmerkiste hauten wir uns dann Chips und anderen Kram in die Mägen und für die restlichen Stunden war alles vergessen. Wir grinsten uns bei jeder Bombe in den Nachrichten an, schlugen uns gegenseitig die Schultern blau und Jean tänzelte, vollgelaufen wie er war, seinen besten Tango. Lilly quittierte das Spielchen mit hochgezogenen Augenbrauen und einem süßen Lächeln.

Spät in der Nacht genoss ich durch die Scheiben die Stadt, die sich allmählich schlafen legte und die Lichter, die in den Schlafzimmern erloschen. Von hier oben sah alles viel friedlicher aus als durch die Scheiben des Taxis. Lichtpunkte ketteten sich durch die Straßen und der Tour Montparnasse würfelte mit den Reflexen und warf ein Leuchtfeuer von seinem architektonischen Mittelmaß auf die Stadt, die zu einer gleichförmigen flachen grauen Masse wurde, aus der überall Rauch in die Dunkelheit aufstieg.

Hier oben war kein Gewusel in den Straßen, kein Geschrei und keine Nutte, die ihrem Gewerbe nachging. Lilly lehnte sich an meinen Rücken und kribbelte mit ihren Fingern über meine Haut, mir wurde heiß. Ihre Hände glitten in meine Taschen und kribbelten in meinen Leisten weiter. Ich umfing sie rückwärts. Ihr Po tarnte sich in einem Nichts von unscheinbarem Höschen, ich drückte ihn sanft. Sie gab mir glühende Küsse auf den Rücken. Plötzlich riss sie mit einem irrsinnigen Ruck die Futter meiner Hosentaschen heraus und gelangte so in meinen Schoß. Sie stellte mein Glied, schob alles aus dem Weg und ich ihren Slip, er war wie eine feuchte Straße, auf der ich nach vorne glitt, zwischen ihren Schenkeln. Ich klemmte einen Finger unter den Stoff und ließ ihn in ihr schwimmen. Sie öffnete von innen meine Hose, ließ sie an meinen Beinen herunterrutschen und trat zwischen meinen Beinen auf die Jeans. Ich stieg aus ihr heraus und wir ließen uns rückwärts ins Bett fallen. Wir vergruben uns in den Kissen und ineinander. Unsere Finger waren dabei wie tausend Ameisen, die geschäftig alle in eine Richtung liefen. Ihr Atem glühte in meinem Nacken und unsere Zungen verirrten sich tief in uns. Unter ihrem Nabel schimmerten die Härchen wie ein dunkles Büschel Gras auf der Kuppe einer weißen Düne in der Dämmerung. Ich rutschte langsam hinab, küsste zuerst ihre Knospen, bis sie glänzten, und versank darauf in ihrem Schoß, stützte ihren Rücken nach oben und trank ihre Feuchtigkeit. Die war besser als jeder Schampus und meine Zunge flirrte. Sie begann zu zittern, zog mich wieder hinauf und ich ergoss mich in ihren Höhepunkt.

Drei.

Wir erwachten wie zusammengeschweißt am nächsten Morgen und die Sonne malte nach langer Abwesenheit ein Fensterkreuz auf unsere Körper. Wir verfolgten den Schatten mit unseren Händen und streichelten uns verschwitzt und heiß auf einen weiteren Gipfel. Für Minuten blieben wir ineinander liegen, hörten, wie die Straße zu leben begann, die Flüche der Handwerker, die keinen Parkplatz fanden, und Henry, wie er Kindern hinterherschrie, weil sie sich etwas von seiner Theke gegrapscht hatten.

Morgen würde Chantal wieder zu Besuch kommen, Feiertag für Henry. Fast die ganze Straße wusste es seit Tagen und jeder schmunzelte über seine väterliche Anhänglichkeit. Chantal lebte seit geraumer Zeit in Chatenay-Malabry, um etwas Besseres zu werden als ihr Vater, der früher von der großen weiten Welt geträumt hatte. Jetzt sollte *sie* die kennenlernen, damit er bei ihren Besuchen, während sie von ihren Reisen erzählte, alten Sehnsüchten nachhängen konnte.

Lilly presste mich an sich und ich dachte, dass Chantal und Luc eigentlich gut zusammengepasst hätten, früher waren sie öfter miteinander auf Tour gegangen, hauten auf den Putz und machten diverse Diskotheken, Bars und Kinos unsicher. Als sie wegzog, wurde Frau ein Fremdwort für ihn und er mutierte zu einem motzenden unzufriedenen Einsiedlerkrebs, der so gut wie nie aus seinem Bau kam. Im Grunde war er in dieser Hinsicht nicht viel besser als Jean. Man könnte glatt glauben, Luc hätte Chantals Umzug wie eine Scheidung verstanden, die er ihr nicht verzeihen konnte.

Mittlerweile war die Sonne mitsamt dem Schatten wie ein Pfannkuchen vom Bett abgerutscht und hatte den Teppich in eine strohgelbe Matte verwandelt. Ich zerzauste Lillys herrlich duftenden Dschungel, auf dem die Tautropfen der Lust glitzerten. Sogleich schmeckte ich mit meiner Zunge noch einmal ihre süße Würze und dachte dabei an Cidre, blühende Rapsfelder, das weite tobende Meer, Chantal und Luc.

„Meinst du nicht auch, dass aus den zwei etwas hätte werden können?"

„Von wem sprichst du?"

„Ach, äh, nichts. Ich hab' nur laut nachgedacht."

Sie betrachtete mich verwundert und richtete sich auf, gerade zurückgekehrt aus Arkadien. Wir stiegen widerwillig aus den Federn. Luc und Jean saßen schon in der Küche und hatten gefrühstückt.

„Na, ist eure Party auch mal beendet?"

„Schlecht geschlafen oder neidisch."

„Ach, ist schon gut."

Luc hielt sich den Kopf.

„Vor allen Dingen schrei nicht so."

Lilly schmunzelte als Erste und legte ihre Wange an meinen Arm.

„Sag bloß, du hast die Flasche noch niedergemacht?"

„Die wäre ja sonst verdampft."

„Kein Wunder! So kannst du natürlich keine Mädchen bekommen."

„Haa. – Haa. – haa."

Luc stand auf, schaute uns übergangslos mit seinen roten Augen an und wedelte mit seinen Armen.

„Mensch, ihr habt Nerven. Wir sollen Caron in die Pfanne hauen und ihr habt eure Liebesspiele, dass die Bude wackelt. Erstens kann man dabei nicht schlafen und zweitens hört man euch bis auf die Straße. – Ich

hab' Bammel, 'ne Scheißangst, wenn ihr's genau wissen wollt. – Die Sache ist nicht hasenrein. Habt ihr euch schon mal überlegt, wer zum Beispiel die Leiche in dem Kofferraum war? Ich möchte nicht die nächste sein."
Wir schauten uns kleinlaut an, die hatten wir fast vergessen. Ich versuchte abzuwinken.

„Das war sicher einer von den Haschbrüdern. Der ist wahrscheinlich bei Rot über die Straße gegangen, als die *RG* mit Lilly auf und davon sind."

„Aber nicht, als ich im Wagen saß."

„Dann haben die den eben vorher abgeknallt."

„Und was sollte das ganze Theater mit der Karre und der Leiche vor unserer Tür? Ich hab' die Botschaft zumindest nicht kapiert, falls sie für uns war. Die Typen vom Bullenverein haben mir auf jeden Fall nichts darüber gesagt."

„Vielleicht war das ja für Caron bestimmt."
Jean fasste über den Tisch Lucs Arm.

„Ey, komm! Ich ruf den Kerl an, mir wird schon was einfallen. Mich kennt der ja. Da kriegt der sicher gleich lange Ohren und rückt mit seinen Mannen an, mmh?"
Luc schüttelte wieder seinen Kopf und seufzte dauernd:

„Oh Mann, oh Mann. Ich hab' nicht mal Frau und Kind für 'ne Ausrede."

„Werd' erst mal nüchtern, der Rest kommt von alleine. Da kannste unschuldig sein, wie du willst, Jean hatte Stoff und hat ihn weitergegeben. Caron hat genau das gebraucht und jetzt hängen wir drin. Wir könnten natürlich auch eine Geschichte basteln, alles zugeben und die nächsten Jahre Gitterstäbe mit goldigen Eddings von innen verzieren."
Lilly nahm ihn kurz in die Arme und zwirbelte ihm einen platschenden Kuss auf die Nase.

„Besser?"

Er verzog das Gesicht, die Mundwinkel nach oben.

„Wenn ich dich sehe, bleibt mir ja wohl nichts anderes übrig. Also auf, eh ich es mir anders überlege."

Jean machte ein V mit seinen Fingern.

„Ich häng schon an der Strippe."

Caron war sogar selber dran.

„Na, du Arsch?! Lebste noch? – Ja logisch, wer denn sonst. – Tja, mein Junge, ich musste doch mal sehen, ob du noch existierst. – Hahaha, mein Chef hätte nämlich gern den Zaster. – Stell dich bloß nicht so an! Meinst du etwa, wir wissen nicht, was du für tolle Dinger mit dem Zeugs drehst? Du hattest mich leider nur auf dem falschen Bein erwischt. Jetzt steh ich aber wieder. – Ja, 'n paar neue, vor allem gut ausgerüstete Lieferanten haben noch nie geschadet. – Ach, bleib mir doch mit deinen Marokkanern vom Leib, die blasen wir demnächst sowieso vom Tablett. Also, was ist mit den Mäusen, hä?"

Jean hielt die Sprechmuschel zu und pustete mit großen Augen, sich selbst beruhigend, in die Luft.

„Passt auf, der beißt an."

„Hör zu, du Wichser, wenn du dich anständig benimmst, machen wir mit dir 'n kleines Geschäft. – Jetzt halt's Maul und sperr deine Horchlappen auf! Ich rede und du hast Sendepause. Heute Nacht, na, sagen wir um ein Uhr, treffen ..."

Er fuchtelte mit den Händen und schaute uns an:

„Verflucht, wo denn?"

„Okay, von mir aus, zwölf Uhr im *Mémorial* auf der Île. Wir haben erstklassige Ware für dich. – Und denk an das Money oder du kannst deinen Spaten gleich mitbringen. Ich weiß, es ist ziemlich zwecklos, aber komm

allein oder mit einer sehr kleinen Mannschaft. Wir zählen durch! Bei mehr als drei reduzieren wir die Truppe ungefragt. Weißt du, wir sind auch nicht ganz blöd."
Er drückte auf die Gabel und ließ den Hörer wie etwas Ekliges auf die Gabel fallen.

„Hoffentlich hat der nichts gemerkt, verdammt, ich wusste plötzlich nicht mehr, was ich sagen sollte, das kann ja heiter werden."
Er pflanzte seine Hände auf eine Kommode und schien sie in den Boden drücken zu wollen. Luc kratzte sich am Kopf und schlurfte hin und her.

„Besser ging es nicht. Glaub's mir."
„Ich hoffe es."
Die Vorzeichen hatten sich geändert. Jetzt waren wir diejenigen, die das Heft in die Hand nehmen sollten, das schmeckte keinem von uns. Denn vorher waren wir die Ausgelieferten, aber nun musste alles umgekehrt laufen.

Luc hatte eine Nummer von den *RG* bekommen, der Treffpunkt passte ihnen nicht, viel zu zentral, und warum da, das Ding ist wie ein Loch und doch abgeschlossen, und dann brauchen nur ein Paar Touristen da sein und schon war der Käse gegessen, der Kittel geflickt, die Sache im Arsch. Aber jetzt noch einen anderen aus dem Boden zu stampfen, hätte auch nichts genützt. Mal sehen, was wir für euch tun können. Die Sache fing an zu stinken.

„Wir fahren mit beiden Wagen. Luc mit seinem Volvo fährt vor mit dem ganzen Pulver und wir hinterher. Dann können wir uns ein bisschen absetzen und die Lage peilen ..."

„... und mir danach 'nen Zinksarg hinstellen. Echt starke Idee. Nee du, wir fahren schön alle zusammen, und wenn geballert wird, ballern wir zurück."

„Ach Scheiße, das kannst du doch machen wie du willst. – Die haben recht: In diesem Mistding von *Mémorial* sitzen wir, wenn es drauf ankommt, voll in der Falle. Da müssen die ihre Knarren nicht mal leer schießen. Paff – Paff! Erledigt."
Lillys Idee gefiel mir dann doch besser.
„Wir fahren alle hin, allerdings ein paar Stunden früher und verteilen uns dort. Schlag zwölf stehen drei von uns mit den Knarren im Anschlag an den Wänden in Deckung, sodass wir in den Gedenkraum verschwinden könnten, falls es tatsächlich brenzlig werden sollte. Mit 'nem bisschen Glück kriegen wir das hin und wenn ich das Arschloch von damals treffe, dann genau zwischen die Augen."
„Wollen wir hoffen, dass die Typen von den *RG* auf Zack sind. Ich sag denen noch mal Bescheid. Die haben auch früher da zu sein."
Ich guckte Lilly verdutzt an, die plötzliche Härte in ihren Worten war mir bis jetzt unbekannt. Der Nachmittag kroch wie eine tote Schnecke um das Ziffernblatt. Statt die letzten Stunden unseres Daseins zu genießen, streunten wir in der Wohnung umher, kratzten auf den Möbeln rum, stapelten Musik in unsere Ohren und gingen uns auf den Wecker. Luc probierte indes sein Meisterstück an der Druckmaschine, Jean fraß nach den Fingernägeln die Finger gleich mit und Lilly und ich versuchten uns in häuslichen Aufräumungsarbeiten.

Nach zwei Stunden war die Bude sauber und das Spiel fing an. Auf der Île war halb Europa, keiner von denen störte sich an uns. Die meisten sahen aus wie Pelztiere, schön und unschön in ihren dicken Klamotten. Künstlich lachend näherten wir uns der hellen Betonschlucht. Die Tore, die sonst um diese Zeit verschlossen waren, standen offen. Caron hatte an alles gedacht. Lucs Hund wedelte in der Gegend herum und pinkelte ein neues Revier aus.

Es war noch relativ früh, Jean ging die schmale Treppe hinunter. Drei Minuten hatten wir ihm gegeben die Lage zu peilen und das Ganze anders als ein Tourist unter die Lupe zu nehmen. Er kam nach einer wieder.

„Wenn nachher noch genauso viele Leute da sind, können wir's vergessen. Der sagt uns *Bonjour,* klemmt sich das Zeugs unter den Arm und auf Wiedersehen. Das war's. Ich möchte mal wissen, was die anderen eigentlich vorhaben."
Luc zuckte mit den Schultern und blies seine Backen auf. Wir kletterten in die Tiefe.

„Ich hab' keine Ahnung. Wahrscheinlich sind das alles hier schon Typen von denen, ausgerüstet wie Kampfpanzer. Ich geh nachher mal nach oben, vielleicht sind die ja auch schon da und ich erkenn einen. Allen Mist haben die mir erzählt, wie und wo und was und mir fast die Ohren abgekaut mit ihrem Gelabere. Den Affen abknallen, reicht nicht und so. Aber nix von dem, was wir machen sollen ..."

„Ich werd' es nie kapieren, warum ausgerechnet wir die Deppen sind. Aber wenn wir schon mal hier sind und so viel Zeit haben, können wir ja 'ne Runde mitzocken. Echt ein Scheißspiel!"
Nichts passierte, Leute, Menschen, Kinder, Touris, Treppe rauf und wieder runter, Knutscher, Lover, Fummler. Gelbe, Schwarze, Blaue. Dicke, dünne, helle und finstere Typen. Und dann noch die mit ihren Knipskisten. Aarh!
Fürchterlich!
Wir kamen uns vor wie bei einem Trockengewitter.
BLITZ, ZOING, BLITZ!

Für einen kurzen Augenblick klebten dann die Schatten am Beton und alle lächelten auf Kommando, für dieses *Mémorial* völlig unpassend, wie blöd. Der Hund machte einen Kontrollbesuch und verschwand wieder. Luc zählte die Pflastersteine und Jean bohrte sich gedankenverloren in der Nase. Ich tastete nach meinem Ballermann, habt ihr eure auch dabei?
„Du hältst uns wohl für Trottel."
Jean tippte sich auf eine Stelle am Mantel.
„Bin gespannt, wie das Ding abgeht."
Es bimmelte elf.
„Noch 'ne ganze Stunde, ich glaube, ich spinn."
Luc dampfte mit einer Zigarette zum soundsovielten Mal nach oben. Die beknackten Touris wollten auch nicht nach Hause gehen.
„Die sehen alle gleich bescheuert aus."
Ich drehte mich zu Lilly und guckte in Carons Visage. Er stank wie die Küche, aus der er gerade kam, ich konnte ahnen, was er gefressen hatte.
„So sieht man sich wieder."
Er schlug von unten mit seiner Faust in meinen Schritt. Ich knickte nach vorne mit dem Kopf gegen seinen Oberkörper.
„Du – tickst – wohl – nicht – rich – tig."
Die Luft kam wie bei einem Drucklufthammer aus mir heraus. Als ich mich aufrichtete, hatte jeder von uns einen dumpf grinsenden Begleiter. Tief durchatmen.
„Sonst geht's danke, wie?"
Ich hielt mir noch meine sensible Stelle. Keiner von uns war in Deckung gegangen, doch die vielen Menschen machten mich mutig. Hier kann er nicht einfach rumballern. Ich erinnerte mich an meine Jugendzeit und die Kurse mit den Kampfsportarten und knickte noch mal vor, allerdings mit erhöhter Geschwindigkeit und traf

sein Kinn. Er torkelte mit schlechten Haltungsnoten nach hinten. ... sieben, acht, neun. Der Ringrichter kam nicht weiter. Caron transportierte seinen Kiefer und seine geballten Hände in meine Richtung und setzte einen Schwinger an, weiter kam er nicht. Meine Kanone rastete genau zwischen seinen Augen ein. Die hatte er vergessen.

„Ich würd' den Ballermann stecken lassen, zweimal lasse ich mich von dir nicht aufs Kreuz legen."

„Reg' dich nicht auf, mein Junge, reg' dich nicht auf."

Er wurde richtig niedlich.

„Ich – ich bin ja schon ganz ruhig."

Die Menschen um uns waren alle sensationslüstern stehen geblieben und gafften uns an, ich schwenkte meine Pistole und sie stoben auseinander, entknoteten sich und nahmen die Finger von sich und aus den Frauen. Es quiekte in dem Trichter wie in einem Schlachthaus. Jean setzte sich in Gang und tauchte neben uns auf.

„Ey, du Wichser, willst du uns auf den Arm nehmen, oder was? Was habe ich dir am Telefon gesagt? Schlechte Ohren oder was? Ich glaube, du weißt nicht, um was es hier geht. Ich will das Geld, und zwar sofort!"

Carons Nasenbein knirschte verendend unter seiner Faust.

„Das war für meine Bude, du Arsch. Und das für den Audi."

Die Bodyguards zückten ihre Feuerspritzen. Aber die Pistole an Carons Schädel bremste sie. Jean nutzte die Situation und trat mit voller Wucht in dessen Magengrube und rupfte sein Geschütz aus dem Mantel.

„... den Rest gibt's später."

Lucs Hund kam angewackelt, er hatte die Lage sofort gecheckt und heftete sich knurrend vor die nun bewaffneten Begleiter, die ahnten wohl, dass eine Schießerei auch ihr Leben kosten könnte, und ihre Matschköpfe wollten heute Nacht wahrscheinlich noch zwischen irgendwelchen Beinen feiern gehen. Unsere gezogenen Knarren waren auch ein zu gutes Argument, um ruhig zu bleiben. Man muss halt doch Amateur sein, um zu verblüffen. In diesem Moment schlug Notre-Dame erst halb zwölf. Ein schöner Mist, Bénard war wahrscheinlich noch Kilometer entfernt, hoffentlich hatte er genug Verbandszeug dabei.

„So, nun zur Sache. Zuerst legt ihr mal eure Knarren brav auf den Boden. Und dann, nur damit ihr es auch richtig versteht: Das Päckchen hat Geld gekostet und wir warten auf solches nur ungern. Du hast knappe fünf Minuten Zeit es rüberzuschieben. Und wenn du schön brav bist, kannst du auch wieder neuen Stoff bekommen. Also, ich warte."

Jeans Singsang klang wie von einer Bedienstetenschule. Er streckte die offene Hand in Carons Richtung.

„Habt ihr eigentlich die leiseste Ahnung, wie viele Jahre das gibt, wenn ich mit den Fingern schnippe?"

Carons Hand jettete in die Luft. Der Rest fand in Zeitlupe statt.

Sein Mund verzog sich zu einem stummen Schrei, Luc duckte sich und hechtete sich in den Eingang des Gedenkraumes, der Hund schlug an und biss in ein Bein der Muskelmänner, im gleichen Moment erreichte die Schallwelle des Schusses den Boden des *Mémorials*, Carons Hand, oder vielmehr, was von ihr übrig geblieben war, fiel mit Arm und ihm neben uns in das Echo hinein, seine Augen glotzten groß wie Billardbälle und er brüllte wie am Spieß, zwei Typen erschienen auf dem

Rand der Betonschlucht mit ihren Büchsen an den Schultern, die waren nicht von den *RG*, Passanten wurden zur Seite gesichelt, Jean war bereits hinter einem Betonklotz vor dem Eingang in Deckung gegangen.

„Lilly, hau ab!"

Ich stand immer noch wie auf einem Servierteller, mittendrin, wollte zu Lilly rüber, blieb aber wie angeklebt auf meinem Platz, eingezäunt von Schüssen. Schöne Scheiße! Ich versuchte mich in Sicherheit zu bringen, Gaffer, die vor einer Sekunde noch da waren, rannten aus dem Betontopf raus, eine zweite Salve pfiff an mir vorbei, ich sprang, hechtete, rollte über die Platten, Lilly robbte in Lucs Richtung, die Muskelmänner rollten Bleigarben in den Himmel sendend auf den Rücken, noch ein Pfeifen und durch meinen linken Schuh flog in diesem Moment eine Cruise Missile, ich dachte wie eine Lunte zu brennen und schrie, der Schmerz ließ meine Venen anschwellen. Als ich nach unten schaute, glaubte ich, dass mein Schuh fehlte. Mittlerweile standen fünf Kerle an der Kante, kurz darauf nur noch vier, der fünfte landete mit einer Blutsäule voran auf das Pflaster neben uns im Loch, der mitstürzende Schießprügel hackte ihm dabei fast den Schädel ab und drang zwischen seinen Rippen ein, Caron wälzte sich zur Seite genau unter ein nahendes Projektil, er bäumte sich auf und schwang wie ein Federblech, seine schmierige Jacke wurde sofort knallrot. Mein Bein pochte im UKW-Bereich, Luc ballerte ein Trommelfeuer auf dem Bauch liegend aus seiner Schießscharte, Feuerschutz für Lilly, der Schmerz ließ mich wie einen Maikäfer pumpen, sie blutete am Arm, Kugeln von oben bauten eine stählerne Wand zwischen ihr und dem rettenden Eingang, ihre Augen schienen den letzten Blick zu verteilen, Sirenen kamen näher, Trillerpfeifen aus allen Richtungen, aus einem Schuss wurde ein MG-Feuer, eines gischte in den Mörtel nahe bei Jean, der zielte in Todesangst und mit einer durch Bier beruhigten Hand goldrichtig. Er musste Omnishocks in seiner Flak haben, den Typen zerriss es förmlich, sein Bauch explodierte wie 'ne platzende Müslitüte, ich saß inzwischen am Ende vom Platz vor dem Gitter mit den paar spitzen Eisenlanzen als Deckung, mein Blut schien aus dem Strumpf herauszuschütten, ich zitterte und mir wurde kalt, meine Bleispritze tanzte in den Handflächen, Schwindelgefühle, unmöglich für einen Treffer, ich war klatschnass, mir wurde speiübel.

„Waffen runter!"

Ich legte an, einige Steine spritzten von der Kante, ein Körper trudelte den Treppencanyon runter und blieb an dessen Fuß mit aufgerissenen Augen liegen.

„WAFFEN RUN..." Die Stimme starb.

Jean stieß sich zu den Stufen ab, verfolgt von Einschüssen, er setzte an und traf ein Knie, dessen Besitzer bröckelte zur Seite. Zwei Knilche wurden wie ein Akkordeon nach hinten gebogen. Die Ballerei ebbte ab. Ich stand auf, schlug mir die Birne an den Stahlstangen an und übergab mich, als ich das Schlachtfeld und meine Blutspur, die mich verfolgte, sah.

Vor mir stand ein baumlanger Kerl und legte eine Hand auf meine Schulter.

„War nicht ganz das, wir wollten."

Er deutete auf Caron, der auf dem Boden zuckte und sich das Blut aus dem Mund pumpte bei jedem Atemstoß.

„Den wollten wir lebend. Aber die haben euch ernster genommen, als ihr vielleicht dachtet. Und jetzt witterten sie ihre Chance, mit einem schnellen Eingreifen endlich die ganze Stadt beliefern zu können."

Er fuhr sich mit einer Hand über das Gesicht, runzelte die Stirn und zündete sich in aller Seelenruhe eine Zigarette an. Er hielt mir die Packung hin, ich schüttelte den Kopf. Dann beugte er sich über mein Bein. Das konnte man sicher wegschmeißen.

„Halb so schlimm, mein Junge, nur ein sauberer Streifschuss am Spann."

Er schnürte ein Taschentuch felsenhart um meinen Schenkel, der Schmerz ließ fast sofort nach, dafür wurde das Bein langsam taub. Ich hatte nur das Gefühl, einen Zimmermannsnagel in den Knochen stecken zu haben. Er fragte nicht mal, wie es mir ging.

Ich suchte mit meinen Augen Jean, zusammengesunken saß er auf der Treppe, grau wie der Beton, der ihn umgab. Der Ballermann lag vor ihm, er keuchte wie nach einem Marathon und quasselte vor sich hin. Ein Mann kam mit Lilly und Luc im Arm aus dem Gedenkraum. Ich schaute in den rabenschwarzen Himmel, ein paar graue Wolken flusten Richtung Süden, und ich schleuderte meine Hände wie zum Gebet gefaltet hinauf, mein Gott, wir lebten. Tatsächlich.

„Ich heiße im Übrigen Bénard, von den *Renseignements Généraux*, wie Sie sich sicher denken können. Kennen Sie den?"

Herrjemine, mach langsam, ich bin grad von den Toten auferstanden. Er deutete mit dem Daumen neben sich. Da lag ein aufgerissener Körper wie ein Stück Braten in Burgundersoße, ich drehte mich weg. Scheiße, der musste beim Sturz voll auf seine Birne geflogen sein, es war der Typ, der die Bleispritze in sich eingerammt hatte. Bénard kickte das restliche Gesicht frei. Ich federte mit meinem Oberkörper an das Gitter. Es war LaCluse.

„Den wollten wir auch in einem anderen Zustand."

„Was – was hat der denn – denn hier zu suchen?"
Ich schluckte, mein Erbrochenes schmeckte säuerlich nach. Das war also LaCluses letzter Walzer. Mittlerweile stand Lilly neben mir, aschfahl grau, um hundert Jahre älter, die Augen schienen mit Bister angemalt und lagen tief in ihren Höhlen, sie zitterte. Tränen und Speichel hingen ihr im Gesicht. Den Parka hatte sie wie einen Schal um ihre Brust gewickelt. Ich hatte Mühe, sie wiederzuerkennen. Sie bückte sich und starrte auf meinen Fuß.

„Scheiße – so eine verdammte Scheiße. Was hast du denn gemacht?"

„Und du?"

„Ach, das ist bloß 'ne Schramme, hat schon wieder aufgehört wehzutun."

Ich sah auf den roten Fleck im Ärmel und sah im Geist eine riesige entstellende Wunde. Dann nahm ich sie in den Arm, drückte mein Gesicht in ihre Haare und küsste ihre Stirn.

„Der da meint, halb so schlimm."

Ich versuchte zu lächeln und fühlte mich schlaff. Das ging mir hier alles viel zu schnell. Damals beim Militär waren unsere Angriffe Spielereien, niemand hatte da ein ernstes Gesicht, als wir mit Platzpatronen und dem Geschrei der Sergeanten zum x-ten Mal kaputte Häuser eroberten. Kein Gedanke konnte sich in meinem Hirn festsetzen. Dieser Bénard quasselte in einer Tour.

„Das war der Kopf der Drogenschieber im neunzehnten Arrondissement. Ein unscheinbarer Typ. Wir wissen, dass Sie vier ihn gekannt haben. Er war ja zu jedem ein guter Freund. Das war auch der Grund, warum wir Sie in den Fall eingespannt haben."

Ich setzte mich, so gut es ging, auf meinen gesunden Fuß und schüttelte den Kopf.

„Der? – Und wir haben den noch versucht auszuquetschen, wegen Lilly. Kein Wunder, dass einer von denen uns immer auf Schritt und Tritt verfolgte. Wir gaben ihm ja selbst die besten Tipps."
Also doch. Ich war am Ende, mir stieg Wasser in die Augen.
„Haben Sie was zu trinken dabei? Mir ist nicht."
An der Wand saßen immer noch Luc und Jean, beide starrten in das Getümmel mit zurückgelegten Köpfen. Lilly kringelte sich bei mir ein. Ich rieb sie mit meinen Händen.
„Ich hab' dich lieb."
Im gleichen Moment wurde ein Flutlicht hochgekurbelt, das Licht verlieh dem Ganzen einen gleißenden albtraumartigen Schlag. Bénard gab mir einen Flachmann. Der Schluck war das Beste seit langer Zeit, ich genoss vielleicht den halben Inhalt, dann tranken sich auch die anderen Nerven an.

Das Gemetzel hatte schlussendlich sechs dieser Idioten das Leben gekostet und zumindest Carons Bande ausradiert. Er selbst war an seinem eigenen Blut erstickt. Bénard ging mit uns nach oben. Endlich. Ich humpelte hinterher. Die Notre-Dame stand wie eh und je, die Stadt sah hier oben wieder normal aus. Frischluft. Eine Hundertschaft hielt Neugierige im Zaum.
„Kommen Sie. Ich muss Ihnen noch ein paar Dinge erklären."
Wir wankten zu einem Wagen in der Nähe. Hinter Lilly und mir sackte etwas zu Boden. Jean.
Luc kniete neben ihm, klapste ihm ins Gesicht und zog ihn hoch.
„Steh auf, alter Freund, komm! – Wir haben nur die Richtigen getroffen."

Aus dem *Mémorial des Martyrs de la Déportation* war nur noch ein Rauschen von Kommandos, Rufen, metallischem Scheppern und Scharren zu hören. Wind kam auf. Am Wagen angelangt, streckten Lilly und ich uns auf der Motorklappe aus. Wir schauten uns an, unfähig einer Reaktion. Ein Sanitäter ambulierte an meinem Fuß herum und winkte ab.

„Ist immer wie eine Schnittwunde, die bluten halt anfangs stark, halb so schlimm. Ein, zwei Tage und alles ist wieder gut."
Er machte einen Verband und ich verkrampfte. Ich war wohl doch nur zu wehleidig.

„Was für eine gottverdammte Scheiße."

„Im Übrigen glaubten wir nicht, dass LaCluse zu den Marokkanern gehörte, aber wir hofften, dass er mit ihnen zusammenarbeiten würde. Bevor er Caron sozusagen verraten hat, war er früher sehr gut mit ihm befreundet, irgendwann muss es dann mal zwischen denen geknallt haben. Sie teilten sich, um größeren – na, sagen wir – Liquidierungen aus dem Weg zu gehen, den Nordteil der Stadt und LaCluse hielt die Schnauze."

„Dann hatte Lilly recht und der Typ gehörte dazu."

„Vor allem konnte Caron so sein Doppelspiel weiter betreiben und LaCluse war es, der dann eine Menge Geld einsackte. Caron war eigentlich kein schlechter Polizist, aber so ein Typ wird irgendwann schwach, wenn es um Geld und Karriere geht. Und dann gilt nur noch eins, bloß nichts tun, was einen verraten kann. – Ihr Freund erzählte mir, dass man Ihnen ein Päckchen zugeschoben hat? Was war das für eines?"

„Wenn wir das wüssten."

„Und von wem?"

„Fehlanzeige. Bis jetzt dachten wir von diesen Idioten da ..."

Ich schaute zu der Gedenkstätte und dann auf meinen Fuß.

„Muss ich damit eigentlich nicht zum Arzt?"

Er schüttelte den Kopf. Morgen. Vielleicht. Und fuhr, ohne zu zögern fort.

„Nein, das war fast unmöglich. LaCluse und seine Truppe wussten ja, in welche Hände sie geraten würden. Die hätten nichts davon gehabt. Entweder Jean Duchas oder sie alle wären hinüber gewesen. Das werden dann doch wiederum die Marokkaner gewesen sein, die haben jetzt die Bahn frei; denn Carons Superinformanten hat man ja zum Schweigen gebracht und er kann nun für die nicht mehr gefährlich werden. Die haben nämlich genau gewusst, worum es hier ging, haben sich rausgehalten und nun eine weiße Weste. Wir haben die Sache anders eingeschätzt."

Er stieß in aller Seelenruhe eine Rauchwolke nach oben.

„Aber ihr wolltet euch doch mit denen in Verbindung setzen, so wie wir mit Caron, um sie in die Enge zu treiben oder so. Jetzt sagt bloß nicht, die wussten dann mehr als Bescheid und haben andere nach vorne geschickt. Und LaCluse taucht hier auf, um die Hindernisse aus dem Weg zu räumen."

„Nicht aufregen, ja? Ich hatte ja eben gemeint, dass zumindest eine Verbindung zwischen den Marokkanern und LaCluse hätte bestehen können. Es wäre auch zu schön gewesen, hier heute alle auf einmal einzusammeln."

„Nun blick ich gar nicht mehr durch."

Jean zockelte heran mit merklich mehr Farbe im Gesicht.

„Ich hab's dir ja gesagt, man hat uns verarscht, ganz prima verarscht. Keiner kennt die Zusammenhänge richtig und wir spielen den Köder, damit die Lampe wieder funktioniert. Nicht wahr, du Affe?"

Er zog den qualmenden und jetzt erschreckten Bénard am Aufschlag an sich heran.

„*Gewusst* habt ihr nämlich nichts. Und jetzt haben wir den Scheiß. Die Marokks, oder wer auch immer, wissen Bescheid und wir sind jetzt die Zielscheibe, die einzige vor allem, denn wir sind ja ab heute die ganz Großen in Paris. Das Schlimme dabei ist, die wissen über uns ja gar nichts, für die sind wir jetzt die großen Unbekannten der Unterwelt."

Er ließ Bénard mit einem leichten Stoß los.

„Ich versteh ja, dass ihr sauer seid, aber ihr seid auch zum dümmsten Zeitpunkt in die Sache gekracht."

„Oh, verdammte Scheiße, wir sind da hineingekracht. Wir bitten vielmals um Entschuldigung. Dass der tote Arsch da vorne MICH reingelegt hat, kommt dir dabei nicht in den Sinn? – Aber du hast recht: Eigentlich hatten wir eine ganz andere Reihenfolge vor. Erst die, dann die anderen und dann sind wir tatsächlich die Rechen. Aber falls du es noch nicht weißt, wir hatten es leider dann doch nicht ganz in der Hand gehabt. Wir haben nämlich zufälligerweise mit dem ganzen Schwachsinn hier nach wie vor nichts zu tun! Rein gar nichts!"

„Ach, mit Ihrer langen Beretta wäre ich ganz ruhig, mit der machen Sie sich ja selbst zum Helden. Was ist da überhaupt für 'ne Munition drin?"

„Das weiß ich doch nicht, die hab' ich dem Arsch abgenommen, den ihr unter der Brücke aufgesammelt habt und der mich vorher um die Ecke bringen wollte. Ich wusste ja nicht einmal, was das für eine Knarre war. *Ich* leg nämlich nicht tagtäglich Leute um."

Mir wurde es zu bunt. Ich drohte mit meiner Knarre in Bénards Richtung, aber mein Bein begann wieder zu schmerzen und er schlug mir die Waffe aus der Hand. Luc guckte auf den Rasen. Bénard hätte mir am liebsten eine gescheuert. Ich nahm Lilly an die Hand und zog sie vor mich, ganz eng. Ich hatte das Gefühl, über einem Loch zu stehen. Es musste doch einen Grund haben, dass sich hier jeder um ein popeliges Päckchen reißt. Das war doch wirklich ein verdammt mickriger Köder. Und dieser Bénard machte einen auf ganz enorm cool. Er ging mir langsam auf den Keks. Nein, nicht langsam, sondern ganz gehörig! Soll er doch sehen, wo er seine dämlichen Erklärungen loswerden kann, auf die kann ich ganz gut verzichten. Und der wollte uns in den Garten pinkeln, wegen Widerstand gegen die Staatsgewalt, der konnte doch froh sein, dass er in diesem Moment noch lebte.

„Können wir jetzt endlich gehen?"
Bloß weg hier. Ich sah uns schon in Fleisch und Bein herumliegen. *Kommt Kinder, kapiert ihr nicht, was hier los ist?* Ich merkte, dass ich kurz davor war durchzudrehen. Ausgerechnet jetzt hatte Jean kein Sixpack dabei. In meinem Schädel spielte einer ein Schlagzeugsolo, ich wollte nur noch ins Bett.

„An sich schon. Es wäre nur nett, wenn Sie sagen würden, wohin Sie gehen und wo wir Sie finden können, und zwar jederzeit."
Bénard war sichtlich gereizt.

„Hä, das wissen Sie doch? Wollen Sie für unsere Todesanzeige sammeln oder was?"

„Woher sollte ich? Ich kenn Sie nur durch ihn. Und er hätte mir viel erzählen können. Wenn er bei den anderen mitgemischt hätte, wäre alles vorbei gewesen, mein Gesicht kennen die nämlich schon zur Genüge.

Nein, im Ernst, ganz so einfach ist die Sache hier nicht. Morgen können wir uns mal darüber unterhalten."

„Hören Sie mal. Mal zum Mitschreiben. Vielleicht kapier ich es dann. Sie jagen uns hier in die tollste Scheiße rein und wissen nicht, wer wir und er und er sind, warum haben Sie uns dann nicht gleich mit abgeknallt. Und gleichzeitig sagen Sie, Sie kennen uns nur durch ihn? Was nun? – Ihr habt 'ne seltsame Art. Und wenn wir hier abgeschlachtet worden wären, dann wären wir für die Presse welche von den Schweinen da gewesen, ich – ich – ich ..."

„Ich weiß gar nicht, was Sie haben, Sie leben doch!"

„DAS haben wir sicher nicht nur euch zu verdanken!"

Ich stieß im Rückwärtsgehen an jemanden an, ich geriet in Panik, fast hätte ich den Kerl, einen anderen Bullen, verprügelt.

„Langsam – langsam, ich denke, es ist tatsächlich besser, wenn Sie sich erst mal ausschlafen."

„Ja meinst du wir lassen uns mitnehmen? Weshalb denn? Weil wir für euch hier Preisschießen mit Beförderung gespielt haben?"

Luc rief seinen Hund. Der saß die ganze Zeit still neben uns, Zunge aus dem Hals mit treudoofem Blick wie beim Apportieren.

„Ihr seid ja vielleicht nicht die schlechtesten Bullen, aber jetzt warten wir erst mal auf den Beweis dafür, ciao!"

Meine letzte Höflichkeit in mir ließ mich Bénard, wenn auch widerstrebend, die Hand geben und der sagte plötzlich Danke 'tschuldigung bis morgen und so 'n Zeug. Er klopfte sogar noch mal auf unsere Schultern.

„Bis morgen."

Wir nickten. Lilly glitt unter meinen Arm, stützte mich ab und legte den Kopf an meinen Hals. Ihre Augen glänzten. Irgendein Flugzeug verschwand blinkend über uns hinter dem Dom. Wenn das hier zu Ende ist, fliegen wir da mit. Ich nahm sie in beide Arme und hüpfte mit ihr zu Jeans Peugeot. Die Schaulustigen machten uns eine Gasse wie bei der Tour de France, die Scheinwerfer schafften es aber nicht, deren beknackte Hirne wegzubeamen. Jean drehte das Radio voll auf, die Scorpions krakeelten, was das Zeugs hielt. Headbangermusic.

Die Fahrt war ansonsten absolut still, jeder hing einem anderen Gedanken nach, tockte den Rhythmus aus dem Radio mit und suchte in den Bildern um sich herum einen leeren Kopf. Jetzt plärrte Gary Moore aus den Lautsprechern. Die Straßen öffneten sich wie Reißverschlüsse vor uns. Die Lampen flogen auseinander und wischten an uns vorbei wie Leuchtspurmunition, Timetunnel und Star Wars. Es war kaum was los. Ein paar Taxis kamen uns mit Überschalltempo entgegen. Um die Zeit war immer Formel Eins angesagt. Auf den Rinnsteinen hockten ein paar Kids mit ihren Gettoblastern und steppten mit schwappenden Bierdosen durch die Gegend. Luc maulte. Hätte ich auch getan, wenn mir was Passendes zu Bénard und dem ganzen Scheiß eingefallen wäre.

Am Boulevard hingen noch ein Paar Nutten unter flackernden Neonschildern rum und warteten darauf, ihre Beine für heute zum letzten Mal breit machen zu dürfen, ein sturzbesoffener Knilch stand neben einer und pinkelte gegen eine Wand. Jean hupte, der Typ drehte sich um und sein Strahl erwischte das Bein der Tussi. Ihre Tasche schleuderte ihn gegen die Mauer, dann waren wir vorbei und die Karre schaukelte.

„Habt ihr den gesehen? Voll ans Bein!"
Wir grölten vor Lachen. Wie Hirnis. Jean fingerte unter dem Sitz und zauberte ein Sixpack hervor. Ich hab' grad nichts andres, aber ich brauch 'ne Runde. – Wird auch Zeit, meinten wir. Er rupfte den Verschluss von den Flaschen und verteilte die Rationen. Der Eiffelturm reckte sich neugierig mit blinkender Spitze in den Himmel, um in ein paar Stunden für die Stadt stramm zu stehen. Gedankenverloren blieb eine nächtliche Wolke an ihm hängen. Wir nuckelten an unseren Bieren und das bisschen Alkohol asphaltierte den Trampelpfad in eine vielleicht bessere Welt in unseren Köpfen.

Wir fuhren zu Jeans Wohnung. Seit über einer Woche war er schon nicht mehr bei sich zu Hause gewesen.

„Ich bleib heute Nacht hier. Mal wieder im eigenen Bett. Ihr könnt mich dann ja abholen."
Luc zuckte mit den Achseln, auch egal.
„Ich such noch eben den Volvo, der muss hier in der Nähe stehen."
„Wir gehen schon mal vor."
Das Viertel pennte. Aus einigen Fenstern fiel das Licht in grellen Blöcken auf die Straße. Manche gehen wohl nie ins Bett. Luc kam nach ein paar Minuten um die Ecke gekurvt. Er war unübersehbar froh, das Auto wiederzuhaben. Auch das war ihm gegönnt. Ich war froh, wieder zu sitzen, und hielt mir mein Bein.

Luc saugte sich noch einen Film ein und setzte die Bude unter Qualm. Lilly und ich stiegen in die Federn. Die Matratzen waren zwar uralt, ersetzten aber jedes Himmelbett. Wir drehten uns um und kuschelten uns aneinander. Mein Glied wurde steif und feucht an Lillys Rücken, doch die ganze Chose hatte unsere Zweisamkeit überholt und der Verband machte mich unbeweglich wie ein Baumstamm. So blieben wir lediglich eng umschlungen liegen; morgen oder übermorgen vielleicht, ganz bestimmt, wenn wir an der Küste oder sonst wo sind. Ich küsste ihren Nabel und sie meinen Bauch, dann schliefen wir ein.

Ich träumte den letzten Mist zusammen. Man hatte Lilly und mich gekidnappt, festgehalten in einem Keller, sie lag festgeschnallt auf einem Tisch, ein Sammelsurium von Kerlen hampelte um sie herum, ein nackter Typ warf sich zwischen ihre Beine und stieß sein Ding bis zum Anschlag in sie hinein, als ich das Aas zurückreißen wollte, hielt mich eine schwere Eisenkugel am Knöchel zurück und ein Kerl hackte mir mit einem Beil meinen anderen Unterschenkel ab, das Blut sprühte aus dem Stumpf, ich empfand keinen Schmerz, plötzlich standen Luc und Jean vor mir, ihre Knochen drückten sich voll durch die Haut, sie sahen aus wie eine wandelnde Röntgenaufnahme, ich wurde schweißgebadet wach, mein Arm tat weh, Lilly hatte ihn mit ihrer Schulter abgeklemmt. Ich drehte sie vorsichtig auf den Rücken und betrachtete ihr angespanntes, aber schlafendes Gesicht. Und was träumst du für einen Blödsinn, dachte ich und nahm meinen Arm unter ihr fort, gab ihr einen Kuss auf die Lippen, streichelte ihre zarte Haut und träumte eine zweite Runde.

***

Gegen Mittag wachten wir zusammen auf, wir rekelten uns noch ein wenig, schmusten und waren zärtlich zueinander. Das Bein war taub und ich konnte den Fuß kaum bewegen. Scheiß drauf, es gab Wichtigeres. So redeten wir über Belanglosigkeiten. Es fiel kein Wort über die Nacht, über die damit verbundenen Bilder, die ein imaginärer Projektor vor unsere Augen werfen könnte. Wir scheuten jede Erinnerung, vertrieben jeden Abfall, der als Rest der Nacht mahnte, aus unseren Köpfen, auch wenn alles noch so deutlich vorhanden war. Wir hatten Angst, den Knacks zu hören oder einen zu erleben. Dann suchten wir Luc.

Er musste schon ziemlich lange auf gewesen sein, der Zigarettennebel hing in dicken Schwaden in seiner Druckerei und er sah schon einigermaßen wach aus.

„Ich hab' Jean schon angerufen. Er kommt am Nachmittag. Ich glaub, der war noch ziemlich fertig."

„Spaßvogel! Ist ja wohl auch kein Wunder. Immerhin hat er LaCluse über den Haufen geschossen."

„Jetzt fang nicht an Stuss zu reden, sonst hättest du dir vielleicht 'ne Kugel eingefangen."

„Ist ja auch fast gelungen."

Luc warf seine Hand über die Schulter, ist schon in Ordnung.

„Ich möchte bloß wissen, was Bénard noch von uns will."

„Kerl, also heute Morgen stellst du dich besonders bekloppt an. Der muss so 'ne Art Bericht schreiben ..."

Er wackelte mit dem Kopf wie eine Mutter überm Kinderwagen.

„... und ihm fehlt der ganze Anfang, nun will er den ganzen Sermon von uns hören, *c'est ça*. Geh mal zum Arzt, vielleicht bist du ja doch noch zu retten."

Prompt begann mein Bein zu pochen. Ich setzte mich auf den Boden und rieb mir die Wade. Auf einmal spuckte die Maschine die bedruckten Blätter an der falschen Stelle aus.

„Aaah, dieser blöde Kasten! Immer wenn es was Wichtiges gibt, kriegt diese doofe Maschine ihre Verstopfungen."

Er trat gegen die Aufhängung. Unbeeindruckt ratterte sie weiter, bis Luc den Schalter umlegte. Er kroch unter das Ungetüm. Ich werde diese Technik nie kapieren, doch Lilly triumphierte, sie hatte sich in das Ding geklemmt und zog einen Packen total zerrissenes Papier heraus. Das konnte sie also auch noch. Luc stemmte sich wieder hervor, lächelte ungläubig, sortierte das Papier, spannte die Bahn neu ein und warf die Maschine an. Mit einem Blick verlieh er die fälligen hundert Punkte an Lilly. Der Apparat tat wieder seinen Dienst.

Kurz bevor Jean kommen wollte, kochten wir eine Kanne Kaffee und setzten uns vor die Flimmerkiste. Der Arzt, der durch Bénard bereits unterrichtet war, hatte mich nach langen Protesten mit allerlei Zeugs, Medikamenten und einem geschenkmäßig verpackten Fuß wieder nach Hause gehen lassen. Der Bildschirm versprühte die tollsten Farben wie die bunten Lebensmittelregale bei Rocchietti. Niemals Krankenhaus, lieber diese Seifenopern, Werbung und den ganzen Rotz von früh bis abends für fuffzich Wochen; es war wie früher.

Wir waren weiterhin krampfhaft darauf bedacht, endlich mal abzuschalten. Die Chips pladderten übers Sofa und unser Grinsen war gut gekünstelt an den Jochbeinen festgeheftet. Luc jumpte mit der Fernbedienung durch die Fernsehkanäle. Ein Teil des Balkans strebte sterbend in die Unabhängigkeit und Europa schaute zu, denn es begeht ja keinen Hausfriedensbruch, nur weil jemand umgebracht wird. So ging es weiter: Nachrichten Werbung Liebesdramen Oper *Au revoir* Gorbatschow Werbung *Dix ans* Mitterand, *ça suffit*. – Die totale Mediensoße. Endlich klingelte es.

„Tür ist auf."
Es waren nicht nur zwei Beine, die durch den Flur stiefelten. Luc lugte über die Schwelle, klappte wie ein Scharnier zurück und tapezierte sich an die Wand.
„Verflucht, wen hat der denn mitgebracht?"
Ich wollte mich aufraffen, doch Jean stand schon im Türrahmen, ein Blonder und ein Schokotrüffel mit Rastalocken und tausend Pickeln ums Maul umkränzten ihn. Jean verdrehte die Augen und seine Mimik steppte. Kerl, drück dich deutlicher aus.
„Die wollten mal sehen, wo wir hausen."
Er flippte vorwärts. Na prima, allmählich kannten wir die Optik, da brauchten wir uns schon nicht umgewöhnen. Flinten Büchsen Ballermänner und zwei Hirnoperierte. Ich erhob mich doch.
„Und was wollt ihr? Geld, Päckchen, Leben oder was besonders Nettes? Verdammt noch mal hört das denn nie auf. Wir wollen endlich unsere Ruhe."
Ich sprang, hatte mein Bein total vergessen, war schon in der Horizontalen und riss einen der Kolben bei ein Meter zehn.
„Kannst dich wohl nicht zurückhalten?"
Der Schokotrüffel presste mich mit seinem Riot-Gun in ein Regal. Lilly schrie auf.
„Diese-Wildsau-da-hat-damals-vor-Jeans-Bude-im-Auto-gesessen."
„Schön brav bleiben, das beknackte Päckchen ist uns scheißegal. Wir wollen nur die Liste und dann seht ihr uns nie wieder, ansonsten ..."
ZACK.
Er spannte die Büchse.
Liste.
Liste?
„Ich versteh dauernd *Liste*."

Lilly rutschte von der Couch unter den Tisch und zwischen Lucs Zähnen hätte ein Laster Platz gehabt.

„Richtig, an die Ohren gedacht heute Morgen, Kleine? Die LISTE."
Jean brabbelte los.

„Kinder, in dem Päckchen war kein Stoff, sondern 'ne Liste. LaCluse hat versucht sie durch 'nen Boten seinem Erzfeind Caron zuzuspielen. Da waren nämlich die Namen von allen drauf, Caron und seinen Leuten, die von LaCluse und denen da. Die sollten aus dem Weg geräumt werden, keiner hätte denen mehr 'ne Träne nachgeweint und die Marokks wären wieder Herr der Lage. Der Typ im Taxi war einer von den anderen und hatte die Hosen deshalb voll und weil er Angst hatte von Caron die stählernen Armreifen zu bekommen, und drittens dachte er wahrscheinlich, wenn ich schon aussteige, dann will ich auch noch 'n bisschen absahnen können. LaCluse muss also tatsächlich so 'ne Art Doppelagent gewesen sein, denn der hat die hier dann vorher noch angefunkt und Tipps verteilt."

„Und wo ist das Problem?"

„Ich war der Bote, der andere hat sich's Hirn eingebeult und die Liste ist weg, so einfach ist das."

„Logisch, wenn Caron sie hat."

„Caron ist tot."

„Aber warum ist er dann überhaupt zu dem Quatsch auf der Île gekommen, der hatte doch, was er wollte, außer …"

„… außer er hätte die Liste gar nicht bekommen, weil in dem Päckchen nur schöne Zeitungsartikel und Auszüge aus dem Telefonbuch waren, aber gewusst, dass sie an ihn unterwegs war, genau."

„Oder er glaubte tatsächlich, wir würden zu deren Verein gehören."

Die zwei Pralinés grinsten sich einen.

„Das macht ihr aber fein, aber ihr glaubt ja wohl nicht, dass wir euch die Vorstellung abkaufen. Also macht es jetzt nicht zu kompliziert. Wir kriegen die Liste und basta. Wir haben keine Lust zu Fischfutter durch die Bullen zu werden."

Der Blonde hockte sich neben Lilly auf den Boden und schob ihr mit der einen Hand, die Finger am Abzug, das Gewehr zwischen die Beine. Mit der anderen Hand fummelte der Arsch an ihrem Pullover rum, während der andere in der Tür stand und wie ein Pastor lächelte. Mir fiel mein Traum ein und wir waren denen ausgeliefert. Machtlos sahen wir zu, wie der Albino Lilly begrapschte und ihr langsam unter den Pulli ging.

„Hör auf, du Wichser. – Sag uns lieber, was wir tun sollen!"

Er griente uns an, drückte ihr die Knie auseinander und schob das Gewehr mit dem Slip tief in ihren Schoß. Seine Hand rutschte auf dem Lauf nach vorne, zwängte sich unter den Stoff und riss mit seinen verdreckten Fingern fast ihre Scham auseinander. Lillys Körper zuckte hart, Speichelblasen platzten zwischen ihren Lippen, ihre Arme waren unter der Tischplatte eingeklemmt, das Gesicht schwoll an und ihre Augen quollen hervor, wir waren von einem unsichtbaren Hammer getroffen, unbeweglich wie Schaufensterpuppen. Ich spürte, wie sich mein Magen zusammenkrampfte und mein Herz zwischen den Trommelfellen eine riesige Pauke schlug. Ich fuhr nach vorne und zischte:

„Du widerliches Schwein, wenn ich je auch nur einen Hauch von Chance habe, werde ich dich millimeterweise auseinandernehmen mit 'ner frisch geschärften Berkel-Aufschnittmaschine und mir einen Spaß daraus machen, dich dabei möglichst langsam krepieren zu lassen."

Ich versuchte krampfhaft die Lage für mich positiv einzuschätzen. Während er mit der anderen Hand Lilly den Pulli über den Kopf zu ziehen versuchte und dabei total übergeschnappt vor Lachen grölte.

„Ein süßes Täubchen habt ihr hier. Mal sehen, was sie so alles kann."

Er hatte seine Hand schon über ihre Brüste und wollte mit der anderen seine Hose öffnen, während der andere, einen Klumpen Spucke speiend, mit der Knarre den Raum durchkämmte. In der Höhe ihres Gesichts witterte ihr Instinkt den Gegenangriff. Kaum war seine Hand an ihren Lippen angelangt, quetschte sie seine Hand zwischen ihre Kiefer, sie presste mit voller Gewalt ihre Zähne in das Fleisch, er stieß ein wahnsinniges Quieken aus, ließ das Gewehr fahren, schlug Lilly brutal ins Gesicht und sah den fast abgebissenen Muskel, aus dem das Blut schnell und ungebremst über seinen Arm floss. Luc schaltete sofort und griff sich seine Waffe, hielt sie ihm unter die Nase, während der Typ an der Tür, ehe er noch reagieren konnte, Jeans Ellenbogen voll in seine Visage bekam. Der Rastatyp flog rückwärts und fast quer durch den Flur auf eine Kommode. Seine Remington war mit seinen Händen verwachsen, er keuchte, hatte Jean voll im Visier und war schon wieder fast auf den Beinen. An seinem Kinn hing das Blut in dicken Tropfen.

„Das machst du ...", er spuckte es auf den Teppich, „... nicht noch mal."

„Und ihr auch nicht!"

Luc dübelte den Gewehrlauf in die Oberlippe des Blonden.

„Mal sehen, wer der Erste ist?"

Der Dunkle peilte Luc an.

„Lass die Waffe runter, sonst kannst du deinen Ahnen Gesellschaft leisten."

„Drück ruhig ab, du paniertes Schwein. Seine Birne ist weg, sag ich dir, die nehm' ich vorher noch mit. Und ich versprech' dir, wir haben verdammt gut geübt. Meine Freunde werden sich dann freuen, dich zu massakrieren und dir die Gräten zu entfernen."

Luc hatte seine Augen ohne Unterlass auf das jetzt bleiche Sahnehäubchen geheftet, das auf seine Arme gestützt nach hinten zu robben schien. Der Dunkle stand langsam auf.

„Ihr glaubt ja wohl nicht, dass ihr das überlebt. Unsere Leute werden euch allemachen, die kriegen euch am Arsch, ich versprech's euch. Seid also ganz vernünftig und gebt uns die Liste und ihr habt uns los."

„Wer's glaubt, wird selig. Euch erkenne ich nach hundert Jahren Verwesung und das weißt du so gut wie ich. Wir machen einen anderen Tausch. Ihr zieht euch hübsch fein aus, nehmt das Telefonbuch mit, denn da stehen viele schöne Namen drin, lasst natürlich diese Haubitzen hier und dampft ab. Was hältst du davon, hä?"

„Gar nichts. – Ehrlich gesagt."

Der Typ wuchtete seine Flinte vor die Augen, Jean war noch neben ihm und peitschte seinen Arm unter den Lauf. Der Stutzen demontierte das Gebiss des Kerls und das Geschoss hobelte den Stuck von der Decke. Ich kam mir beschissen feige vor und glotzte nur. Das Pickelgesicht schien wirklich mit der Waffe verheiratet, ohne sie loszulassen, demolierte er nun vollends die Kommode und Jean beförderte ihn in das Land der Träume, er pflanzte seinen Hintern im Sturzflug in dessen Rippen und knallte ihm mit aller Kraft die Front einer

Schublade ins Gesicht, sodass das Brett in zwei Teilen auseinanderflog. Blondie machte Anstalten, aber Luc stieß ihm das Gewehr wie eine Lanze unter die Nase und Jean brach dem Lockenkopf brüllend das Bein, als er es einfach an der Türkante mit seinem Gewicht in die andere Richtung wuchtete. Die Zarge splitterte.

„Und nun zu dir!"

Lillys Wange war stahlblau angelaufen und mein Mund trocken wie 'ne Wüste, die ganze Zeit starrten wir mit aufgeklappten Zähnen auf die Szenerie. Lucs Schuss pappte sich in einen Fensterrahmen, einen Millimeter neben den blonden Affen. Sein Ohr stand schier in Flammen. Wie meines vor Tagen in Clichy. Herrlich, wie er plötzlich um sein Leben bettelte. Luc ließ sich aber für seinen Spaß noch etwas Zeit und triezte ihn mit der Flinte zwischen den Augen und an der Nase. Er zitterte leicht, hatte aber die Initiative.

„Komm, mach schön dein Maul auf und sag: Bitte lieber Onkel, schenk mir mein verschissenes Leben, hä!"

Blondchen tat, wie ihm befohlen, und Jean hockte nach wie vor auf dem anderen Kerl, er applaudierte. Sie hatten tatsächlich ihre helle Freude mit den Typen und lachten nervös. Luc trieb sein Opfer wie in Fieber durch den Raum und plättete ihn mit einem furiosen Hieb der Kanone, er schlug ihm den Abzug voll in die Fresse. Seine Zähne imitierten eine Pusteblume und spritzten von ihren Plätzen. Dann zertrat er ihm krachend das Jochbein und rammte seine Hacken in die Magengrube. Der Blonde kotzte eine Säule Galle nahezu bewusstlos durch den Raum.

Unsichtbare Seifenblasen füllten den Raum, platzten und hinterließen ein Vakuum. Für Dutzende von Momenten war die Zeit eingefroren. Das Zimmer war eisig. Eine Fliege im Nachbarzimmer hinterließ bei uns ein fürchterliches Schwirren. Lediglich das Ein und Aus unseres Atems war die einzige spürbare Bewegung. Sonnenstrahlen spießten Schatten an den Wänden wie ein Flashlight auf und nur langsam drang das Surren der noch immer lebenden Stadt durch die Ritzen der Fenster. Unbeweglich und hohlwangig stand Luc neben ihm, füllte seine Lungen schnaufend mit hektischen tiefen Zügen wie ein überdimensionierter Blasebalg sein Inneres, dann ließ er lächelnd seinen Kopf nach hinten fallen und schaute zu uns herüber. Wir atmeten synchron auf und zitterten vor Entspannung. Lilly sackte schluchzend in sich zusammen, nachdem, was sie gerade hatte durchmachen müssen, wünschte ich ihr, dass alles nur ein Traum gewesen war. Ihr zierlicher Körper konvulsierte. Kein Mitleiden der Welt hätte jetzt genützt. Ich schmiegte sie an mich, wischte mit dem Handrücken Blut aus ihrem Gesicht und sagte lediglich:

„So eine gottverdammte Scheiße. Entschuldigung!"

„Sag mir, dass ich träume, sag es mir, ja?"

Ihre Tränen schmeckten salzig und ihre Augen flehten mich an, dann wankte sie ins Bad und verriegelte deutlich die Tür. Das Wasser rauschte aus dem Brausekopf, es klang wie der Iguacu.

Die blutenden bewusstlosen Idioten zu fesseln war dann kein Hexenwerk mehr. Bénard würde sich sicher freuen. Wir waren ehrlich erleichtert, als wir endlich einen Anschluss und ihn an der Strippe hatten. So dauerte es auch keine zwanzig Minuten, bis er mit seinen Leuten eintraf. Wir verbrachten die Zeit wie im Nebel und liefen in Trance durch die Bude. Der junge Kerl, der Bénard begleitete, wäre für Lilly allerdings schon der nächste Schlag gewesen, doch sie stand noch unter der

Dusche und spülte den Ekel und Schmier der letzten Stunden aus ihrem Körper. Der Typ gehörte zwar auch zu den *RG*, war aber auch der mit den Pinocchiostiefeln aus den Lagerhallen. Es war zum Davonlaufen. Auch Luc erkannte den Typen gleich wieder und drohte mit dem Gewehr.

„Du elendes Schwein, am liebsten würde ich dich jetzt mit Genuss über den Haufen schießen."
Ich konnte mich nicht zurückhalten, ging auf ihn zu und schlug ihm mit meiner Faust vehement ins Gesicht. Er sollte dafür zahlen, dass er Lilly bis zum Gehtnichtmehr malträtiert hatte. Er wusste, worum es ging, und hielt sich die Hände schützend vors Gesicht. Der starke Kerl bekam Bammel und wich mit dem blöden Lächeln eines Ertappten zurück.

„'tschuldigung, aber wir mussten uns doch überzeugen, dass sie sauber ist."

„Du hast sie wohl nicht mehr alle. DAS wusstest du längst vorher. Du wolltest ihr nur an die ..."

„Leute, Leute, beruhigt euch. Mein Gott, der macht doch auch nur seine Arbeit."

„Und da ist euch jedes Mittel recht, ja? Zusammenschlagen, entführen und vergewaltigen. Ist das der Stil bei euch, um Karriere zu machen? Ich dachte, wir sind Verdächtige, warum habt ihr uns dann nicht einfach abgeknallt? Ihr seid wirklich die letzten Arschlöcher. Auf euch würde ich ja nicht mal pinkeln, wenn ihr in Flammen ständet."
Bénard bemühte sich die Situation in den Griff zu bekommen:

„Genug jetzt. Pablo, du kannst schon mal vorgehen, ich komm auch gleich, ok?"

Er stoppte meinen nächsten Schlag, Gift sprühte aus meinen Augen und ich hätte ihm fast ins Gesicht gespuckt. Ich deutete mit meinem Kopf zur Seite.

„Da hast du sie. Mensch, fast hättet ihr uns schwarz einrahmen können."

Ich hockte mich mit glühenden Rachegedanken in eine Ecke. Mein blöder Fuß meldete sich zurück und pochte mit schweren Schlägen gegen den Verband, dafür stand Jean schon wieder mit einem Bier zwischen den Fingern rum, im nächsten Leben wird er Catcher oder der Boss von der Mafia, er schlug Luc zwischen die Schultern. Nach uns die Sintflut.

„Ihr müsst vorsichtig sein, ihr habt euch jetzt in eine miese Lage katapultiert."

Jean bekam einen Lachanfall und sang:

„Wir haben uns in eine miese Lage ka – ta – pul – tiert, – das muss man sich mal geben!"

„... denn die hier werden bald vermisst werden und dann gute Nacht. Ich hoffe, wir kriegen aus den zwei genug raus. Das Beste wird sein, wenn ihr euch für eine Weile verkrümelt, bis die Sache hier vorbei ist."

Er hatte wirklich ein sonniges Gemüt.

„Ja scheiße, und wohin, wenn ich fragen darf, mein Zeug druckt sich nämlich hier nicht von alleine."

„Und mein Taxi?"

„Meine Kröten gehen auch langsam zu Ende und ich schätze, Lilly kann auch nicht ewig Urlaub machen."

Luc stützte seinen Kopf zwischen den Händen und kämmte sich dabei mit den Fingern durchs Haar.

„Ihr seid hier nicht im Autokino und könnt 'ne Vorführung schmeißen und ehrlich gesagt habt ihr vorerst keine andere Wahl. Die finden jeden von euch und was dann passiert, das kapiert ihr, glaub ich, auch so, oder?"

Bénard schaute uns fragend an und wir uns selber auch.

„Vielleicht könnte ich euch ja unterbringen, in Le Bourget bei Bekannten, die haben ein kleines Fuhrunternehmen, unter Umständen könnt ihr denen dafür etwas zur Hand gehen. Ich werde euch hinbringen lassen, wenn die Luft rein ist, was meint ihr?"

Vier.

Irgendwo in der Nachbarschaft hörte man das Kratzen, Rammen und Stürzen von Stahl auf Stein. Als ich aus dem Fenster schaute, tastete sich eine riesige Schaufel ruckend wie ein riesiges Insekt durch die Eingeweide eines Hauses. Sie krachte in den zweiten Stock. Der Karateschlag teilte eine Bodenplatte wie ein Glasschneider eine Scheibe. Zuckend pendelten die Adern der Elektroversorgung aus den Resten. Eine riesige Tüte Staub stob auf. Der Greifer bahnte sich durch den Vorhang, eine weitere graue harte Staubwolke quoll heraus und ein Stahlträger fiel wie ein Zahnstocher aus dem Kiefer der Wände, die Lücke war sauber und fettfrei. Immer wieder schlugen Ziegel und Mauerstücke in den Schutt. Millimetergenau turnte das tonnenschwere Gerät durch die Ziegel. Die Ketten und der hydraulische Arm machten aus dem Ungetüm eine Primaballerina. *Pas de bourrée, Pas de valse, Chassé.*

Ich drehte mich zu Lilly, sie lag noch weich in den Federn, die rechte Hand hielt sich mit einem leichten Auf und Ab unter dem Slip in ihrem Schoß verborgen und die linke streichelte ihren Bauch. Die Zähne der Schaufel kehrten und streichelten währenddessen das ehemalige Parkett des nächsten Stockwerks, fein säuberlich lagen die Reste an der Kante und rieselten hinab. Die Hydraulik schmirgelte an einer Wand hoch, zog dabei Tapetenreste hinter sich her und enthauptete eine Stütze. Das fahle Licht, das noch durch den Staub und die Fenster drängte, ließ Lilly wie hinter einem Weichzeichner erscheinen. Ich betrachtete sie, fuhr mir durchs Gesicht und dachte daran, mich endlich zu rasieren. Seit ein paar Wochen waren wir nun zusammen und aller Mist – was für eine schöne Umschreibung für die Scheiße der letzten Tage – hatte uns nichts anhaben können. Wir waren uns begegnet und hatten in uns unauslöschliche Spuren hinterlassen, Zeichen, die Raum geschaffen hatten füreinander. Für immer. Davon ging ich aus. Sie lächelte und winkte mich mit den feuchten Fingern zu sich. Ein zweiter Stahlträger ragte aus der Ruine und bäumte sich, wie mein Glied, durch den Druck des Baggers auf. Die zusammensackende Wand spielte tosend Polterabend, die Scherben flogen wie Puderzucker auf die umliegende Gegend und Bürgersteige, Autos und Arbeiter sahen aus, als hätten sie eine Schlacht mit einem Salzstreuer gehabt. Reste von Fensterscheiben klirrten hinterher. Ich glitt unter Lillys Beinen durch, deckte mich mit ihrer Wärme zu und draußen klappte die nächste Wand, entkuppelt wie die Zeiger einer Uhr, von den Trümmern weg. Die Zeit entledigte sich ihrer Minuten und der Stadtteil mit einem weiteren Hieb seiner Vergangenheit. Mit einem kleinen Schwung hockte sich Lilly auf meinen Bauch, strich mit ihren feuchten Fingern über meine Lippen, ihr Kopf war dabei auf ihre Knie gestützt und ihr Blick verschwand mit ihrem Körper durch den Eingang der Pupillen meiner Augen in meinen Kopf, so brannte sie sich für den Rest meines Lebens in die Netzhaut. Ein Schornstein unternahm draußen seinen ersten Flugversuch, landete aber viele Meter an unserem Fenster vorbei wie ein zerplatzter Regentropfen vor dem Bagger. Der schob sich knirschend langsam wieder vor, streckte seinen hydraulischen Hals und ließ ihn schweben. *Port de bras.* Die Schaufel zärtelte vorsichtig an einem Mauervorsprung, damit er nicht unkontrolliert auf die Straße fiel, und schob in sacht und genau auf den Schutt. *Plié.* Lilly schob ihren Slip in ihrem Schritt zur Seite und ich

richtete mich gerade in ihr auf, als sie mich nass und erregt aus sich herausflutschen ließ und langsam auf mein Gesicht zurutschte, darauf angelangt, kniete sie sich kurz hin und schob das Stück Stoff über ihre Schenkel, dann ertrank ich fast in ihrer nassen Glut und versenkte meine Nase und Zunge in ihr. Nach gefühlten Jahren hielt ich es nicht mehr länger aus und umfasste Lillys schlanke Taille, schob und stülpte ihren Körper wieder über meine Spitze. Wir bewegten uns kaum. Sie war weit und offen. Ich setzte mich ein wenig auf, ließ die Zunge über ihre Brüste kreisen und kleine Funken züngelten zwischen meinen Händen und ihren samtenen Wangen Lippen Haaren. Sie hielten Lilly fest und ihre hooverten über mich, hinterließen eine Gänsehaut und streichelten und umfassten zärtlich mein erregtes Glied, das sie sanft in ihren Händen auf und ab bewegte. Ich lutschte ihre Finger, beugte sie über meine Beine und leckte ihr über die zarten Innenseiten der Schenkel, die Feuchtigkeit glitzerte vor mir in ihrem Delta. Wir wollten uns nicht und nie mehr loslassen. Die nächsten Stunden sollten unserem erregten Tasten gehören und die Maschinerie draußen kreierte einen passenden Rhythmus. Wir schlüpften ineinander über uns hinweg, eine Welle kam und wurde zur Brandung, sie nahm sich zusammen mit unserem Kuss die halbe Ewigkeit, als wüsste sie um die Bedeutung dieses Momentes.
Die andere Hälfte würden wir brauchen, um den ganzen Bauschrott da draußen dann wegzukarren.

***

Paul war wirklich ein netter Kerl, er und seine Frau lasen uns jeden Wunsch von den Augen ab. Wir bekamen die Zimmer ihrer inzwischen erwachsenen Kinder, ein

Essen wie zu besten Zeiten und hatten sogar die Schlüssel zu Pauls Auto. Wir hatten endlich wieder ein Sahnestück Frieden auf unseren Tellern. Gleich am ersten Tag gab er uns einen Kipper unter die Füße, um bei dem Abriss die Halden wegzukarren. Jean und Luc spritzten mit Wasser aus Schläuchen dick wie Elefantenrüssel den Staub aus der Luft und ein Bauarbeiter hievte mit einem Kran das Zeugs auf die Laster. Solange das Wetter mitmachte, tuckerten wir auf diese Weise an manchen Tagen zehn Stunden zwischen Deponie und Bau hin und her. Es war zwar verflucht anstrengend, aber wir hatten unendlichen Spaß. Und wenn es regnete und die himmlische Flut alles andere unmöglich machte, waren Lilly und ich miteinander beschäftigt und die anderen zwei tollten wie kleine Jungs durch die leer stehenden Ruinen oder ließen sich das Wasser auf ihre Häupter pladdern.

Abends schnappte ich mir Lilly und Pauls Wagen und düste mit ihr durch die nördlichen Stadtteile. Wir hielten an jedem dunkleren Parkplatz, legten uns gegenseitig in die Arme und wurden dabei allmählich wieder zu Menschen. Aber jedes Mal verfluchte ich dabei diesen Knüppel der Gangschaltung, der sich wie ein eifersüchtiger Zuschauer zwischen uns stellte, bis ich es irgendwann spitzbekam, wie ich dieses Ding aus der Halterung schrauben konnte, dann schmiegte sie sich an mich und unsere Finger glitten nervös und ungeduldig unter die Hemden und Hemdchen an unsere Körper und ich versprach ihr, einen Wagen mit Lenkradschaltung zu kaufen.

Es war unglaublich, was für ein Leben es noch geben konnte. Wir waren drauf und dran den ganzen Kram wie Bauschutt auf eine Deponie zu schütten. Wir waren wieder Freischärler des Lebens. Bénard kam alle zwei, drei Tage und hätte uns gerne Neuigkeiten mitgeteilt, sie waren zwar nicht vorhanden, doch hatten wir den Eindruck, in Sicherheit zu sein. Das Einzige, was nun allmählich klar wurde, war, dass die Marokkaner Wind von der verschwundenen Liste bekommen hatten. Jetzt mussten sie natürlich als Erste reagieren und die Widersacher so schnell wie möglich aus dem Weg räumen. Und in genau dieses Durcheinander sind wir reingeplatzt, als große Unbekannte. Ihre Kalkulation ging dank unserer Hilfe auf. Denn LaCluse wiederum hatte gehofft, durch einen Mord an Caron der alleinige Herr der Dinge zu werden. Also tauchte er aus diesem Grund auch am *Mémorial* auf. Erst Caron und im Rückwärtsgang die Marokks.

Aber das Beste war, nicht einmal die Typen der *RG* hatten die leiseste Ahnung, was da abgegangen war. Die tappten während der ganzen Zeit total im Dunkeln und dachten, lediglich irgendein großes Schmuddelgeschäft quer über das Mittelmeer oder noch größer über den Atlantik wäre in Vorbereitung. Deshalb legten sie einen von Carons Leuten um, als der so blöd war und bei einer Razzia den starken Maxen markieren wollte, kurz bevor sie am Kommissariat auftauchten und legten ihn, weil Eile geboten war, in den Kofferraum. Er war der bescheuerte Köder, der uns vollends reinritt.

Mit ihm hofften sie, Caron zusammen mit uns zu erwischen. Doch es kam ja alles anders. LaCluse dachte, Caron spielt wieder falsch und war regelrecht froh, als er durch Bénard erfuhr, was an dem einen Abend abgehen würde. Rache ist Blutwurst. Dass wir bei Caron auf dem Kommissariat saßen, erfuhren sie übrigens durch ein paar andere Inspektoren, die Bénard sagten, wo Caron in den letzten Stunden abgeblieben war, als er ihn selbst aus den Augen verloren hatte. Durch diese grandiose detektivische Meisterleistung kamen sie zum Kommissariat und wollten dazwischenfahren, damit nicht er ihnen ins Handwerk pfuscht. Denn sie wollten uns als Köder und Caron war nur der erste Teil ihres Planes. Dafür hirschten jetzt wohl diese Marokkaner durch die Gegend und wir saßen hier und warteten auf bessere Zeiten, um uns wieder wie normale Menschen bewegen zu können. Was für ein hirnverbranntes Durcheinander.

Doch hier, inmitten unserer Baustellen, erreichte unser Alltag allmählich den Groove bester Popmusik. Wir ließen die Vergangenheit entschwinden und die Zukunft in Ruh, wir hatten ja eh keine Macht über sie. Nicht einmal eine Vorstellung. Der nächste Tag kam ohne unseren Einfluss. Sein Morgen war unausweichlich, egal, wie lange ich ihn mit Lilly im Bett verbrachte.

Am Wochenende machten wir alle zusammen einen Ausflug in die Wälder bei Senlis. Die Luft verschüttete einen kalten Wind, aber der wurde mit reichlich Schnaps zur Weißglut gebracht und die knurrenden Mägen mit einem Wahnsinnskuchen von Pauls Frau Suzanne gefüllt. Mein Fuß hinderte mich noch, beim Versteckspiel mitzumachen, dafür durfte ich bis zehn zählen und durch die leere Papprolle vom Küchenpapier zur wilden Sucherei tröten. Lucs Bello schoss natürlich zwischen all den anderen hin und her und verriet so jeden. Ich saß in Pauls Auto, ließ eine Kassette dröhnen und legte in Gedanken für jedes kostenlose Karussellfahren meines alkoholisierten Kopfes fünf Francs aufs Armaturenbrett. Lilly kam regelmäßig vorbei und verteilte Küsse auf meinem Gesicht und entschwand wieder hinter einem Baum oder etwas anderem. Suzanne war die Erste, die aufgab. Total aus der

Puste ließ sie sich in den Beifahrersitz fallen und hechelte wie ein Jagdhund.

„Puh, so was haben wir viel zu lange nicht mehr gemacht."

„Das kannst du laut sagen, aber wenn ich jetzt aufstehe, haut's mich um wie euren Abriss und ihr könnt mich in den Kofferraum stopfen."

Suzanne war für ihr Alter wirklich gut drauf, ihre vier Kinder und die tägliche Arbeiterei hatten sie wohl jung gehalten. Ihre langen blonden Haare pendelten hinter der Kopfstütze und kleine Schweißtropfen rollten über ihr Gesicht. Ich betrachtete ihr Profil, sie war wirklich eine attraktive Frau geblieben und hatte immer noch eine starke Figur. Unter ihrem Pulli konnte man einen festen Busen ahnen.

Nach und nach kamen die anderen mit ihren restlichen Lungen aus dem Gehölz. Man konnte nicht erkennen, wer wen stützte, denn jeder hatte einen schwer hinter die Binde gegossen und war bester Laune. Wir benahmen uns wie Erstklässler, trotz vollem Bauch und Kopf war nun Fangen an der Reihe. Mit *Stop looking for love* aus dem Radio gab ich das Tempo vor. Mein noch leicht lädiertes Bein wippte im Takt und neben dem Wagen tat sich eine mittlere Müllhalde auf.

Lilly tobte immer noch im Wald mit den anderen herum, ich hätte schon längst mein Testament abgeben müssen, allein vom Zusehen bekam ich Atemnot. Suzanne und ich futterten dafür eine Ration Erdnüsse, Chips und anderes süßes Zeugs, es war zu schön. Lucs Hund kannte inzwischen jeden Baumstamm und pinkelte das nächste neue Claim ab. Zwischendurch ein Kuss von Lilly, sie war genauso glücklich wie ich.

Jede Sekunde ohne Shit, Marokks und so, war wie ein entspannendes Jahr. Wir hatten endlich Zeit füreinander, erkannten uns mit unseren Schwächen und Fehlern. Erzählten uns oft stundenlang, was uns monatelang beschäftigt hatte, und kamen dabei auf Gott und die Welt. Selten gab es die Situation, dass wir verschiedener Meinung waren, sondern es geschah viel öfter, dass wir uns mit gleichen Worten unterbrachen und darüber lachen mussten. Ich lernte endlich, was wirkliche Liebe ist.

Wer das alles überstanden hatte, hatte sich besondere Erwähnungen in den Annalen verdient und die nächsten Treueorden sicher. Auch wenn ich eher feige im Leben herumschwirrte, waren unsere ehemals kleinen Leben zusammen ein riesiges geworden, Horoskope waren ausgeschaltet und die Kugel der Weissagerin war schlecht programmiert. Wir waren das zufriedene Paar, das sich bedingungslos vertraute und kamen uns vor wie die aus Kino und Fernsehen.

Irgendwann eggten Jean und die anderen durch den Wald zum Auto, sie fielen wie gemähtes Gras gegen den Wagen.

„Pfuh. Himmelherrgott, das is' ja irre – keine Kondition – aber halb Paris in – Schutt und Asche gelegt."
Luc sah wie ein wandelnder Wasserfall aus. Obwohl es nicht gerade warm war, triefte sein Schweiß aus allen Poren. Jean köpfte sich seine soundsovielte Flasche und verschlang sie fast mit dem ganzen Glas.

„Hupp. – Leute, wenn ich das überlebe, dann pack ich auch den Rest."
Die Flasche war leer und die nächste plätscherte hinter seinen Gaumen. Der Kerl blieb aufrecht stehen und wir schüttelten alle fast auf Kommando den Kopf. Gut geräuchert und eingelegt wird der hundert.

Lilly und ich setzten uns ab. Wir hielten Ausschau nach einem heimeligen Plätzchen. Ausspannen von der Erholung. Jetzt waren wir froh, mal ein bisschen alleine zu sein. Ich nahm Lilly unter meine Jacke und spazierte mit ihr langsam zwischen den nackten Bäumen. Wir schauten nach oben, zählten Wolken, Äste und die restlichen Vögel. Irgendwo im Wald hörten wir Wildschweine grunzen und ein paar Krähen krächzen. Ein paar knorrige Äste rieben aneinander. Es war die einzigen Geräusche außer unseren stapfenden Schritten. Ein paar Hundert Meter weiter fanden wir dann auch eine kleine kuschelige Hütte. Gerade als wir eintreten wollten, sahen wir im einfallenden Licht das junge Liebespaar, das uns augenscheinlich in Zeit und Tat zuvorgekommen war. Lilly drehte sich weg, schlug sich die Hand vor den Mund und gluckste lachend leise prustend hinter ihr hervor. Wir schlüpften hinter einen Holzstapel und schauten neugierig auf die halb nackten von Schweiß feucht glänzenden Körper und dachten an unser Vorhaben. Es war ein zugleich erregender und verführerischer Anblick. Die beiden waren sicher nicht älter als sechzehn oder siebzehn und hatten für diesen intimen und eigentlich einsamen Augenblick an alles gedacht, denn dicke Decken, auf denen sie lagen, gaben ihnen genug Wärme und in der kleinen Feuerstelle, die in der Ecke eingebaut war und sonst Wanderer oder deren Essen wärmen konnte, brannte ein Feuer. Sie waren unglaublich lieb und behutsam zueinander. Während er zärtlich ihre mutig rasierte Spalte streichelte und ihre kecken Brustwarzen küsste, massierte sie sein völlig erregtes Glied mit beiden Händen. Dann schob er sich langsam auf ihren Körper, drang wie ein Schwimmer in einen See in sie ein und streichelte durch eine Umarmung ihrer Schenkel weiter mit seinen Fingerkuppen ihre Perle. Als das Mädchen kurz vor dem Höhepunkt war, wölbte sie sich auf und wir gerieten in unserem Versteck in ihr Blickfeld. Lilly legte den Finger auf ihren Mund und ein unmissverständliches Zeichen mit der Hand sagte dem Mädchen, dass alles in Ordnung sei. Ihr Blick zeigte im ersten Moment nicht, ob sie uns wahrgenommen hatte, als er sich aber uns zugewandt immer mehr verklärte und heftigere Bewegungen und ein Gurren aus der Kehle des Jungen keinen Zweifel mehr daran ließen, dass er sich gerade in ihr ergoss, war es klar, dass sie uns gesehen hatte. Kaum später gab sie sich mit mehreren Seufzern, weit geöffneten Augen und einem glücklichen Lächeln, während sie uns die ganze Zeit weiter anschaute, ihrem Höhepunkt hin. Atemlos sank sie zurück und ließ uns damit los.

Nach einem langen und tiefen Kuss kehrten wir zu den anderen zurück. Der Glühwein dampfte bereits über einem kleinen Gaskocher und verklärte noch mehr das gerade Erlebte und die doch langsam aufkommende Kälte aus unseren Gliedern. Gegen Abend machten wir uns dann über die Reste her. Jeder pfefferte Gabel Löffel Messer in die mitgebrachten Unmengen. Jean war allerdings schon eingenickt und hatte sein Haupt auf Lucs schnarchenden Hund abgelegt.

„Kannst mir eigentlich noch was von der Mousse übrig lassen, Kerl!"

„Wirst schon nicht verhungern, komm, hier, sollst nicht leben wie 'n Bettler."

Und schwupps hatte Luc mir einen halben Löffel Pudding ins Gesicht geschmiert und die schönste Sauerei war im Gang. Paul und Suzanne hielten sich keine Sekunde zurück, die zwei Wochen mit uns hatten wohl gereicht, sie zu verderben. Kurz vor Mitternacht waren dann Energien und Futter aufgezehrt und wir wurden ernster. Der Alkohol hatte uns stumpf gemacht und jeder von uns hoffte im Inneren, bald von Bénard zu hören, dass wir nach Paris zurückkönnten, auch wenn es uns hier gut gefiel, aber dieses Versteckspiel musste mal zu Ende sein. Als sich dann allmählich die Kleidung mit der nächtlichen Feuchtigkeit vollgesogen hatte, begannen die beiden Frauen wie in alten Zeiten den Unrat und ihre Männer aufzuräumen. Wir wurden alle vier wie Kinder in den Arm genommen, gedrückt und in die Autos verfrachtet. Ein Bild für die Götter. Und dann ging es ab nach Hause.

***

Am nächsten Tag hatten Lilly und ich noch keine Lust auf Abriss, Kuchen und Geherze. Wir wollten die tags zuvor gestörte Zweisamkeit wiederfinden und entschlossen uns daher, schwimmen zu gehen. In der Nähe gab es ein Hallenbad, in dem wahrscheinlich schon Pauls Großeltern ihre Runden gezogen hatten. Klein, eng, sauber, kaum besucht. Mit einer Plastiktüte um meinen Fuß stapfte ich zum Becken. Das Hallenbad schien tatsächlich keine Bedeutung mehr zu haben, ein halbes Dutzend Leute verlor sich in dem Becken und ein paar Kinder feixten über unsere Anhänglichkeit. Lediglich nach jeweils einer geschwommenen Bahn hatten wir etwas Zeit, um uns zu kosen und zu schmusen, doch die paar Rentner waren immer kurz vor 'nem Herzstillstand oder Ertrinken, wenn sie uns sahen. Also auf zur nächsten Runde und die ollen Säcke abhängen. Auf der anderen Seite hatten wir wieder die halbe Minute Zeit, bevor die Alten in neuer Rekordzeit in unserer Nähe auftauchten und laut japsten, wir konnten nicht erkennen ob aus Atemnot oder senilem Voyeurismus.

Wir küssten und streichelten uns unsichtbar unter der Oberfläche. Mein Finger fluppte wie eine kleine Raupe in ihren Schritt, unter den Badeanzug in das warme zarte Nass, während ihre Hand erhitzt meine gewölbte Hose maß. Wir schauten uns an und die Blicke um uns herum wurden uns mehr und mehr egal, wichtig und unwichtig zugleich, es war wahnsinnig und wir verrückt.

Zwischendurch kühlte ich mich ab, ich nutzte dafür den Augenblick, als keiner vor mir war und sich über meine untere Hälfte gewundert hätte. Minuten später platschte ich wieder ins Wasser. Nach anderthalb Stunden hatten wir Schwimmhäute und die Fingerkuppen sahen aus wie die Seealpen bei Gap. Wir schäkerten und trieften zur Umkleide. Vor unserem Spind angekommen, überkam es mich und ich zog sie in die Kabine hinter mir, zum ersten Mal spürte ich einen kleinen Widerstand, doch dann war sie es, die hinter uns den Riegel zuschob. Wir hielten uns fest. Erst langsam begannen wir uns in dem Gegrummel und Gezeter der anderen Kabinen zu bewegen und zu ertasten. Ihr Badeanzug glitt von den Schultern und die Kordel meiner Hose verlor ihre Schleife und den Halt in meinen Hüften, mein Glied schnellte an meinen und ihren Bauch und ihre Zunge unter meinen Gaumen und der Lärm um uns stoppte an den Wänden unserer Zelle. Meine Finger tauchten in sie ein und ihre benetzten sich bei mir. Ich malte wieder ein Herz um ihren Nabel. Dann nahm ich sie in meine Arme und presste sie schier durch meine Haut. Lilly lächelte und stellte sich mit einem Fuß auf die Sitzbank und dem anderen auf den gegenüberliegenden Tritt, sie spreizte sich und ich hob sie sanft über mich. Doch wir waren beide schon längst im mindestens siebten Himmel. Ihr Kopf lag weich auf meiner Schulter und ihr Atem brannte heiß hinter meinem Ohr.

„Hör jetzt nicht auf, bitte – oh Gott – bloß nicht – mach' ein bisschen langsamer – es ist so schön."

Sie wog in meinen Armen nicht mehr als ein, zwei Federn und in meinem Körper war der Teufel los. Vielleicht war es das ganze Drumherum oder diese für Liebesspiele eigentlich nicht gedachte Umgebung oder die gemeinsame Erinnerung an das Pärchen bei Senlis, aber wir waren uns jetzt so nah wie nie zuvor.

Irgendwann war unsere Körperwärme leider aufgebraucht und die kühle Luft ließ uns mehr zittern als unsere nervösen gleitenden Hände. Ich schlüpfte mit meinen Fingern von und aus ihr und Lilly verabschiedete sich mit einem klatschenden Kuss unter meinem Nabel.

Plötzlich befiel mich auf dem Weg zum Wagen ganz langsam und zaghaft die altbekannte Angst. Vielleicht würde uns nicht mehr allzu viel Zeit bleiben, diese gewisse Unbeschwertheit zu behalten. Noch schlug dieses ganze Drogenwirrwarr nicht allzu sehr auf unsere Gemüter. Es war in den letzten wenigen Wochen weit weggerutscht. Doch der ganze Scheiß, diese Bande würde sich sicher noch mal zu Wort melden. Ich drehte mich zu Lilly. Sie wusste gleich, was los war.

„Glaubst du, wir wären uns genauso nah, wenn das alles nicht passiert wäre? Unser Abenteuer wäre doch schon längst zu Ende. So blöd es klingt, aber all der Mist ist doch unser Glück gewesen."

„Meinst du das ernst? Ich dachte, du hättest mich von Anfang an ..."

„Nein." Sie schüttelte mit einem tröstenden Lächeln den Kopf. „Nicht ganz von Anfang, aber dafür nun

umso mehr. Erst warst du der Freifahrtschein. Aber jetzt liebe ich dich wirklich. Versuch mich bloß nicht loszuwerden, ich warne dich."
Ihre Hand glitt über mein Kinn. Ich musste mich setzen – Freifahrtschein – und schaute gleich darauf in unseren siebten Himmel, der rostige Abfalleimer unter mir ging dabei ohne Vorankündigung zu Bruch. Unser Lachen kam prompt und unsere Philosophieminute war beendet.

***

Als wir nach Hause kamen, war alles in hellster Aufregung und völliger Auflösung. Suzanne warf ihre Hände durch die Luft wie ein Einwinker auf dem Flughafen und Paul riss mir stotternd den Wagenschlüssel aus der Hand.

„Ko... ko... Kommt ihr auch noch mal wieder!?"
Er packte mich am Arm und zog mich zurück zum Wagen. Ich versuchte mich zu wehren.

„Was nu', raus oder rein?"
„Komm, komm, komm. Quatsch nicht so lang, klemm dich auf den Sitz und halt's Maul."
„Hat Bénard angerufen. Gibt's 'ne Hiobsbotschaft, oder was?"
Er polierte sich die Stirn mit seinen Fingern und trappelte wie ein aufgescheuchtes Huhn zwischen Suzanne und dem Auto hin und her.

„Ach Blödsinn. Auf der Baustelle hat's 'nen Kran umgehauen."
Lilly und ich guckten ihn ziemlich perplex an. Wir dachten erst, er will uns verkohlen, aber mit Händen und Füßen, dabei wie ein Stier brüllend, stellte er dann

die ganze Sache dar und packte uns dabei in den Wagen. Es war das erste Mal seit langer Zeit, dass eine solche Aufregung nichts mit unserer Sache zu tun hatte. Wir wussten in diesem Moment nicht, ob wir deshalb lachen oder mitleiden sollten. Die Baustelle war nicht weit entfernt, in Sevran bauten sie gerade wieder diese Kaninchenstall-Reihenhäuser, ein Stück vom Dutzend für nur sechshunderttausend Silberlinge. Man bekommt fast das Kotzen, wenn man diese Schachteln sieht, die zurzeit wie Pilze aus dem Boden schossen. Entweder Opernkulissen für die lebendige Beerdigung oder diese Einheitsbehausungen mit bepinkelbaren Außenwänden aus Kacheln. Aber Paul war auch über den kleinsten Auftrag für seine kleine Klitsche froh. Er musste ja auch nicht drin wohnen.

Wir sahen uns das Kunstwerk an. Das Ding musste wie von einer unsichtbaren Faust umgefegt worden sein. Nun lag das Ungetüm wie ein erschossener Dinosaurier, plump, ohne jetzt noch aufgehalten werden zu können, quer über der Straße. Aber das musste man dem Kranmann lassen, er hatte saubere Arbeit geleistet, haarscharf an einem kleinen Tankwagen vorbei hatte er den Gitterkram in den Asphalt bugsiert. Lediglich ein Stück des Auslegers ragte wie ein mahnender Finger in den Himmel.

„Der ist hin. So ein verfluchter Scheiß! Total hinüber!"
Paul tobte. Er pfefferte seine Baskenmütze auf den Boden und schlug die Hände vors Gesicht aufs Wagendach und wieder vors Gesicht.

„So eine absolute gottverdammte Scheiße. – Aber weißt du, was als Erstes passiert ist?"
Ich schüttelte mit verschlucktem Lachen den Kopf.

„Dieses Mistding war gerade dabei, eine Palette mit Ziegeln über den Neubau zu hieven ..."
... als das Tragseil riss und die Palette aus 20 Meter Höhe durch den Bau rauschte. Erst durch die frische Verschalung einer Bodenplatte der oberen Stockwerke, dann durch die fertigen Böden darunter. Durch die plötzliche Entlastung musste dieser altersschwache Kran nach hinten geschwungen und umgeknickt sein. Ich konnte mein Lachen nicht mehr länger zurückhalten. Lilly, die sich neben der heulenden Suzanne vor Lachen den Bauch hielt, ging auf Paul zu und versuchte ihn zu beruhigen. Doch irgendwie fehlte ihr der nötige Ernst dazu. Ich nahm sie und Paul an die Hand und steckte sie ins Auto. Suzanne taperte hinterher.

„Du kannst die Scheiße doch nicht hier so rumliegen lassen. Das muss doch weg."
„Ich glaube, du spinnst. Willst du das alleine zur Seite schieben, oder was?"
Ich tippte ihm an seine Stirn.
„Das musst du alles auseinanderschnibbeln und klein hacken. Da läuft nichts mit hochklappen, aufstellen und so."
Lilly und ich nahmen noch schnell ein paar Begrenzungsbänder und sicherten, so gut, wie es ging, die Unglücksstelle des verstorbenen Metallschwans ab. Danach fuhren wir die zwei Heulbojen hinter uns zu einem befreundeten Bauunternehmer, der einen kleinen Bergekran hatte und den Schrott damit weghebeln konnte. Paul konnte sich einfach nicht einkriegen. Er schluchzte herzzerreißend, während er seinem Kumpel die Geschichte noch eine Stufe dramatischer schilderte. Mit dem vierachsigen Kran fuhren sie dann wie mit einem Panzer zur Unglücksstelle zurück. Ich hatte keine Lust mehr, mir den Kram noch mal anzugucken und

dann nur im Weg rumzustehen. Lilly schüttelte auch gelangweilt den Kopf und meinte, komm, wir fahren nach Le Bourget und machen noch was aus dem Nachmittag, dabei schaute sie mich mit den größten schwarzen Augen des Universums an. Ich zog sie unter meinen Arm, eigentlich eine gute Idee, wir schnalzten gleichzeitig mit der Zunge und marschierten zum Bahnhof.

In Drancy erwischten wir fast sofort einen Zug in die richtige Richtung. Der Waggon war nicht sehr voll. Ein Girl aus der Sparte Grufti saß uns in einem schwarzen Catsuit gegenüber, der sicher ihr einziges Kleidungsstück in diesem Moment war. Ihre einigermaßen vorhandene Figur zeichnete sich überdeutlich ab. Sie fror, es war nicht zu übersehen. Nähte waren an den pikantesten Stellen keine mehr, ihre kleinen Härchen stachen aus den Lücken hervor. Das alles beeindruckte sie wenig. Ein Bein angezogen und auf dem Sitz abgestellt, zog sie sich überlaut ihre Punkmusik aus dem Walkman rein, schlug dabei wild den Rhythmus auf dem Polster der Sitzbank und auf ihrem Oberschenkel mit und warf den Kopf grunzend hin und her. Die schwarze Lottermähne verwischte dabei die Schminke und machte aus ihr eine schwarz-weiße Kuh.

Ich zog meine Augenbrauen Mundwinkel und was ich sonst noch im Gesicht hatte nach oben, schaute aus dem Fenster und dann auf Lilly, die sich über den Anblick herrlich amüsierte. Ich krabbelte mit meiner Hand unter ihren Pulli zu ihrem Rücken und ihrer warmen Haut. Dabei pfiff ich unschuldig ein Lied. Ich nahm Lilly in die Arme, sie schmiegte sich an mich und während eines intensiven Kusses vergaßen wir alles um uns.

***

Bevor sie sich neben mich in den Audi gesetzt hatte, hatte sie sich geschworen, nie wieder, weder diesen schönen gewohnten Weg der umsorgten Tochter, den alle Mädchen aus begüterten Häusern vor den Latz geknallt bekommen, zu gehen, noch dieses herrenlose Herumgestrolche auf sich zu nehmen, wie es uns in Gestalt dieser Punkerin gegenübersaß. Ihr Freund war dann auch der Renner. Sie hatte keine Probleme mehr mit ihrer Lebensorganisation. Zettelchen in Wohnung und Taschen wiesen ihr den Weg. Das Nachdenken war einfach aus- und abgeschaltet. Auf den ganzen Papierfetzen standen nie die drei Wörter, die sie so sehr vermisste, sondern nur Einkäufe Waschzeiten Rezepte bis bald bis später bis Fragezeichen. Er war ein wahres Haushaltswunder, konnte kochen putzen bügeln und alles besser wissen. Sein Job war purer bezahlter Frust. Und wenn er abends nach Hause ging, sammelte er in auf dem Weg liegenden Häusern hinter roten lappigen Vorhängen Tipps, um sich seine abgeflachte Fantasie zusammenzubasteln, und päppelte seinen Körper – wieder daheim angekommen – mit ein paar Hanteln auf. An vielen Abenden wollte er Lilly dann rasiert, in schwarzen Fetzen und Strapsen. Aber der schale Ekel, ob derartiger Blöße, hinderte sie daran, ihre natürlichen Wünsche dabei auszuleben. Unter Tränen ließ sie ihn gewähren, stellte sich ihre Jugendliebe vor und erlebte keinen einzigen entspannenden Stromstoß, der sie wenigstens für Sekunden einmal in die Ferne getragen hätte. Ich glaube, er konnte bis auf diese Zettelchen weder richtig lesen noch schreiben, sondern lediglich sich muffige Ziele ausdenken, weil die ja zu einem Leben dazugehören sollen. Als sie dann neben mir saß, hatte sie eine fünfstündige Protuberanz von bis dahin Unausgesprochenem hinter sich, die diesem Typen, der einen Blickwinkel von nur etwa acht bis zehn Grad gehabt haben musste, klarmachte, dass sie sich für das Fragezeichen entschieden hatte. Und wenn ich nicht schon nach Paris unterwegs gewesen wäre, hätte sie die nächsten Stunden genutzt, um doch wieder umzudrehen. Doch inzwischen hatte sie das Fragezeichen ausradiert und begonnen, ein NIE hinzuschreiben. Ihr Vater schüttelte den Kopf, klopfte mir auf die Schulter und drohte mir mit der Faust – durchs Telefon.

„Ich hoffe, du bist wirklich so sensibel, wie sie sagt!" Denn ich war ein unbeschriebenes Blatt, ohne Titel und Profession. Meine Mutter war eine einsame Frau dürr schmal blass und hatte sich vor Monaten mit Alkohol vom Leben gehetzt in den Tod gejagt. Ich hatte dies alles schon die langen Monate zuvor erwartet. Jedes Mal, wenn das Telefon klingelte, dachte ich an die Möglichkeit, hatte ich das Gefühl, am anderen Ende diese Nachricht nun zu hören. Als ich sie mitgeteilt bekam, klingelte kein Telefon. Hunderte von Kilometern entfernt besuchte ich Freunde an der Küste, die mich damit empfingen. Ich hörte es stumm, legte die Hand vor meinen Mund, weil ich nicht reagieren wollte und konnte. Ich war sprachlos über dieses unaufhaltsame Schicksal. An dem ich nicht einen Tag etwas zu ändern vermochte. Ich ging nach draußen, fluchte und schimpfte gegen den, der sich Gott genannt hatte, und machte am Horizont einen möglichst fernen Punkt aus, an dem ich einen Packen meiner Gedanken und Bilder über meine Mutter unauffindbar hinterlegen konnte, nahm auf diese Weise Abschied von ihr und legte ein Foto von ihr in meine Geldbörse. Die Tage danach blieb ich allein und beobachtete am Strand das Meer. Bei jeder Brandung und bei jeder Welle dachte ich, dass sie mein Leben verändern würde. Ich wollte von nun an alles bewusster und entschlossener angehen und kündigte in der Fabrik. Na ja, den Rest kennen wir.

Zum Schluss blieb mir nur der fast zwanzig Jahre alte Audi, der mich wie ein Medium noch mit Mutter verband und uns mitten in diesen Straßengraben bugsiert hatte. Da blieb alles liegen, die ganzen Vorhaben, Ziele und Wünsche. Ungelenkt, wie kleine Papierflieger im starken Wind, bugsierten wir uns durch die folgenden Tage und Wochen und merkten nicht, wie wir ein unbedeutendes Rädchen in diesem großen korrupten Mechanismus wurden. Ohne Geld und Zukunftspläne, nur mit einem weiteren Schwur in unseren Köpfen, den anderen nun niemals wieder loszulassen, saßen wir jetzt wie der Krebs und das Schneckenhaus in diesem Waggon. Vereinigte Lippen Europas.

***

Dass wir im Gare du Nord landeten, hatten wir erst gar nicht bemerkt, und als wir es nicht glauben wollten, bewiesen uns die Buchstaben auf den Schildern das Gegenteil.

„Ach du grüne Neune, wenn das Bénard sieht. – Wir in Paris. – Der kriegt 'nen Schlag. Komm, wir fahren gleich wieder zurück."

Ich bekam Muffe. Das ganze Passantenvolk war eine verschworene Bande, die seit Wochen darauf gewartet hatte, uns hier in Empfang zu nehmen. Doch Lilly war die Ruhe selbst. Sie hängte sich in meinen Arm und schaute mich mit ihren großen Augen an.

„Ein bisschen können wir doch durch die Stadt gehen, eben zu Hause vorbei, sehen ob alles in Ordnung ist. Die anderen werden uns schon nicht vermissen." Himmel, ich wollte ja kein Feigling sein, aber musste das sein? Es musste. Ich klang auch nicht allzu überzeugend. Und schon hatte sie mich in die Metro verfrachtet. Natürlich zur besten Rushhour.

Bei Château Rouge spuckte die Bahn uns wieder raus. Oben war der absolute Halligalli im Gang. Hier war alles vertreten. Sämtliche Farben der UNO und oft genug ziemlich karierte Gestalten, natürlich rund um die Uhr. Der Wind verteilte auf dem Boulevard schmierig das letzte Grün. Über Nacht musste ein Heißluftventil explodiert sein, denn eine schneidend frische Luft war aus dem stahlblauen Himmel auf die Stadt gefallen, alles war glasklar. Menschen quollen aus den Läden, aus den Stationen, aus den Büros und ratschten mit ihren durch schwere Tüten oder Köfferchen nach unten gezogenen Blicken über das Pflaster und spiegelten sich in den nassen Straßen. Wir ordneten uns rechts ein, ließen uns von der Masse weiterschieben und das Licht der Welt kopulierte hinter uns auf der goldenen Kuppel des Invalidendoms.

Es tat tatsächlich gut, wieder Großstadt zu schnuppern, auch wenn in solchen Gegenden nicht viel dazugehörte, als Hai aus dem Penthouse zu fliegen und unten als Kellerratte anzukommen. Wie oft habe ich hier schon die gescheitertsten Existenzen mit ihren Plastiktüten gesehen, in denen sie die stinkenden Überreste ihres Lebens gesammelt hatten und darauf warteten, dass die leeren und angegammelten Joghurtbecher sich von selbst füllten. Auf Kirchentreppen oder Metroabgängen hatten sie dann die Nacht verbracht und waren halb erfroren aufgewacht. Dann steckten sie ihr bald schimmelndes Hab und Gut in weitere Tüten und warfen es in geklaute Einkaufswagen oder schnallten es auf den Gepäckträgern ihrer längst reifenlosen Räder. Keiner kannte ihre Lebensgeschichte, oft wusste man nicht, woher sie überhaupt kamen, ob aus einer schönen Vorstadt, die sie hatten verlassen müssen, weil die Knete plötzlich fehlte und sie sich deshalb für ein paar Monate an irgendeiner viel befahrenen Bahnlinie in einer total abgetakelten Wohnung die Eisenbahnen durch den Kopf bis zum nahen Wahnsinn fahren lassen mussten und dann nur noch Schulden hatten, kein Essen, keinen Schnaps, nichts, oder ob sie gleich so unter dem Tisch auf die Welt gekommen waren, schon dort mit 'ner Flasche Sprit in der Hand und der Aussicht, kurz vor dem Tod in ein warmes Bett einer Heilanstalt mit sauberer Wäsche geschmissen zu werden, um abdämmern zu können. Aber nie sah man jemanden, der sich um sie kümmerte, obwohl alle vor Mitleid fast Tränen in den Augen hatten; selbst ich gab ihnen selten eine Münze. Ich hatte ja nicht einmal den Mumm, Jean von seiner Sauferei abzuhalten.

In den Schaufenstern war der krasse Gegensatz zu sehen. Alles war mit weihnachtlicher Stimmung dekoriert und mindestens um die Hälfte teurer als vor ein paar Wochen. Ich zog Lilly dichter an mich. Wir sollten nach Neujahr wieder nach Paris zurückkönnen, Bénard soll sich mal sputen. Wir können nicht ewig bei Suzanne und Paul rumhängen.

„Warum, wir haben es doch gut bei ihnen und ich denke, sie sind ganz zufrieden damit, dass wir ihnen etwas helfen können."

„Das sind tatsächlich die ersten Tage und Wochen mit dir, die ich hab' genießen können."

Sie schaute mich fragend an, als wenn ich meinte, die ersten Tage hätten nicht stattgefunden.

„Immerhin hat mich in letzter Zeit keiner verprügelt oder mir 'ne Knarre zwischen die Beine reingesteckt. Endlich mal Ruhe."

Aber es musste nicht Paris sein, wenn alles vorbei war.

„Wolltest du nicht mal in die Bretagne?"

Sie holte aus wie bei einem Tanzschritt, umarmte mich und presste ihren Kopf auf meine Rippen, als wenn ich ihr mit diesem Ziel vor Augen das größte Geschenk machen würde. Aber diese Stadt war auch wie eine Droge, kaum hast du sie geschnuppert, willst du mehr und nicht woanders hin. Vielleicht würde es auch reichen, jederzeit einfach wiederkommen zu können, ohne die Angst haben zu müssen, irgendein Theater zu erleben. Ich wusste nicht, was ich Lilly noch sagen sollte. Ich streichelte ihr über die Brauen und Lippen, durch ihr Haar und über die Wangen, gab ihr einen weiten Kuss und ließ die Zunge in ihrem warmen Mund kreisen. Wir klammerten uns aneinander, als wenn ein Adieu bevorstehen würde. Sie schaute mich an und ihre braunen Augen sagten, lass uns in Le Bourget bleiben oder sonst wohin gehen. Ja, gerne in die Bretagne!

Inzwischen waren wir auf dem Boulevard Ornano bis zur Station Simplon gekommen. Gerade als wir die Treppen hinuntergingen, kamen uns ein paar Sanitäter und Polizisten entgegen, auf einer Bahre trugen sie unter einer schweren grauen Decke wahrscheinlich den soundsovielten Herointoten nach oben. Ein Sonnenstrahl durchleuchtete für einen Moment die Decke über dem Kopf und es erschien uns, als ob sein Gesicht darunter mitteilte, froh zu sein, nicht mehr an dem Krieg mit Nadel, der aus den Vororten in die Stadt getragen worden war, teilnehmen zu müssen. Vielleicht kam er gerade aus einem dieser Hühnerkäfige, die nach saurer Pisse stanken und deren Visitenkarten zerbeulte Briefkästen, zerbrochene Scheiben und brüchiger Beton waren.

Wir schauten ihm hinterher und unser Drogenfilm im Kopf, der doch so schön verdrängt gewesen war, fing von vorne an. Stumm stiegen wir in die Metro und machten uns wieder auf den Weg zu den anderen, ohne bei der Wohnung gewesen zu sein, in unsere Briefkästen geschaut oder jemand Bekannten getroffen zu haben. Während der Fahrt verschoben wir die Entscheidung bis nach Weihnachten, vielleicht gibt Bénard ja vorher noch Entwarnung.

Der Zug war voll mit Pendlern, wir standen an einem Fenster ohne eine Lücke eng zusammen, eingekeilt von qualmenden, nach Schweiß riechenden und gaffenden Typen aus der Stadt. Was soll's. Ich machte meine Augen zu, ließ meinen Kopf in Lillys Nacken sinken und saugte ihren Duft tief in meine Nase ein, dabei betupfte ich mit meiner Zunge ihre Haut, derweil Lilly sich durch meine Ärmel auf meinen Rücken vortastete und meine aufkommende Gänsehaut kitzelte. Es dauerte keine dreißig Sekunden und ich merkte, dass sie über meine spürbare Erregung weiter unten lächelte. Sie drückte mich an sich, meine Hand glitt über ihren Po und die Stadt flog in Streifen vor dem Fenster vorbei.

***

Paul hatte sich inzwischen wieder beruhigt, der Kran war zur Seite geräumt, ein anderer durch seine Beziehungen gemietet worden. Morgen sollten wir dann helfen diesen mit aufzubauen und die entstandenen Löcher im Beton wieder zu verschalen. Womöglich hatte

Lilly recht, hier hatten wir alle vier zum ersten Mal was zu tun, konnten ständig dabei zusammen sein, bekamen zwar kaum Geld, hatten aber überhaupt keine Probleme damit, denn wir wurden verwöhnt wie große Kinder. Alles war plötzlich unbeschwert und leicht zu leben. Wir hatten alle Freiheiten.

Am Abend saß unsere Großfamilie zusammen. Wir erzählten von unserem Ausflug, was allerdings zur Folge hatte, dass die beiden anderen Jungs die gleichen Gedanken bekamen, wie ich sie in der Stadt hatte. Sie nörgelten und beschwerten sich, schlugen mit der Faust auf ihre Knie und mahnten sich selbst mit einem Finger vor dem Mund zur Ruhe. Jean griff zu seinem Hausmittel und spülte sein wieder aufgewecktes Heimweh binnen kurzer Zeit mit einer Flasche Bier hinunter.

„Leute, wenn ich mal nicht mehr bin, müsst ihr mir über mein Grab 'nen Kasten bestes Bier auskippen, damit ich da unten nicht verdurste und so noch etwas länger von meinem Leben hab."

„Vorher lass ich den aber noch über meine Nieren laufen, hahaha."

„Nee, bitte nicht. Sonst kriegen die Blumen Schimmel."

„Okay, ich lass dann 'ne Leitung zu 'ner Brauerei legen – mit 'nem Nuckel dran."

Da hatten wir unseren Spaß wieder. Aber Lilly und Suzanne wurde er zu derb. Seit sie sich kannten, steckten sie sowieso unter einer Decke, die nahmen sie jetzt und zogen in die Küche um. Lilly genoss es, endlich auch eine weibliche Person zu haben, mit der sie sich auch über die Dinge unterhalten konnte, bei denen ich mir nur aus lauter Verlegenheit am Kopf kratzen konnte. Ich schaute ihr nach und warf ihr einen Kuss mit der Hand hinterher. Als Antwort erhielt ich ein Zwinkern.

„Ich hatte ja heute wirklich den absoluten Griff ins Klo."

Paul beugte sich vor, stieß auf und trank einen großen Schluck Pastis.

„In der ganzen Hektik habe ich 'ne rote Ampel übersehen. Entweder krieg ich 'nen Strafzettel von einem halben Meter Länge oder die kommen morgen und konfiszieren mir gleich den ganzen Fuhrpark."

„Na, wegen einer roten Ampel haben die noch keinen erschossen."

„Ich weiß nur nicht, wie das ist, wenn man eine Ampel innerhalb von ein paar Sekunden dreimal bei Rot hinter sich lässt."

Wir guckten uns an und tippten uns an die Stirn.

„Ich komm von der Baustelle mit hundert Sachen und sehe auch das Ding vor mir, aber ich denk, die schaltet noch um. Fünf Meter vor der Linie trete ich auf die Bremse und rausch voll drüber. Ich hatte natürlich das Glück, dass ausgerechnet heute die *Flics* mit ihrer Kamera dort standen, und schon macht's PIFF. Ich den Rückwärtsgang rein und zurück, steht 'n anderer schon an der Linie. Ich denke, so eine Scheiße. Erster Gang und wieder drüber. PIFF. Dann ging's bei mir wie in 'nem Computer ..."

Wir grinsten und lutschten an unseren Bierflaschen.

„... der Karren hinter mir hat ein Stück zurückgesetzt, ich also mit dem gleichen Spielchen wieder nach hinten, sehe statt meiner eine grüne Fußgängerampel und saus wieder los. PIFF, PENG."

„Ganz schön dusselig, kann ich da nur sagen."

Wir lachten schallend und konnten uns kaum beruhigen. Mittlerweile waren wir gut angeheitert und wurden fast heiser. Wahrscheinlich hatten wir schon deutliche Tilt-Zeichen in unseren Augen. Paul hatte heute wirklich seinen Tag erwischt.

„Vielleicht hast du ja Glück und kriegst nur 'ne Verwarnung wegen groben Unfugs."

Paul lächelte gequält. Ihm war heute Abend eher nach Weinen, statt Lachen zumute. Sein nächster Schluck Pastis kam einem Trost näher als unsere Kommentare. In diesem Moment kamen Lilly und Suzanne mit einem riesigen dampfenden Topf herein. Es roch teuflisch gut und eindeutig nach einer guten fetten Fischsuppe. Wie macht ihr das bloß, erzählen, Probleme wälzen und dabei auch noch so köstliche Sachen kochen. Lilly steckte mir den Löffel aus dem Topf in den Mund.

„Schmeckt's?"

Ich hatte Mühe, meine Augen auf den Löffel zu konzentrieren, die Suppe war so großartig wie der Blick in ihren weiten Ausschnitt. Selbst Jean konnte mit seinem durch Bier geklonten Kopf noch klare Gedanken fassen und ein Lob mittels eines Rülpsers kundtun. Ich zog Lilly auf meinen Schoß.

„Klingt ja möglicherweise etwas nach Macho, aber in so einem Moment merk ich erst richtig, was für einen tollen Fang ich mit dir gemacht habe."

Sie schielte nach unten in meinen Schritt und pikte mit einem Finger in ihn hinein.

„Die Suppe hat Suzanne gekocht, ich hab' nur das Grünzeug geschnippelt und das Wasser in den Topf getan."

Ich gab ihr einen Kuss auf die Nase und hätte sie am liebsten als Vorspeise vernascht. Ein Finger von ihr glitt über mein Kinn und ihre Augen waren schwarz und tief. Sie wusste, was ich dachte.

„Iss lieber deine Suppe, sonst wird sie kalt."
Ich kippte meinen Kopf zur Seite und seufzte. Gibt's dich dann wenigstens als Dessert?

***

Ohne große und weitere Störungen rutschte der Plastikpfeil auf dem Kalender allmählich auf Weihnachten zu. Auf den Baustellen war eh nicht mehr viel los, der Boden war inzwischen so gefroren, dass sich die Bulldozer nur ihre Zähne ausgebissen hätten, und die Neubauten waren auch alle so weit fertiggestellt, dass jetzt die Handwerker an der Reihe waren, den Rest innen zu vervollständigen. Wir nahmen die letzten Tage vor dem Fest zum Anlass länger im Bett zu bleiben, auszuschlafen und abzuschalten. In den Buchhaltungsdingen zum Jahresende waren wir ohnehin eher eine Plage als eine wahre Hilfe. Paul genügte es vollkommen, wenn wir am nächsten Tag die ganzen Blätter und Wische nach seinen Anweisungen in die Ordner abhefteten.

Drei Tage vor Weihnachten kündigte sich Suzannes Schwester noch als Besuch über die Feiertage an. Es kam eine modisch gekleidete Vierzigjährige an, die bei diesen niedrigen Temperaturen noch mit einem sommerlichen Minikleid und einem nur leichten Mantel auf hochhackigen Pumps über den Hof stakste. Blond, mit schulterlangen federnden Haaren und laserscharfen hellbraunen Augen, die sie mit den Farben des Place Vendôme eingerahmt hatte. Eine Verführung auf zwei schlanken Beinen, die wie auf einem Zeitungscover einer *Madame* oder *Vogue* vor den Silhouetten der Weltstädte lief und – bis auf diese Silhouette stimmte alles.

Wir drückten unsere Nasen an dem Fenster platt, als sie auf die Tür zukam. Kurz bevor sie am Haus war, hielt mir Lilly die Augen zu.

Vivianne war eine absolut flotte Frau, die ständig gute Laune hatte, und mit der wir uns vom ersten Tag an bestens verstanden, was uns keineswegs wunderte, wir kannten ja Suzanne. Das Einzige, was sie grämte und offen zugab, war, dass sie in ihrem Leben allein geblieben war. Aber so ist es oft. Bis dreißig scheinen sie das Glück gepachtet zu haben, alle liegen ihnen zu Füßen und die Wahl fällt schwer. Doch plötzlich erwischt es sie: Welche Entscheidung wird getroffen? Entweder sehnen sie sich über Nacht, weil die Zeit immer knapper zu werden scheint, nach einem dieser Männer und Kegel oder es wird für sie als Vierzigjährige viermal wahrscheinlicher von einem Terroristen erschossen zu werden, als überhaupt noch einen Mann abzukriegen.

Luc versuchte vom ersten Abend an, ihren einsamen Zustand für einige Zeit auszuschalten. Keiner erkannte ihn wieder. Seine Hemden waren mit einem Mal gebügelt und in Pauls Schrank fehlten Krawatten. Aber das Unglaublichste war, er hatte gute Laune, horchte auf jedes Wort, das sie sprach, wie hypnotisiert, um ja jede Nachricht und jeden sonst ungehörten Wunsch aufzufangen, damit er ihr etwas Gutes tun konnte. Sie sog seine Blicke auf und erwiderte sie mit einem unwiderstehlichen Lächeln, das sie ihm mit geneigtem Kopf und ihren klaren Augen sendete. Unser Eremit bekam wieder Frühlingsgefühle. Ich glaube, in der Nacht auf Heiligabend war dann keiner der beiden mehr allein. Zumindest saßen sie mit kleinen dicken Augen aber entrücktem Blick am nächsten Morgen beim Frühstück und aßen es mitsamt dem Gegenüber auf. Nur Lucs

Hund schien ausgeschlafen, er hatte ja auch von diesem Weihnachtsgeschenk nichts gehabt.

Fünf Minuten nach dem Frühstück schoss ich in mein Zimmer, vor ein paar Tagen hatte ich begonnen ein kleines Geschenk für Lilly zu basteln und mir fiel ein, dass ich den letzten Schliff vergessen hatte. Meuternd rief sie hinter mir her, dass man sich in zivilisierten Völkern wenigstens einen Kuss zum Abschied gäbe. Ich warf ihr einen im Vorbeiflug zu und erhaschte zum Trost das wunderschöne Bild ihres nackten Schoßes unter ihrem Nachthemd, schmerzstillend wie ein Aspirin.

Abends erlebten wir alle zusammen das herzlichste und schönste Weihnachtsfest, an das ich mich erinnern konnte. Jeder von uns fand ein kleines liebevoll verpacktes Päckchen unter dem Plastiktannenbaum, der mit bunten elektrischen Kerzen zum Glühen gebracht worden war. In meinem fand ich herrlich warme Socken und ein Buch von Jacques Roubaud, *La belle Hortense*. Der Titel erinnerte mich sofort an die Nationalblume der Bretonen, die Hortensie. In jedem gepflegten Vorgarten in der Bretagne wuchs und gedieh sie in den schönsten Pastelltönen. Und jeder dort hielt was darauf, einen möglichst großen Strauch zu haben. Ich zeigte das Buch Lilly und sie verstand genauso schnell. Wird schon werden.

Sie gab mir dann ein streichholzschachtelgroßes Geschenk mit einer Riesenschleife, während ich ein größeres mit einer missglückten kleinen Schleife hinter meinem Rücken hervorholte.

Normalerweise ließ ich mir immer viel Zeit beim Auspacken und räumte ein Geschenk erst von links nach rechts von oben nach unten, bevor ich mich ans Öffnen machte. Jetzt aber war ich so aufgeregt, dass die

Verpackung des kleinen Päckchens regelrecht durch die Luft flog, dauernd schnippte es zwischen meinen Fingern hin und her. Lilly, sag, was ist da drin? Gott, wie schön du das eingepackt hast. Das ist ja so schon viel zu schön.

„Ich glaub, ich lass es zu."

Sie lächelte mich mit Tränen in den Augen und dem nun offenen Karton in den Händen an. Auf ihm stand in verschiedensten Schriftzügen und Variationen „Lillys Zettelkasten". Ich hatte Dutzende von bunten Zetteln in diesen hineingetan, lauter Liebesbotschaften, kleine Gedichte, die ich zum Teil in einem Buch in Pauls Bücherschrank gefunden hatte, und eines, das ich selber geschrieben hatte. Alles in allen Farben des Buntstiftkastens, den mir Suzanne dafür geliehen hatte, und auf vielen Zettelchen mehrfach wiederholt.

„Ich liebe dich Lilly."

Ich sagte es laut genug, die anderen hörten es und Luc kam auf mich zu, klopfte mir auf die Schulter und meinte mit wackelnder Stimme:

„Und ich Vivianne!"

Zack.

Stille.

Ein Lächeln von ihr.

Dann unser Lachen.

Damit gehörte sie in unser Quartett. Uns war allen zum Heulen zumute, und mein Geschenk war immer noch zu. Ich wurde wie ein kleines Kind. Hektisch und nun ohne Rücksicht zog ich die Schleife auf, hob den Deckel ab und fand ein kleines goldglänzendes Männchen auf einem Wattebausch liegend. Es schien zu strampeln. Noch nie in meinem Leben hatte ich so etwas gesehen und mein verwunderter Gesichtsausdruck war für Lilly das Signal, das Männchen zu nehmen und es mir an mein Ohr zu stecken. Dort kletterte es am Rand der Muschel hoch und hielt sich, ohne zu piken fest. Lilly hatte sich durch einen Zauberspruch in Gold verwandelt und klitzeklein gemacht, um mir ganz nah zu sein.

„Jetzt kann ich dir immer was ins Ohr flüstern und die anderen hören es nicht", kicherte sie.
Es war verdammt lang her, dass ich etwas zu Weihnachten geschenkt bekommen hatte, und hatte doch schon Lilly. Die meisten Jahre meines Lebens war das Elend eher mein Begleiter gewesen. Der Tod war nichts Ungewöhnliches. In meinem Stadtteil wurde das Miteinander oft durch Gewalt geregelt. Ich stand auf, küsste sie und war nur noch glücklich.

„Nun, dann habe ich dich jetzt immer bei mir."
Suzanne und Paul wurde es zu viel. Sie hatten schon lang nicht mehr ein volles Haus zu Weihnachten gehabt. Paul zog sich seine neue Baskenmütze auf den Kopf und Suzanne schmückte sich mit ihrem Seidentuch, es war das Einzige, was wir ihnen hatten geben können, doch sie bewerteten es wie ein diamantenes Geschenk.

„So, liebe Leute, jetzt geht's aber an die Tafel."
Paul schob die beiden Schiebetüren zum Esszimmer zur Seite und uns präsentierte sich ein mit echten Kerzen beleuchteter Tisch, auf dessen Mitte eine riesige Gans dampfte.

„Ich glaub, ich werd' verrückt."
Jean sank auf die Knie wie in einer Kirche.

„Ihr seid nicht mehr ganz gescheit, ich glaube nicht, was ich sehe. Das ist ja Ewigkeiten her. Mein Gott, wie schön."
Menschen, die uns durch das Fenster beobachtet hätten, hätten sicher alles für den besten Kitsch gehalten. Uns

überfiel derweil aber ein warmherziger Gefühlsschwall nach dem anderen. Zum ersten Mal nach vielen Jahren saß ich dann an einem Tisch, an dem jemand ein Gebet sprach, und keinem von uns war dabei komisch zumute.

„So, und nun haut rein, Kameraden, wir haben das nicht fürs Angucken gebraten. Lasst es euch schmecken."

Der Duft von feinem Rosmarin, Thymian und heißen Äpfeln durchzog den Raum und wirkte wie Weihrauch für unsere Seelen. Dazu gab es einen prickelnd herben Cidre literweise. Bei jedem Schluck wollte mir nicht einfallen, an was mich dieser Geschmack erinnerte. Ich genoss das Rätsel und haute mir den Bauch regelrecht voll. Es war köstlich. Jeder sah verstohlen auf das silberne Tablett mit der Gans, ob sie auch nicht zu schnell, ohne dass man einen Nachschlag bekommen hatte, in den Mägen der anderen verschwunden war. Jeder hatte das Ziel: Unterkante Oberlippe.

***

Am nächsten Morgen dieser schale Geschmack und ein seltsamer Kater. Einer von der Sorte, von dem man sich nur ungern erholt. Alles hatte den herrlich trüben Anstrich, der den pochenden Kopf vergessen ließ, so als würde die Lieblingsmelodie über einen unendlichen Fader ausgeblendet werden.

Lilly lag wie das Markenzeichen von Mitsubishi neben mir. Ich glitt mit einer Hand über ihren Bauch und tastete mit der anderen nach dem kleinen Mann im Ohr, er war noch da und schlief wie sie. Inzwischen war meine Hand unter ihrer Hose bei ihren Härchen angekommen, sie kräuselten sich um die Finger. Ich spürte, dass sie einen schönen Traum gehabt hatte, denn ihr Schoß verströmte einen feuchten und betäubenden Duft. Ich war wie elektrisiert und konnte nicht widerstehen. Vorsichtig und zärtlich begann ich sie und ihre Haut zu wecken, indem ich ihre Brüste vorsichtig knetete und mit meinen Fingern über ihren Körper lief. Sie rekelte sich auf der Decke und drehte sich zu mir. Ihre Haut war schlaftrunken und weich. Auf einem unsichtbaren Luftpolster erweckte ich ihren zarten Körper mit meinen Händen allmählich zum Leben. Sie schlang ihre Arme um mich, krabbelte mit ihren Fingern über meinen Rücken und ich streichelte ungeduldig ihr Gesicht. Meine Zunge hüpfte über ihre Brüste zum Nabel und dann in ihre Tiefe. Sie zog die Knie an, schob die Hose über die Knöchel und tauchte mit ihren Fingerspitzen in sich selber ein und begann sich mit einem leisen Seufzer zu streicheln. Dann drückte sie meinen Kopf, eine Hand in meinen Haaren verknotet, sanft in ihren nun schimmernden Schoß. Dabei legte sie ihre Knie weit auseinander links und rechts neben ihrem Kopf fast auf das Kopfkissen und ließ mich tief mit meiner Zunge in sie eintauchen. Sie gluckste leise und ihre Erregung floss an meiner Zunge vorbei und benetzte meine Wangen. Ich leerte ihren leicht warm grau getönten Kelch in einem Zug. Dann drehte sie sich langsam um. Meine Lippen weiter an ihrem Schoß. Und bewegte sich dabei mit feuchten Küssen langsam auf mein hartes Glied zu, das sie mit ihren Händen sanft rieb. Ich spürte, wie sich ihre weichen Lippen um meine Spitze schlossen, während ich ihre erregte Perle mit Lippen und Zunge immer schneller werdend stimulierte. Als ihr Körper anfing zu vibrieren und sie immer stärker meine Spitze mit ihrem Mund und der Zunge laut stöhnend bearbeitete, entlud ich mich mit heftigen Bewegungen unter ihrem Gaumen.

***

Das Feiern nahm kein Ende. Drei Tage später waren Jean und Paul schon in aller Herrgottsfrühe aufgestanden und im Keller verschwunden. Dort unten im Gewölbe herrschte eine vortreffliche Temperatur, um für Silvester diverse Liköre, Schnäpse und andere feine Sachen aufzubewahren und zusammenzumixen. Es dauerte nicht lange und die ersten Gesänge schwangen sich eindeutig gefärbt nach oben.

„Hey, Leute. Ihr müsst das Zeugs mal testen. Das knallt rein, dass es kracht."

„Nee, nicht schon wieder. Lasst uns lieber noch ein paar Lieder unterm Tannenbaum singen. Sonst platzt mir meine Leber."

Kneifen war zwecklos. Luc jagte von hinten, unsere beiden Mädchen im Schlepptau, an mir vorbei und riss mich dabei fast die Treppe runter. Ich wirbelte rum und rutschte mit dem Bauch auf dem Geländer wie eine schlappe Wäscheklammer nach unten.

„Suzanne. Auf. Jetzt bleibt keiner allein."

Jean verteilte ein paar Gläser, gefüllt mit himmelblauen und grasgrünen Mixturen. Sie schienen im Halbdunkel zu leuchten. Ich setzte mich zu den drei Frauen auf eine Weinkiste. Vivianne zog ihren Bademantel enger und schüttelte das gelockte Haar in den Nacken, eine Schulter lugte nackt aus dem entstandenen Ausschnitt und ließ mich durch den Ansatz ihrer kleinen Brüste ihre Reize ahnen. Lilly sandte mir einen drohenden Blick. Als ich die Augenbrauen hochzog, rutschte auch noch der Mantel an ihren Beinen ein wenig auseinander und ich sah, dass Vivianne auch sonst nichts weiter anhatte.

„Luc hat mir diese – Geschichte erzählt. Ich weiß nicht, wollt ihr tatsächlich zurück nach Paris?"
Ich verstand die Frage nicht gleich.

„Ja – aber – er hat doch seine Druckerei dort. Die kann er doch nicht einfach aufgeben. Bénard wird, nein, er muss sogar dafür sorgen, dass wir unsere Ruhe haben werden ..."
Das Gebräu hatte Feuer zwischen der Farbe.

„... und Jean – aber das haben wir doch alles schon mal durchgekaut", fügte ich noch hinzu.

„Mir scheint, du willst unbedingt wieder zurück. Mein Gott, ihr zwei könnt es euch doch irgendwo in der Welt schön machen. Was treibt dich da hin? Ihr wolltet doch eh immer in die Bretagne, zumindest hat mir das Lilly erzählt ..."
Ich schaute Lilly verblüfft an.

„... unter Umständen werdet ihr in Paris nie eure Ruhe haben, einer von denen ist ständig hinter euch her und wird euch das Leben schwermachen. Was hält euch auf? Und Jean? – Der soll seine Taxilizenz bei uns beantragen. Kein Problem. Es gibt auch genügend andere Jobs."
Ich hatte das Gefühl, das alles schon mal gehört zu haben und suchte eine Antwort in Lillys und Jeans Augen. Sie blickte auf den Boden, klar, wenn man Verbündete sucht und findet. Und er sah an die Decke.

„Vivy, lass. Du hast ja recht. Wir beide werden eine Lösung für uns finden und haben es ja eigentlich auch schon getan."
Luc stand hinter ihr, glitt mit einer Hand in ihren Mantel und koste wenig verdeckt ihren Busen, während er

einen Kuss in ihre Haare platzierte. Doch sie hielt nichts von dieser beruhigenden Geste. Abrupt drehte sie sich um, sodass seine Hand im Mantel hängen blieb und er an ihr herabrutschte. Ich spürte wie eine Wärme nicht nur in mein Gesicht schoss, sie hatte wirklich einen perfekten schlanken Körper. Jean pfiff spitz durch die Zähne. Doch Ihre Nacktheit störte sie nicht, die Vorstellungen, die sie mit Paris in Verbindung brachte, hatten sie viel zu sehr aufgewühlt.

Notdürftig und ohne jede Hast bedeckte sie wieder ihre Haut. Jeder Bikini hätte es besser getan. Für einen winzigen Augenblick erhaschte ich dabei mit einem Blick ihren blonden Busch zwischen ihren Schenkeln. Dann wehten ihre Arme durch die Luft.

„Ich zumindest habe keine Lust, dann die Tage zu zählen, die ich noch atmen darf. – Wir sind hier nicht auf einem Abenteuerspielplatz. – Was da gespielt wird, ist blutiger Ernst. Und ihr spielt Indianer. – Knallt in der Gegend rum und habt keine Ahnung. Oder glaubt ihr den Quatsch mit Intrigen, Marokkanern und dem anderen Mist? Überlegt mal, welche Konsequenzen das alles vielleicht hat. Da fass ich mir doch an den Kopf."
Sie stierte mich an.

„Wie alt bist du eigentlich?"

„Hä? Mitte dreißig, warum?"

„Wenn du auch noch so alt werden willst wie ich, musst du dich anstrengen und dir was ausdenken."

„Verdammte Scheiße, wir können doch nicht dauernd in der Weltgeschichte herumfliehen. Es muss doch mal SCHLUSS damit sein. Wir sind doch nicht in einem Kindergarten."

„Leute, Ruhe jetzt. Ist ja zum Mäusemelken. Es gibt für alles eine Lösung. Im neuen Jahr können wir uns noch früh genug darüber den Kopf zerbrechen. Aber jetzt hauen wir uns erst mal 'n bisschen Lebensfreude unter die Achseln."

Jean und Paul schauten vom Boden hoch, klatschten synchron in die Hände und wippten mit den Armen und damit war die nächste Runde für sie eingeläutet. Im Unterbewusstsein spürte ich, wie wenig wir alle den Mist hatten verarbeiten können. Selbst in den Wochen hier hatte sich jeder von uns in Gedanken damit auseinandergesetzt und wohl nur seine eigene und vor allem egoistische Lösung gefunden. Nur Luc und Vivianne hatten wohl schon eine Idee und sich deshalb ein wenig abgenabelt, verständlicherweise.

Keiner konnte verlangen, dass wir für immer verbunden waren, das war klar. Aber langsam kam der Grund unseres gluckenhaften Aufeinanderhockens abhanden, zumal uns allmählich richtige Arbeit fehlte. Der Urlaub und das Ausreißen gingen dem Ende zu. Wir saßen hier im Keller, soffen und hatten dennoch nur noch ein, zwei Themen, und sobald einer auf Paris zu sprechen kam, kam wieder dieses Karussell voller sich wiederholender Fragen und nicht vorhandener Antworten auf Touren. Der eine wollte dies, der andere das und das immer schneller, heftiger und gereizter.

Auch an den Tagen zuvor war es schon zu kleinen Unstimmigkeiten gekommen. Leise und versteckt. Immer, wenn nur zwei von uns zusammenstanden. Und auch nur, weil keiner nachgeben wollte und alles ja eigentlich gemeinsam gemacht werden sollte. Der Morgen kündigte sich also scharf und unnachgiebig wie ein Fleischermesser an. Vor dem schockblauen Himmel sprang die flimmernde Sonne elegant und durchtrainiert über die schläfrigen Regenrinnen auf die Dächer der Stadt. Ein paar größenwahnsinnige Wolken versuchten ihr kraftvolles Auftreten noch zu verhindern, aber nach fünf Minuten schleuderte sie ihre ganze Kraft nahezu brutal in den Hof und auf unsere neue Anonymität: Waagerecht gefallener Schnee klebte an allen Schildern von Pauls Firma und unser Haus glich den tausend anderen in Le Bourget.

Jean stand allein in der Diele und konnte mit Lucs Hund Gassi gehen. Mit aufgeblähten Backen und wutschnaubend, die Taschen voller Kronenbourger, schlurfte er durch den ersten Schnee davon, um wenigstens den mit dem Alkohol zum Schmelzen zu bringen. Er war bis in die Haarspitzen blau, als er kurz vor unserer Vermisstenmeldung zurückkam. Er war trotzdem der Einzige in den letzten Tagen, der noch bemüht war, die Truppe zusammenzuhalten. Denn jeder von uns hatte dieses zu Ende gehende Jahr schon auf dem Schrottplatz abgegeben, einen Ballon dafür bekommen und schwebte nun mit ihm und der Geliebten in ferne Gefilde. Luc und Vivy waren mit ihrer frisch gewonnenen Anhänglichkeit losgezogen, um ihre Wohnung auf Zukunftsfähigkeit zu prüfen, Suzannne und Paul zur ältesten Tochter gefahren und wir zwei wollten uns auch nicht aus den Betten jagen lassen. Wir waren viel zu sehr mit unseren anatomischen Oberflächen beschäftigt, als auch nur einen Gedanken an irgendein Später zu vergeuden. Jeder hatte Angst, wenn er in seinen Gedanken zurück oder nach vorne ging. Jeder war zu einem Einzelgänger mit Anhang geworden und schaffte es fast sein ganzes Leben festzuhalten und zu einem Tag breitzutrampeln.

Klar, wir waren nicht in einer Kirchengemeinde, von wegen alle schön Händchen falten und nach oben gucken und mit Hosianna gemeinsam durch jeden Beichtstuhl. Doch unsere Mannschaft verlor gerade jedes Ligaspiel und jedem war es irgendwie scheißegal.

Hauptsache man überstand diese Zeit. Erst einen, dann zwei, dann drei Tage – und so weiter. Aber ein Schlag mit dem Hammer auf unsere glühende Verschwörung muss zu viel gewesen sein, denn die ganze Sache fiel nun so schnell auseinander, wie sie entstanden war. Gestern, das war Anekdote und alles andere Großmutters Geschwätz.

In meinem Kopf drehte sich alles wie an einer Schnur um einen Nagel, immer in die gleiche Richtung, hübsch im Kreis, blau gefärbt, bis alles aufgerollt, jeder Stein zigmal in den Boden gestampft und keine Bewegung mehr möglich war. Der Kopf nahm nur noch dieses lautlose Geräusch zwischen den Ohren wahr, das, von der Außenwelt abgeschnitten, sich wie ein nagender Borkenkäfer in meiner Hirnrinde anhörte.

Ich nahm einen guten Schluck aus meinem nun grellgelb gefärbten Glas und die schweren Gedanken wurden von den leichten überdeckt. Ich schaute zu Vivianne und fantasierte, maß ihren Körper, betrachtete ihre schlanken, verdammt gut geformten Beine und ihre feingliedrigen Hände. Der Kopf begann zu summen und ich war irgendwo zwischen ihren Schultern und Knien. Das Bild ihrer Brüste eroberte sich noch einmal einen guten Platz in meinen Gedanken, dann glitt ich an ihren Schenkeln entlang nach oben und hexte in der Mitte angekommen ihren Mantel weg. Ich bemerkte den untreuen Gedanken, ertränkte ihn mit einem weiteren Schluck und verscheuchte ihn auch damit.

Die Farben der Getränke wechselten wie der Inhalt eines Glases mit ausgewaschenen Pinseln eines Malkastens. Unsere Stimmung war immer noch beseelt von aufgesetzter Heiterkeit, Vivianne und Luc nahmen die Gelegenheit wahr und verschwanden nach oben. Während wir uns alle mehr oder weniger anschwiegen, entwich die Luft mit jedem Windstoß portionsweise durch das angelehnte Kellerfenster und die Kälte von draußen schnitzte träge und zäh an unseren Füßen herum. Jean hatte die Sorte des Alkohols gewechselt und rupfte einen Kronkorken von einer Bierflasche. Von uns abgewandt saß Paul neben Suzanne und war in Vorstellungen über das kommende Jahr versunken. Als mir die Langeweile unerträglich wurde, schlich ich ins Wohnzimmer und starrte in den Flimmerkasten.

Jahresrückblicke und Schlussworte bevölkerten den Bildschirm. Papin schoss zum hunderttausendsten Mal das Zwei zu Eins und Frankreich fuhr nach Schweden, dazu trällerte die Kaas ihren letzten Hit. Mitterand winkte von einer Freitreppe in die Kameras und eine blaue Europaflagge schlapp von ihrem Mast. Der zermahlte Osten schien allen egal. Ich bestrafte die Glotze mit einem Blick zur Decke und drückte sie über die Fernbedienung ins Jenseits. Ich warf das Plastikteil aufs Polster.

Mein Gott! Ja! Ich wollte noch mal in die Stadt. Mir die Gewissheit abholen, dass ich dann meine Ruhe hätte, dass alle Idioten einsachtzig tief unter einer Steinplatte lägen, um dann mit Lilly in der Bretagne Schafe zu züchten. Nein, ich hatte die Idee mit der Bretagne nicht vergessen, aber ich wusste nicht, dass es mit einem Mal so wichtig für Lilly geworden war.

Ich hatte noch ungefähr 5000 Francs auf der Bank, ein letzter Rest, der mir von einem Konto meiner Mutter vor vier Wochen überwiesen worden war. Das war wahrlich nicht viel, sollte aber wohl fürs Erste reichen. Ohne dieses Geld wäre mir die Luft ohnehin schon längst ausgegangen. Vielleicht sollte ich das Ganze hier mal aufschreiben und an eine Zeitung verkaufen, auf diese Art sollen ja auch schon andere reich geworden sein.

Ohne dass ich auch nur den leisesten Luftzug gespürt hätte, hatte sich Lilly neben mich gesetzt. Mit ein wenig Abstand, Beine parallel zu meinen und ihre rechte Hand auf meinem Oberschenkel. Ihr Kopf hing zur Seite.

„Ich glaube, es wird wirklich Zeit. Da unten hat man deutlich gemerkt, dass wir uns sonst bald auf den Geist gehen. Und wir zwei sollten uns auch nach einer Wohnung umschauen."

Sie rieb mit der Hand über meine Hose, drehte den Kopf ein wenig und schaute mich mit einem liebevollen weichen Blick an. Ein kleines Lächeln spielte um ihren Mund. Ich hätte wie Butter zerlaufen müssen, aber aus irgendeinem unerklärlichen Grund war ich Blödmann gereizt und gab ziemlich barsch von mir:

„Was du nicht sagst."

Erschrocken, ob des rüden Tons, zog sie ihre Hand von meinem Schenkel. Ihr Lächeln war wie eine Sektflasche am Rumpf eines Schiffes zerschellt und ein plötzlicher Schwall Tränen verteilte sich auf ihrem Lid.

„Was hast du denn? Spinnst du jetzt? Zwei nackte Schenkel und ein bisschen Busen haben dich wohl durcheinandergebracht?"

„Nein! Scheiße! Natürlich nicht, aber ... aber ich frage mich, warum das Durcheinander ausgerechnet jetzt entsteht."

Ich hätte mir in den Hintern beißen können, ich spürte wie ich sie scharf fixierte, dabei hatte sie überhaupt keine Schuld an meinem Zustand, was sie natürlich nicht ahnen konnte.

„Hast du dich verknallt! Ist es das?"

Lilly war auf der falschen Fährte, das half.

„Bitte? Puh, Quatsch – nee, die Stimmung da unten kippte nur zu schnell. Wochenlang waren wir alle ein Herz und eine Seele und nun PENG? Und das, nach allem, was wir durchgemacht haben. Zusammen. Wohlgemerkt! Jetzt saufen wir nur noch, liegen in der Gegend herum. Irgendwie fühlen wir uns, glaub ich, von allem ausgeschlossen. Allein deswegen – vielleicht hat Vivy recht – sollten wir in ein paar Tagen weiterziehen. Übermorgen ist Silvester, das feiern wir noch hier, hm? Und dann ruf ich Bénard an und peil die Lage. Wenn wir dann in die Bretagne fahren, will ich vorher von ihm wissen, dass nicht irgendein Arsch wieder an unserer Stoßstange hängen wird."
Ihre Mundwinkel wanderten wieder nach oben.

„Und ich dachte schon, es wär' vorbei, so ganz plötzlich, wegen Vivy."
Ich guckte auf den Teppich und lachte.

„Ganz bestimmt nicht, die gehört zu Luc. Und die beiden passen gut zusammen. Sie wird ihm sicher auch genug Pfeffer in den Hintern blasen. Es ist nur schade, wenn man merkt, dass ein so gut zu befahrener Weg den Belag ändert und man dann vor einer Kreuzung steht. Ich glaub, in wenigen Wochen wird jeder von uns seines Weges ziehen. Und keiner wird dabei mehr an die anderen denken."

Fünf.

Silvester wickelte sich als La Ola um den Globus, fiel explodierend in die Städte ein und verschwand im Stundentakt unter einer Decke von Knallern, Raketen und blinkenden Vorhängen. Glitter purzelte vom Himmel, die Raketen trudelten und rammten sich abgeschossen in den nassen Boden und ein Sirren und dumpfes Poltern erfüllte die Luft. Ein Orchester aus Slidegitarren hing in den schillernden Notenlinien direkt unter den Wolken. Pulvergestank zog durch jede Mauerritze, färbte Tapeten und nebelte unsere Nasen ein. Zwischen all dem klebte der Mond wie ein Stück schmuddeliges Tortenpapier. Zusammen mit der Farbenpracht über uns tropfte mit einem Mal Hagel dick wie Kerzenwachs aus plötzlich auftauchenden Wolken herunter, blieb für Augenblicke liegen und zerfloss glänzend auf dem Asphalt. Millionen kleine Stücke Margarine, die so schnell verschwanden, wie sie gekommen waren. Für 24 Stunden herrschte der lärmende Frieden im Land und die Bürger aller Länder vereinigten sich mit den Pennern in den Kneipen, auf den Straßen und unter den Brücken und spendierten ihnen einen Becher bessere Welt.

Die phosphoreszierenden Traumwässerchen von Jean und Paul illuminierten den knappen Raum in ihren Gläsern. Neben diesen lagen im stumpfen Schwarz eine Signalpistole und ein Hochzeitstortenturm Munition. Mit den ganzen Flaschen und dem Futter dazu hätte der Tisch in eine Maffiagroteske gepasst.

Stunden vor Mitternacht hatte die Seuche Moskau ergriffen. Die Flimmerkiste flackerte im Regal und alle Kommentatoren auf 27 Kanälen hatten ihr *Oh* und *Ah* dafür übrig. Nebenan jammte Lavilliers aus den Boxen und nudelte sich zu aufgerollten Vinylspaghetti zum soundsovielten Mal ab. Paul hatte seine heilige Plattensammlung für diesen Tag geopfert. Im Stapel warteten noch Jonny, Nougaro, Simply Red und andere auf ihre Hinrichtung durch den Saphir.

Wir hatten uns für diesen Abend in Schale geworfen. Lilly hatte einen mauvefarbenen Lippenstift aufgetragen, ihr Mund war deshalb die schiere Herausforderung. Eine schwarze Strumpfhose, die statt in Söckchen in Spitzenbändern oberhalb der Knöchel endete, schmeichelte sich um ihre Beine. Darüber trug sie einen hauchdünnen dunkelgrünen Rock und eine Bluse wie aus Seidenpapier auf ihrer Haut. Um uns den Kopf nicht ganz zu verdrehen, hatte sie darüber eine Weste gestreift. Und jedes Mal, wenn sie aufstand und an der Tischlampe vorbeiging, schien das Licht breit durch ihren Schritt. Selbst ein Blinder wäre in Versuchung gekommen.

Jean war aufgestanden und segnete ein neues Glas, ging mit Luc und der Pistole nach draußen und tauschte seinen grauen Atem in der eisigen Luft gegen die weiße scharfe Kälte in seiner Lunge aus. Er ballerte ein paar Mal in die Luft, dabei zerrissen die Schläge die Sauerstoffvorräte und fast die Fensterscheiben. Dann torkelte er zufrieden und mit sausenden Ohren ins Wohnzimmer. Schnappte sich eine weitere Handvoll der Munition und frönte wieder seinem neuen Hobby. Plötzlich schlug ein unglaublicher kurzer Donner durch die Scheiben nach drinnen. Wir sahen, wie Lucs Mund sich für einen Schrei öffnete, die Pistole wie ein Komet mit blau-glühendem Schweif durch die Luft schwirrte, Sputnik oder einen anderen Satelliten damit nachahmte und vier Hände auf die Ohren gepresst wurden. Luc kippte gegen die Wand und Jean fiel durch die offene

Tür auf den Teppich. Er lag da wie eine strampelnde Schildkröte.

„ICH HÖR NICHTS MEHR ..."

Unsere Münder klappten mit unhörbaren Tröstungen auf und zu.

„... DA ISSN TORNADO IN MEINEM KOPF."

Luc kam angewackelt und schüttelte fortwährend den Kopf. Dabei klopfte er mit seinen Händen auf die Ohren. Um seine Beine jaulte der Hund mit wildem Gekläffe und sprang an jedem sichtbar verstört hoch.

„HÖRT IHR MICH? DAS FIEPT JA GRÄSSLICH. ICH GLAUB, ICH BIN TAUB."

Er half dem wie ein Düsenjäger schreienden Jean auf die Beine. Der hatte einen leichten Schleier auf seinen Augen, schaute uns an und glaubte, er hätte nur noch Karpfen um sich herum.

„Das gibt's doch gar nicht. Verdammt."

Sein infernalisches Schreien hatte nachgelassen und wich einem krächzenden Schluchzen. Der Hund legte sich neben Jean und winselte leise. Vivianne hatte ihren Luc bereits in die Arme genommen und hatte vor lauter Lachen schon fast einen Krampf in den Mundwinkeln. Jean ging noch leer aus. Doch Lilly war bereits aufgestanden und hatte sich neben ihn gehockt. Ihr ganzer Körper lachte und Tränen kullerten an ihren Wangen runter.

„Gott, seid ihr ein paar Dussel. – Euch kann man wirklich nicht mehr helfen."

Ohne ein Wort verstanden zu haben, nickte er heftig und beruhigte sich in ihren Armen liegend.

„Ich glaub, eine Patrone war falsch rum. – Ich brauch ein Bier."

Paul warf ihm eine Flasche zu und Jean köpfte sie an der Fensterbank. Schon spritzte der Schaum heraus.

Suzanne war die Zeit über nicht untätig gewesen, hatte Cognac auf riesige Pflaster geträufelt und platzierte sie auf die lädierten Ohren. Die beiden sahen aus wie Mickey Mäuse. Sie kauerten nebeneinander vor der Heizung und schauten mit Kinderaugen um sich, ob auch wirklich alle Mitleid mit ihnen hatten.

Nachdem eine kleine Reihe mehrerer Bierflaschen sich vor ihnen schlängelte und die Pflaster auf halbmast hingen, stand Jean mit ziemlich runden Füßen auf und haute jedem mit Karacho auf die Schultern. Das Pfeifen im Ohr hatte sein Programm gewechselt.

„Ich glaub, jetzt geh ich wieder 'ne Runde knallen." Während er mit seiner Bierlache im Kopf nach draußen dümpelte, machten wir uns über die Köstlichkeiten her und schwatzten über unser Vorhaben nach Paris zu fahren. Den Abend zuvor hatten wir fünf uns zusammengesetzt und versucht in aller Ruhe darüber zu sprechen. Vivy und Luc hatten sich entschieden, erst zu ihr nach Lisieux zu fahren, um einige ihrer Sachen zu holen. Nach ein paar Tagen wollten sie dann nachkommen. Wir anderen drei beschlossen am folgenden Wochenende loszuziehen. Suzanne und Paul versäumten dabei nicht, immer wieder darauf hinzuweisen, dass wir doch ruhig bleiben könnten, endlich war mal was los im Haus. Doch in den letzten Tagen war wohl nicht nur ich derjenige, der dauernd in die Stadt wollte. Im Geist hatte jeder doch schon seinen Koffer gepackt. Und damit wir wussten, was uns dort erwarten würde, kam Paul mit mindestens einem halben Kilo Blei aus dem Keller zurück und schabte mit einem scharfen Messer jedem eine Portion herunter.

Sämtliche Arten von Getier, Pflanzen und Behausungen verklumpten sich auf dem Boden eines Topfes, an dessen Rand sich Bleitropfen wie Läuse nach oben zu flüchten schienen. Jeder meinte von Krokodilen gefressen oder von herabfallenden Ästen und Ziegeln erschlagen zu werden. Und jeden erwartete trotzdem das holde Glück daheim.

„Ich glaube ..."
Luc hielt sich eine Hand vor den Hals und verzog sein Gesicht.

„... ich überlege mir alles noch mal. – Seid ihr sicher, dass das eine AXT sein soll? Das sieht doch eher aus wie ein kleiner Vogel. Und der bedeutet ...". er schaute auf das Blatt mit den Erklärungen, „... dass ich eine Weltreise machen werde."
Auf dem Hof war es still geworden. Jean hatte die hundertfünfzig Patronen in die schwarze Nacht geballert, sie sah aus wie ein Schweizerkäse, durch jedes Loch blinkte ein kleines weißes Lämpchen.

„Und du bekommst bald ein Baby. – Das ist so was von klar. Kleiner Knubbel mit einem großen dran, wie 'n kleiner Körper, ist sogar 'ne Franse dran, wird wohl ein Junge."
Lilly grinste und fraß mich mit ihren Augen auf, während meine Hand kurz davor war ihre Schenkel in noch nicht erlaubtes Terrain hinaufzurutschen. Stattdessen nickte ich wie diese Plastikhunde auf den Hutablagen der Touris und zog dabei die Luft pfeifend ein.

„Gegen ein Mädchen hätte ich auch nichts."
Ich fraß zurück.

„Wow, Paul, was ist denn das? Das muss aber noch ein bisschen wachsen, um ein neuer Kran zu werden."

„Wo bleibt eigentlich Jean?"
Obwohl wir wussten, dass er draußen sein musste, kamen wir erst jetzt darauf, dass er ja keine Beschäftigung mehr hatte. Wir nagelten unsere Nasen in die Scheiben. Ich zog eine Jacke über und taperte mit Suzanne nach

draußen, nach einigen Minuten fanden wir ihn seelenruhig auf einem Holzstapel unterm Vordach schnarchend. Die letzte Flasche Bier hatte er sogar noch in seiner Hand.

„Jean. Hey, aufwachen! Hier kannst du nicht bleiben, komm rein. Du holst dir noch den Tod hier."
Er war gleich wach, schmiss die Flasche in die Büsche und rieb sich sein Gesicht.

„Keine Aufregung, aber hier ist es doch jetzt herrlich ruhig, gegenüber vorher. Eben noch war Weltuntergang und jetzt? Friede, Freude, Eierkuchen. – Das muss man doch genießen."
Er war auf einmal so gut wie nüchtern. Er setzte sich auf, grub in seiner Nase und schaute auf unsere Füße. Mit einem Ruck stand er auf, lehnte sich an den Holzstapel und schaute durch mich hindurch.

„Ich würde gerne wissen, wie es Natalie geht. Ich hatte gerade an sie denken müssen. – Verdammt noch mal, kannst du mir sagen, warum sie mich sie nicht sehen lässt. – Über zehn Monate habe ich sie nicht mehr gesehen."
Er nahm ein Stück Kantholz und pfefferte es mit voller Wucht gegen das Tor des Schuppens.

„Dieses dumme Luder. Mein Geld hat sie geklaut und meine Tochter auch. Am liebsten würde ich ihr dafür eine scheuern –, wenn ich nur wüsste, wo sie ist. – Ich konnte ihr jetzt nicht mal was zu Weihnachten schenken."
Ich kickte einen Stein zur Seite und vergrub meine Hände tief in den Taschen. Suzanne stand neben mir und wusste sofort, dass sie zu wenig von dieser Sache mitbekommen hatte, um helfen zu können, und ging zum Haus.

„Ich – ich hol mal 'ne Jacke. Du musst ja frieren."

Jean winkte ab.

„Quatsch. Ich friere nicht. – Was glaubt ihr eigentlich? Dass ich euer ewig blauer Hampelmann bin? Meint ihr, das macht mir Spaß? – In welchen Pott ich auch reingreif, überall ist irgendein Mist drin. Guckt euch doch allein den an, in dem wir stecken. Schon vergessen? Für den war ich zuständig."
Ich schlug meinen Kragen hoch und hopste von einem Bein aufs andere, wenn ihm nicht kalt war, wollt ich weiß Gott wie heißen.

„Ist jetzt gut, Jean, ja? Keiner kann was dafür, dass es so gelaufen ist. Die da drinnen auch nicht. Die Arschlöcher hat Bénard auszuschalten. Komm, das ist trotz allem kein Grund, Festivitäten zu sprengen und den Moralischen zu bekommen."

„Moralischen? Ich glaub, ich spinne, ich hab' grad keinen von euch gerufen, sondern herrlich gelegen und wenn ich aufgewacht wäre, wäre die Sache gegessen gewesen. Das weißt du, mein Lieber, am besten. – Aber einer von euch muss ja immer den Fürsorglichen mimen. – Puh, ehrlich, es gibt nicht nur immer eitel Sonnenschein."

„Nee, da hast du absolut recht. Ich lass mir auch nicht alle Tage meine Birne einschlagen, nur weil mein bester Freund Rauschgift durch die Straßen trägt."
Ich stieß ihm einen Finger in die Schulter.

„So, und jetzt hältst du dein Maul und kommst mit rein. Denn wenn wir alle unser Problem los sind und noch leben sollten, dann suchen wir Natalie, ok?"
Meine Hand abschüttelnd setzte er sich in Trab und nahm an der Tür ohne Kommentar das Glas Schnaps in Empfang. Er hob es hoch und schaute nicht ganz ohne Grimm zu mir.

„Auf dich und deine konstruktiven Vorschläge."

***

Am Tag des Geburtstages meiner toten Mutter fuhren wir los. Der Winter hatte Frankreich vollkommen erobert und war auf dem Sprung über die Vogesen zu den Nachbarn. Die Kälte schnitt scharf in die Haut und die Sonne mit scharfen Schwertern Schatten in die Welt. Das Zeitalter der dicken Schals hatte wieder begonnen. Die beheizbaren Autositze ließen die Spucke der Fahrer brodeln und erzeugten ein eigentlich unangenehmes Kribbeln am Hintern. Die Nacht ließ den Himmel gräulichen Schnee auf die Erde pudern und hielt sie dadurch unter einer uniformen und tristen Decke versteckt. Als wir vom Kofferschleppen ins Haus zurückkehrten, zerteilte der eisige Atem noch für Sekunden die warme Luft in den Zimmern und unsere Glieder begannen zu jucken. Durch die Fenster sahen wir die Bäume nun gänzlich nackt und kahl, sie streckten ihr laubloses Kleid in die Luft und gewährten dem Lärm der Straßen ungehindert gegen die Wände der Häuser zu prallen.

Ich zog etwas umständlich das Foto meiner Mutter aus der Tasche und schaute in ihr trauriges Gesicht. Lange hatte ich nicht an sie gedacht, doch seit wir die Treppen zu Jeans Wohnung hinaufgegangen waren, musste ich an die Treppen zu ihrer und an sie selbst denken. Zumal mir eingefallen war, dass heute ihr Geburtstag gewesen wäre. Auf der ganzen Rückfahrt hatten wir kaum miteinander gesprochen und dadurch fielen mir hunderttausend Fragen ein, die ich noch an sie gehabt hätte. Im Hemd fühlte ich das Sparbuch, dachte an die fünftausend Francs, die sie mir durch das fast vergessene Konto noch vererbt hatte, und daran, dass wieder mal, wie schon so oft zuvor in den vielen Jahren, eine gute Möglichkeit bestanden hätte, sie zu besuchen und miteinander zu sprechen. Ich stellte mich an ein Fenster und blickte hinaus, doch der Horizont mit meinem Erinnerungspaket war durch Dächer verdeckt und das Hupen von Paul unten auf der Straße stoppte meine Gedanken.

Lilly stand neben mir und strich mir über den Rücken. Willst du ihm nicht *Auf Wiedersehen* sagen? Na klar, ich komme. Sie lächelte mich an und nahm mich bei der Hand. Als ich Pauls Hand spürte, packte mich eine ehrlich gemeinte Wehmütigkeit, die ich am liebsten mitgeteilt hätte, aber es reichte nur für ein komisch klingendes: „Es war wirklich nett mit euch."
Er griff nach meinem Oberarm, schaute mich an und dann an mir vorbei auf den Boden. In unseren Augen schimmerten Tränen.

„Kommt mal wieder vorbei. – Und bevor ihr in die Bretagne fahrt, macht einen Abstecher bei uns, ja?"
Wir nickten. Die Situation war die typische Abschiedsszene, schon gestern, auf Pauls Hof, hatten wir Tränen in den Augen und wussten nicht, wie wir ohne großes Theater gehen konnten. Paul sah zu Jean hinüber.

„Und du lässt dich nicht wieder verscheißern. Fahr lieber ein paar anständige Fuhren, da hast du mehr von, als den Samariter zu spielen. Oder zieh auch nach Lisieux. Du musst ja dann nicht in derselben Straße wohnen wie Vivy und Luc."
Ohne eine Antwort abzuwarten, stieg er mit sichtlich schwerem Herzen ins Auto und fuhr durch die Scheiben winkend los. Wir schauten ihm hinterher, hielten noch eine Weile unsere Nasen in den Schnee versprechenden Wind und beschlossen bei François am Abend zu essen.

Doch es kam keine richtige Stimmung bei ihm auf. François bemühte sich zwar mit ganzer Energie, die

Weltmeisterschaft im Schneckenzubereiten zu gewinnen, legte auch eifrig nach und zirkelte andauernd mit der Weinflasche um unseren Tisch, aber wir hatten Probleme, uns mit der Situation zu beschäftigen.

„Ich glaube, heute Nacht schmeiß ich euch raus", meinte Jean plötzlich und legte das Besteck zur Seite, „ich brauch die vier Wände für mich allein –, war sowieso schon seit fast zwei Monaten nicht mehr hier. Könnt ihr doch verstehen, oder?"

„Kein Problem. Wir haben den Schlüssel von Luc. Dem heizen wir die Bude ein bisschen vor. In zehn Tagen wollte er ja auch wieder da sein."

Dann verfielen wir wieder in zielloses Herumgestochere auf unseren Tellern. Wir fühlten uns ein wenig alleine inmitten der Großstadt und der Menschen. Es schien, dass wir all unsere Lebensgeister in Le Bourget vergessen hatten mit einzupacken. Nach der zweiten Flasche Wein und dem fünften Dutzend Schnecken klopften wir synchron auf den Tisch, zahlten und zogen ab. François schaute hinter uns her, als wenn er gerade Zeuge bei der Erschaffung des achten Weltwunders geworden wäre. Denn sonst schlugen die Zeiger der Uhren einen Salto nach dem andern, bevor wir uns auf den Weg machten. Wir vergaßen sogar uns zu verabschieden.

In Lucs Wohnung war es lausig kalt. Ich drehte die Ventile der Heizung auf und der Dampf rauschte hinein. Nach einer Stunde entfaltete auch der kleine Ofen im Wohnzimmer wohlige Wärme. In dieser Zeit waren Lilly und ich uns aus dem Weg gegangen. Unsichtbare Fäden dirigierten uns immer wieder in unterschiedliche Ecken der Zimmer und laute Musik aus der Stereoanlage verhinderte jedes Gespräch. Ich hatte keine Ahnung, was mit uns los war. Bevor ich mich im Bad unter die Dusche stellte, hatte ich sogar die Tür abgeschlossen. Nach einigen Minuten registrierte ich es und trat, nass wie ich war, in den Flur.

Lilly kam, lehnte sich an den Türrahmen, rollte den Kopf in ihrem Nacken nach oben und schien an die Decke schauen zu wollen. Doch wir schauten uns mit nachdenklichen Blicken an. Sie stülpte dabei ihre Lippen über die Zähne und verfolgte das hinabrinnende Wasser auf meinem Körper. Der Film in unseren Köpfen zählte in seinem Vorspann rückwärts, drei zwei eins. Nichts entpuppte sich als Traum. Ich hatte gehofft, dass unsere Vergangenheiten potenzielle Kandidaten dafür gewesen wären. Vielleicht wäre dann vieles anders gekommen. Kein Päckchen. Keine Schießerei. Kein Albino. Der ganze Heckmeck hätte nicht stattgefunden.

Vielleicht wäre sogar meine Mutter noch am Leben, hätte sich nicht mit dem Hörer in der Hand und Hämatomen im Gesicht auf dem Bauch liegend aus dieser Art des Lebens verabschiedet, sich nicht ihr Herz verschluckt und die Leber so in ihrer Lebensdauer ausgetrickst. Doch ich hätte auch Lilly nicht neben mir gehabt, als ich kurz davor war, alles hinzuschmeißen, sie aber dann einfach geschnappt habe und – ab.

Wir hatten uns gegenseitig geholfen, zu verdrängen, waren in ein Fass mit heißem Pech gefallen und hatten uns wieder herausgezogen, ohne zu realisieren, was überhaupt abgelaufen war, ohne jemals großartig darüber gesprochen zu haben. Auch jetzt sah es so aus, als wenn wir alles mit uns selbst ausmachen wollten. Die körperliche Liebe konnte kein Allheilmittel sein. In ihren Augenwinkeln fehlten ein paar Fältchen und kleine Tränen stiegen hinter ihren Lidern hoch.

„Lass uns bald abhauen. Ich hab' Angst. Ich hab' niemanden mehr außer dir."

Ihre Arme fielen den Körper entlang und ihre Augen waren verängstigt und groß. Die Wasserlache zu meinen Füßen vergrößerte sich seifig wie verschütteter Kleister. Die Zeit war vorbei, den starken Max zu markieren.

„Ich weiß. – Wenn Luc und Vivy wieder da sind, okay?"

Sie nickte und drehte sich wieder ins Zimmer.

„Lilly? – Lilly ..."

Sie versuchte ein Lächeln über die Schulter.

„... ich liebe dich! – Wirklich."

Nass wie ich war, umfing ich sie von hinten und presste sie ohne weitere Hintergedanken an mich, sie verschränkte ihre und meine Arme vor ihrem Bauch und legte den Kopf in meine Halsbeuge.

In dieser Nacht lagen wir lange wach, einander in den Armen, hatten die Hände fast schon taub gedrückt am Rücken des anderen, bevor uns endlich der Schlaf mit einer sanfteren Welt übermannte.

***

Der Kaffee am nächsten Morgen ließ uns aus der fahlen Nacht in einen nebligen Tag gleiten. Die Sonne war noch nicht ganz so weit, blutleer stützte sie sich im Nebel auf einige Schwaden und übte sich darin, ihr Licht zu verteilen. Kälte hing noch schwer über dem Boden, die Heizung war ausgefallen und der senile Ofen hatte im Laufe der Nacht seine Aufgabe mit der eines Kühlschrankes verwechselt. Wir hatten vergessen Holz nachzulegen.

Wir saßen uns still gegenüber, lächelten uns in wahrscheinlich gleichen Gedanken an und tasteten unter dem Tisch mit den Füßen nach unseren Beinen. Inzwischen hatte sich die Sonne die Augen gerieben und schickte sich an, von dem Tag zu retten, was zu retten war. Sie überzog Lillys gedankenprovozierte Blässe mit einem goldgelben Morgengruß und erwärmte langsam das Zimmer.

„Kommst du nachher mit? Ich würde gern zu Mutters Grab fahren", fragte ich sie.
Ihre Mimik bescheinigte mir die Stellung einer überflüssigen Frage und es fiel mir ein, dass sich die beiden nicht kennengelernt hatten und dass ich, seit wir zusammen waren, nicht mehr auf dem Friedhof gewesen war. Ich empfand beides als unverzeihlich.

Eine Dreiviertelstunde später standen wir in einem Laden am Friedhof in Saint-Ouen und suchten einen kleinen Strauß bunter Blumen. Ihr Grab war in der Nähe der Bahnlinie, wir hätten es sehen können, als wir damals von Le Bourget mit dem Zug in die Stadt gefahren waren. Überall sprangen Katzen mal verängstigt mal neugierig über die Steinplatten und zwischen den Grabhäusern herum. Ein Teil von ihnen hatte ihr Domizil in der schief stehenden Grabkammer der Familie Brenner und wurde täglich mit Milch und anderen leckeren Dingen versorgt. Nur wenige waren neugierig, vielleicht auch hungrig genug, sich den Friedhofsbesuchern zu nähern. Eine kleine Schwarze rieb sich an Lillys Beinen, die sich bückte und sie hinter den Ohren kraulte.

„Hast du was für sie zu knabbern dabei?"
Ich deutete auf den Strauß in meiner Hand und zuckte mit den Schultern, Lilly verzog das Gesicht.

Die graue Steinplatte war ziemlich mitgenommen. Laub klebte verwittert auf ihr fest und hatte sie stumpf werden lassen. Mit einem kleinen Handfeger, den ich hinter dem Nachbargrab gefunden hatte, putzte ich es vom Stein und aus der Gravur und mit einer Fuhre Wasser aus einer Kanne kam wieder etwas Glanz auf die Oberfläche. Dann standen wir noch eine Weile vor dem Grab und wussten, obwohl ich danach gesucht hatte, mit dieser stillen Situation nicht umzugehen.

Wir zupften mal hier und da noch ein bisschen Unkraut am Rand weg, murmelten in Richtung des Grabes kaum hörbare Wünsche und ich merkte dabei, wie Lilly mich beobachtete.

„Du hast mir bis jetzt nicht viel von ihr erzählt."
Am Nachmittag fuhren wir zu Jean. Er war am Morgen bereits mit dem Taxi unterwegs gewesen, um sich Brötchen kaufen zu können.

„Ich bin total abgebrannt. Nichts ist im Haus."
„Hättest doch was sagen können. Mein Gott, da wär' uns kein Zacken aus der Krone gefallen, wenn wir etwas mitgebracht hätten. – Hättest uns doch anpumpen können."

„Nein, ist schon gut so. Ich hatte mir die ganze Nacht den Kopf über bekloppten Mist zerbrochen, da kam mir die Kurverei gerade gelegen. – Ich hab' noch 'nen Kaffee in der Kanne, wollt ihr was?"
Wir schütteten uns Milch und Kaffee in die großen Tassen und schlürften ihn genüsslich. Auf dem Friedhof war es doch ganz schön kalt gewesen und die Wärme tat gut.

„Luc hat auch schon angerufen. Vivy könnte sich auch versetzen lassen. Jetzt ist er ganz hin- und hergerissen, was er machen soll. Sie will doch nicht unbedingt hierhin."

„Die olle Druckpresse kann er doch einpacken und da wieder aus. Das Ding läuft auch in der Provinz. Jetzt, wo die zwei zusammen sind, hat er sowieso kaum noch

Sinn nach uns. Das hast du ja in den letzten Tagen gemerkt. Und da oben ist er ja nun auch nicht so weit weg von seiner Heimat."

„Ach wie toll, und dann haut ihr auch noch ab und ich kann sehen, wo ich bleib. Klasse."

„Komm doch mit oder zieh nach Lisieux."

„Und wovon, wenn ich fragen darf? Ich hab' keinen Centime mehr. Pleite. Sense. Ich darf jetzt erst mal rund um die Uhr fahren, um was nach Hause zu bringen, sonst werfen die mich hier noch aus meiner Bude."

Er klatschte mit einer Hand auf den Tisch, das Porzellan klirrte. Lilly schaute uns über ihren Tassenrand an.

„Deinen Job kannst du ganz bestimmt auch in der Provinz ausüben."

„Pfff, in Lisieux brauchen die vor allen Dingen auch Taxifahrer, was anderes hab' ich nämlich nicht gelernt."

„Aber vielleicht in Rouen, stell dich doch nicht so blöd an. Das ist nur ein Steinwurf weit weg. Oder in Brest, Quimper und wie die ganzen Käffer heißen."

„Und was mach ich mit Natalie?"

„Um die hast du dich die ganzen Monate nicht kümmern können."

Jean antwortete ihr mit blitzenden Augen und hämmerte seine Tasse auf den Teller. Wie ein zerteilter Holzblock beim Holzhacken spritzte er auseinander.

„Ihr stellt euch das immer so einfach vor."

„Puh, war ja nur ein Vorschlag. Jammer dich doch im Spiegel an."

Lilly wischte sich mit dem Handrücken über den Mund, stand auf und schaute mich an.

„Kommst du mit? So 'n Dickschädel kann ich heute nicht gebrauchen. Vorschläge machen, aber selber flexibel wie 'n Gummi aus Stahl."

Ich erhob mich zögernd, zwischen den beiden hin und her schauend. Wieder war ein Thema nur halb vom Tisch.

„Ja und nun? War's das? Kopf in den Sand, oder wie? Mensch, Leute, wir waren bis jetzt ein Team und jetzt hauen wir hier das Geschirr kaputt. – Meine Mutter hat den ganzen Scheißeinmarsch der Boches mitgemacht, sich wehren müssen und nach fünfundvierzig auch weitergelebt. Der Schnaps hat sie zwar aufgefressen, aber ob das wegen damals war, weiß keiner. Klar, wir können nicht die ganze Zeit durch die Weltgeschichte ziehen und Augen zu. Aber den Mist, den wir erlebt haben, den können wir wahrscheinlich gar nicht verdauen, der ist einfach ein Stück von uns geworden und das Beste ist, wir gewöhnen uns hier daran, sonst heulen wir noch in hundert Jahren, wenn wir Paris sagen."

Ich atmete tief ein und pustete an die Decke. Ich glaubte, nicht ganz unrecht zu haben.

***

Einige Tage später standen Vivianne und Luc vor der Tür. Lilly und ich hatten noch in den Federn gekuschelt und uns gegenseitig gewärmt, als es klingelte. Die Tage zuvor hatten wir uns recht schnell wieder beruhigt. Jeans einziger Kommentar war, *Jetzt ist eh schon alles zu spät,* und Lilly gab mir in gewisser Weise recht. Sie wusste ohnehin, dass mir die Sache selbst nicht so geheuer war. Aber ich hatte diese Diskussionen der letzten Zeit allmählich satt. Die Etappe Paris neigte sich also dem Ende zu. Es wurde Zeit, denn auch ich musste mich jetzt wirklich nach bezahlter Arbeit umsehen, sonst war unsere eiserne Reserve schneller aufgebraucht, als uns lieb war.

Vivy schien nie zu frieren. Sie trug ihr blondes Haar luftig und strubbelig, hatte dünne bunt gemusterte Leggins und einen weiten Pullover an, der keine Kälte unter ihm verriet. Ich begrüßte sie heftig.

„Na, na, nicht so stürmisch."

Lilly tippte mir auf die Schulter, hob den Finger, warf sich an Lucs Hals und küsste ihn übertrieben. Ich kapierte und lachte. Nachdem die Wetterlage in Lisieux geschildert, Henry sich aus seinem Käseladen mit Allgemeinplätzen bemerkbar gemacht hatte und Chantal sichtlich erfreut kam und Luc begrüßte, gingen wir Arm in Arm hinauf, um diese gute Laune weiter zu konservieren.

Luc hatte in irgendeinem Laden eine Art Zitronengenever aufgetrieben.

„Ich wusste gar nicht, dass es das Zeugs noch gibt. Schmeckt absolut irre. Hab' ich mal vor Jahren in einer Bar in Antwerpen bis zum Gehtnichtmehr in mich hineingekippt."

Am meisten freute sich Jean, den sie mitgebracht hatten und der sich sogleich auf die Flasche stürzte.

„Keine Sorge ..."

Er schaute in die Runde.

„... ich besauf mich schon nicht."

Vivy hatte von ihrem Chef tatsächlich das Angebot bekommen, in einer Zweigstelle in Paris arbeiten zu können, und er hatte ihr einige Tage Zeit gegeben, es sich zu überlegen. Sie wollte aber noch ein paar Nächte drüber schlafen, zumal auch Luc nicht so recht wusste, ob er nicht vielleicht doch nach Lisieux ziehen sollte. Er fand es dort recht angenehm und nicht so chaotisch wie hier in der Stadt. Und er brauchte nicht allzu viel, um zu leben, sie wären ja dann auch zu zweit, was den Verdienst anbelangte.

„Nimm doch Jean auch mit. Der kauft sich dann 'nen Lieferwagen und kann für dich und Paul das Zeug herumfahren."

Jean schaute plötzlich verwundert, die gleiche Idee hatte er selbst vor ein paar Tagen und sie schien ihm nun gar nicht so schlecht zu gefallen. Die Vorstellung, ein bekanntes Gesicht dann um sich zu haben, tröstete ihn nun auf einmal ungemein. Die zwei hätten ohnehin nicht voneinander getrennt existieren können. Luc verzog allerdings sein Gesicht und meinte, dass er eigentlich keinen Aufpasser bräuchte.

„Kerl, glaubst wohl, ich nächtige bei dir in der Besucherritze, oder was?"

„Na ja, ist vielleicht nicht die schlechteste Idee. – Habt ihr eigentlich mal Bénard angerufen?"

Unisono schüttelten wir den Kopf.

„Nöh, haben wir echt nicht dran gedacht. Die Sache ist doch eh längst gegessen. Der hätte sich sonst schon längst bei uns gemeldet, wenn Gefahr im Verzuge gewesen wäre."

„Dein Wort in Gottes Gehörgang. Ich werde das mal morgen früh nachholen, das beruhigt hoffentlich kolossal."

„Wie war das mit dem Aufpasser? – Aber wenn du meinst."

***

„Ja wir sind's – in Paris – warum? – Na, so schlimm kann das ja nun auch wieder nicht sein. – Mist. – Und nun? – Okay. Okay. Okay. Wir kommen morgen vorbei. Ja verdammt, wir sind um zehn da. Spätestens. Ja. Ja. *Ja doch.*"

Luc beendete sein Rumgehampele und das Gespräch, indem er den Hörer aus gut einem Meter Abstand Richtung Telefon schmiss.

„Ich glaub, ich krieg 'ne Meise. Die verhören die zwei die ganze Zeit und die spucken nichts aus. Jetzt sollen wir morgen früh hin. Ich weiß auch nicht, was das soll. Wahrscheinlich schickt er uns gleich auf 'ne einsame Insel."

„So schlimm kann das ja nun wirklich nicht sein, sonst hätten die uns doch schon längst aufgespürt oder sonst was unternommen. Die haben damals geblufft und ihre Liste ist schon längst in Gebrauch."

„Das glaube ich weniger, davon hat er nichts gesagt. – Na, wir werden ja sehen, wo's brennt."

Wir beschlossen, um neun zu gehen, damit wir danach so schnell wie möglich irgendwo essen gehen konnten, denn wir wollten unser Wiedersehen gebührend feiern.

Später am Abend war der Inhalt der mitgebrachten Flaschen schnell in uns verschwunden. Wir palaverten über dies und das und es war bald klar, dass wir alle in ein paar Wochen nicht mehr hier sein würden. Selbst Jean fühlte sich immer wohler mit dem Gedanken, anderswo sein Glück zu probieren. Die Situation hier in der Stadt war durch das Telefongespräch ja auch nicht gerade besser geworden. Nun war es uns schnuppe, wohin es gehen sollte. Wir dachten inzwischen alle schon an übermorgen und nicht nur an den nächsten Tag. Vorher hatte man sich deswegen in den Haaren gelegen und nun war innerhalb von Sekunden der Rückzug nach vorne organisiert. Auch gut.

„Aber dass mich auch jeder besuchen kommt. Ich versauere nicht alleine in der Pampa."

Jean hatte in Gedanken schon sein Taxi verkauft, um sich den Lieferwagen zu leisten, und sah sich als freier

Unternehmer durch Lisieux und Umgebung düsen. Die Gegend war so schlecht nicht. Vivy und Luc hatten anscheinend keine Schwierigkeiten, sich auch in ihrer Heimat aneinander zu gewöhnen. Luc meinte, nach zwanzig Jahren sei ein Tapetenwechsel vielleicht gar nicht so übel. Und Lilly und ich dachten uns in die Bretagne, dabei hatten wir keine Vorstellung von der Gegend.

***

Wir standen in aller Frühe gestiefelt und gespornt in Socken und frischen Klamotten in der Wohnung und waren bester Laune. Unten wartete Lucs restaurierter Volvo in einem Sonnenstrahl, der seine Energien durch die Rue Eugène Süe auf unser Haus richtete.

Ein Draht hielt die Heckklappe des Wagens unten und die Kratzer waren zugespachtelt. Die Sacré-Cœur erhob sich strahlend weiß in den jetzt dunstfreien Himmel und die Straßen waren wie für Dreharbeiten leer gefegt. Im Wohnzimmer klingelte das Telefon hartnäckig. Doch Luc hob nicht ab. *Ich bin ja nicht die einzige Druckerei hier.*

Einer Schlange gleich betraten wir hintereinander den Hausflur und tanzten die Treppen abwärts. Jean, Vivy, Luc, Lilly und ich. Der Hund zwischen unseren Füßen. Wir machten einen fürchterlichen Rabatz und sangen Volkslieder.

Als wir unten in dem kleinen Hausgang waren, bejubelten wir die Sonne, die allmählich die blühenden Eisblumen an den Scheiben zum Schmelzen brachte, und klopften nacheinander mit allen Händen auf die Klingeln. Das Haus wurde in Aufruhr versetzt. Auf der anderen Straßenseite stand ein Typ und sah unserem

Schauspiel in einer seltsamen Körperhaltung zu. Es sah so aus, als ob er sich an einen Wagen lehnte und in die Gosse pinkelte, gebückt mit vorgestreckten Armen hinter dem Kofferraum. Ich konnte nicht erkennen, was er da machte, da die Köpfe vor mir ständig ins Blickfeld zappelten. Doch die Waffe in seinen Händen erkannte ich zu spät.

Die Kugel war wohl schon Ewigkeiten von Millisekunden unterwegs gewesen. Zu schnell, um ihr ausweichen zu können. Ein dumpfer Knall und ein gutturaler Laut vermischten sich mit dem hellen Kreischen von Vivys Stimme. Unsere Prozession kam ins Stocken und vorne kippte Jean wie ein Dominostein nach hinten. Auf seiner Brust klaffte eine Wunde, tiefrot wie ein platt gewalzter Klatschmohn. Aus ihrer Mitte pumpte das Blut in heftigen hektischen Schüben. Ein zweiter Schuss durchschlug die Klingelpaneele und rasierte die Briefkästen von der Wand. Ein Stück Blech zirkelte behäbig wie eine Wurfscheibe durch den Hausgang und hackte sich mit einer scharfen Kante knapp über uns in die gegenüberliegende Wand. Der dritte heftete sich in Vivys Oberarm. Polizeisirenen. Jean! Lilly? Scheiße! Der Hund galoppierte in Richtung Waffe. Jetzt erkannte ich den Typen, stieß Lilly in den Hausgang hinter die Holztür und versuchte Jean am Kragen zu packen und nach hinten zu ziehen. Die Rastalocke zielte und zerfetzte das Schlossband der Tür, durch den Stoß schwang sie federnd auf und der Schmalfilm wurde breitwandig. Lucs Hund sprang mit einem Satz über die Kofferraumklappe. Die Kugel verfehlte ihn. Vivy schrie. Die Polizeisirenen kamen näher. Luc hechtete in den Hausflur, mit stolpernden Schritten die Treppen hoch. Unter Jean wuchs eine Blutlache. *Denkt an den Kasten Bier fürs Grab!* Halts Maul Jean!

„Scheiße! – Ruft denn keiner einen Arzt?"
Ich zitterte. Eine sechste Kugel pfiff über unsere Köpfe und bohrte sich in den Gips, abgelenkt durch den Hund, der der Rastalocke in den Arm gebissen hatte. Eine Autotür öffnete sich und eine Salve aus einem Maschinengewehr strich über den Boden vor uns und zerschlug Jeans Schenkel, die auf den Bürgersteig ragten. Sie blieben vibrierend, fast ohne Reaktion liegen. Die Salve kehrte zurück und durchlöcherte Henrys Käsetheke. Im Wagen zog der Albino das MG zurück und zerschlug damit die Heckscheibe. Der Hund hatte sich inzwischen in den Arm seines Opfers festgebissen, das plötzlich zur Seite knickte und sich in den Boden zu schrauben schien. Der Motor startete. Jean schaute ohne Schmerz nach oben.

„Natalie?"

„Oh, Mann, Jean, was ist das für eine Scheiße, versuch nicht so heftig zu atmen."

Aus seinem Körper floss überall Blut. Lilly hatte sich ihre Jacke heruntergerissen und presste sie auf seine Brust. Vivy rutschte die Wand hinunter und übergab sich, ihr Arm hing verdreht über ihrem Schoß. Ein schwarzes Ei kullerte aus dem Fond des Wagens. Von rechts kam ein Gendarm angelaufen. Lucs Schuss bellte zwischen den Häusern und kickte den Kopf des Albinos hinter der zerberstenden Scheibe nach hinten, der Inhalt klatschte wie dicke Spucke auf die andere Scheibe. Der Wagen kam sehr langsam und ruckelnd in Fahrt. Der Fahrer drehte sich um und zertunnelte mit einer kleinen Pistole die Luft. Es war dieser Pablo. Der Polizist war über der Granate, als sie explodierte. Er verharrte einen kurzen Moment beinlos in der Luft, bevor er in den Blutsäulen, die sofort aus den Stümpfen schütteten, zusammenbrach. Bénard erreichte vollkommen außer Atem das zerschossene Haustor.

„Ich hab' die ganze Zeit versucht euch anzurufen."
Auf der Straße schnellten ein Dutzend Leiber in Deckung, während sich das detonierende Auto in einen Laster mit Kühlwaren katapultierte. Es riss ein Loch in den Asphalt. Von oben regnete es zersplitterte Fensterscheiben und Eisenteile. Ein brennend heißer Sturm pumpte den Sauerstoff um uns herum in den Hof. Dann war Ruhe. Nur noch stoßweises Atmen, Keuchen und Würggeräusche. Jean griff nach Lillys Hand und zog sie zu sich runter. *Es tut überhaupt nicht mehr weh. – Im Auto hab' ich ...* Er hustete und Blut lief über seinen Mundwinkel. Der Arzt war immer noch nicht da. Lillys Körper schüttelte sich in einem Weinkrampf. Luc hatte sich über Vivy gebeugt, strich ihr die Haare aus dem Gesicht und mit seiner anderen Hand über seine Augen. Er schaute weg. Bénard und ich hockten neben den vieren auf dem Boden. Ich bewegte mich zu Jean und stützte seinen Kopf in meiner Hand. *Halt die Ohren steif! Alter Junge.* Ich schluchzte. Mein Gesicht war nass von Tränen. Er versuchte zu lächeln. Sein Körper versteifte sich und seine Hand klemmte Lilly unter sich. In seinen Augen verschwand langsam der Glanz und aus seinem Mund kamen nur noch unverständliche Silben. Ich hatte den Arm unter seinen Nacken geschoben und hob seinen Körper in die Sonne.

„Schau, Jean. Es wird doch Frühling."
Er starb leise. Aber ich weiß, er sagte noch *Auf Wiedersehen.*

Breizh

Die Welt kennt an manchen Tagen nur noch diese zwei Farben, das tiefe Blau des Himmels und das gleißende fast blendende Gelb des Rapses, der oft kilometerlang unter dem Horizont in breiten Bändern gen Himmel wächst.

Der Sommer war in diesem Jahr früh über die Klippen ans Land geklettert und lähmte mit seiner Hitze nun schon im Mai die ganze Gegend. Der Asphalt glänzte und protzte mit seinen Spukbildern. Frisch geteerte und ausgebesserte Stücke waren alle hundert Meter wie ein Stück Butter vom Teller in die Grasnarben neben die Fahrbahn gerutscht. In einem gemütlichen Slalom versuchte ich den schlimmsten Schlaglöchern auszuweichen.

Die Fenster vom Wagen waren bis zum Anschlag nach unten gekurbelt und die warme Luft zog wirbelnd von außen in die Kabine. Lillys Füße lagen auf dem rechten Außenspiegel und spielten mit dem herb duftenden Wind. Sie hatte sich bis auf ihren Slip und ein flatterndes Hemdchen ausgezogen, lehnte sich an mein aufgestelltes rechtes Bein und begleitete summend eine uralte Knotte im Radio. Kleine Schweißtröpfchen zogen schmale Spuren auf ihrem Rücken und verliefen in kleinen feuchten Flecken in dem bisschen Stoff an ihrem Po. Ihre linke Hand lag warm und schwitzend unter meiner Boxershorts auf meinem Oberschenkel und kitzelte ab und zu dessen Innenseite, während ich das Kunststück fertiggebracht hatte, einen Schuh so unter das Bremspedal zu klemmen, dass er sachte das Gaspedal nach unten drückte und das Auto auf Geschwindigkeit hielt. So konnte ich mich fast quer über die Sitze strecken und hatte sogar noch eine Hand frei, um ihren zarten Nackenflaum oder einen Busen oder andere verführerische Stellen an ihrem Körper zu kosen. Wir glitten im vierten Gang mit knappen sechzig durch die betäubend riechende Landschaft und hielten Ausschau nach einem nicht einzusehenden Plätzchen, um uns in dieser monochromen Farbenpracht einander hinzugeben.

Es war Freitag und unser gemeinsamer Arbeitgeber, bei dem wir uns seit über einem Vierteljahr ein paar Brötchen dazuverdienten, hatte uns freigegeben. Sein kleines Bistro konnte zuweilen auch mal mit ein paar ständig abgebrannten Kids am Laufen gehalten werden. Wir standen sowieso oft tagaus, tagein darin herum, ohne eine freie Stunde oder einen freien Tag zu haben.

Aber Alain war kein Sklaventreiber, er hätte mit seiner oft überschäumenden Fürsorge eher ein Bruder von Suzanne oder Paul sein können. Genauso wie sie, war er froh, jemanden zu haben, der nicht nach zwei Wochen die Scheine nimmt und türmt, nur, weil nach fünf oder sechs Stunden die individuelle Freizeit zu beginnen hatte. Und nebenbei machte der Job noch unendlich viel Spaß.

In kurzer Zeit hatten wir schon eine Art Stammkundschaft zusammen, die sich jedes Mal beschwerte, wenn wir nicht an ihren Tisch kamen. In den ersten Tagen waren wir ohnehin Gesprächsthema Nummer eins, *das müssen ja schon komische Käuze sein, die aus einer Stadt wie Paris nach Crozon kommen und keinen Urlaub machen wollen. Und das Mädchen ist ja auch nicht zum Weggucken.* Irgendwann waren dann alle Vermutungen und Verdächtigungen durchgespielt und wir waren immer noch da und weder abgehauen noch verhaftet. Nein, wir blieben neben ihnen stehen und kamen mit ihnen ins Gespräch. So begannen sie uns in ihre Reihen aufzunehmen.

Dass wir überhaupt hierhergekommen waren, war dann auch meinem phänomenalen Orientierungssinn zuzuschreiben. Nachdem wir auf dem Marktplatz von Quimper meinten, auf dem von Menschen überfüllten Vorplatz der Notre-Dame in Paris zu stehen, setzten wir uns gleich in den Wagen, ließen diese eigentlich schöne und in Hunderten von Reiseführern gerühmte Stadt hinter uns und bogen dann irgendwann auf der N 165 zu früh nach links. Ich merkte es erst, als wir die Aulne nach Westen überquerten. Ich hatte dann keine Lust mehr, mit unserem betagten R 16 die ganze Strecke zurückzufahren, und somit kamen wir statt nach Brest in diesen noch nicht von Touris überlaufenen Ort am Ende der Welt, in dem es außer der modernen Kirche nichts Interessantes gab.

Die Musik im Radio änderte sich und ich versuchte einen anderen Sender hineinzubekommen. Meine Hand rutschte von Lillys feuchtem Rücken durch ihre Haare, das Gesicht und den Bauch zum Drehknopf. Fetzen einer bekannten Melodie ertönten und ich stellte den Sender schärfer ein. *Stop looking for love* erinnerte uns beide sofort an eine vergangene Zeit – vor dem Debakel. Ich bog bei der nächsten Möglichkeit in einen Feldweg ab und ließ den Wagen inmitten Dutzender Berieselungsanlagen ausrollen. So wie das Wasser aus den rhythmisch sich drehenden Düsen schoss, kroch es unter unseren Lidern hervor. Zeitgleich dachten wir beide an Jean.

Die wandernden Wasserstrahlen bildeten einen Regenbogen, der immer wieder mit seinem Tor über uns hinwegzugleiten schien, während die Sonne von hinten ein Feuerwerk in den Wassertropfen im Rückspiegel veranstaltete. Es regnete ein wenig ins Auto und unsere Sachen wurden noch feuchter. Das Wasser war eiskalt und kühlte unsere traurigen Gedanken ab. Ich kurbelte mein Fenster hoch und die Wasserzufuhr war gestoppt. Durch die Windschutzscheibe verschwamm die Welt hinter den Rinnsalen des künstlichen Regens.

Mir fiel ein Spiel ein, das Jean und ich am Anfang unserer Freundschaft einstudiert hatten: Zu kämpfen wie Kaskadeure, scheinbar im Streit und doch ohne verletzende Wirkung, aber dabei so zu tun, als ob des anderen letztes Stündchen geschlagen hätte. Doch all das Training hatte ihm nicht genützt. Jetzt saß er irgendwo da oben, weinte diese Tropfen und wartete darauf, dass wir in einigen Jahren nachkommen würden und ihm Gesellschaft leisteten und dabei von Natalie berichteten, die inzwischen gut verheiratet war und sicher das eine oder andere Kind zur Welt gebracht hatte. Ich begann zu schmunzeln und schaute zu Lilly.

Ihre Knospen zeichneten sich keck und aufrecht durch das nasse Shirt ab. Sie zog ihre Füße in das Wageninnere und legte sich in meine Arme. Ihr ganzer Körper roch wie die Natur um uns herum, betäubend und elektrisierend. Nach Raps, feuchter Erde und ihrem Schoß.

„Seltsam, manche Bilder werden plötzlich wieder ganz lebendig."
Ich seufzte und nickte zustimmend. Lilly linste mich von unten an und wischte mit einem Daumen Tränen aus meinem Gesicht.

„Manchmal habe ich geträumt, dass dich die Kugeln getroffen hätten und du dann einfach weg gewesen wärst. – Ich weiß nicht, was ich dann gemacht hätte. – Plötzlich ist niemand mehr da und der Wegweiser fehlt. – Keine Ahnung, was ich dann hätte machen sollen."

„Ich kann es dir nicht sagen. Ich hab' mir nie diese Frage gestellt, ich hab' das die ganze Zeit verdrängt. Diese Gewalt und die Morde –, wie meine Eltern den Krieg früher. – Die Zeit ist ja doch weitergelaufen und die Überlebenden von damals sind körperlich unverwundet im Lauf der Jahre irgendwie darüber urteilslos alt geworden ..."
Lilly richtete sich ein wenig auf und ich konnte sehen, wie ihre Härchen auf dem Schoß einen Schatten unter dem feuchten Slip schufen. Wie magnetisiert schob ich meine Finger einem Fächer gleich zwischen den Stoff und ihre Haut und füllte meine Handfläche mit ihrem runden feuchten und warmen Hügel.

„... ich habe meinen Eltern diese Jahre zumindest nie angesehen, vielleicht ..."
Ich schaute in Lillys liebe Augen.

„... vielleicht versuche ich das Gleiche und hab deshalb viele Sachen einfach in so was wie einen Karton geschmissen, den ich bei Bedarf öffnen kann."
Lilly atmete tief ein und rutschte an mir hoch.

„Solange du mich nicht in den Karton wirfst, ist mir das egal."
Ihre Hand wanderte unter den Shorts zurück auf meinen bleichen Bauch.

„Ich habe immer versucht, die Dinge in eine Reihe zu bringen –, denke dabei immer, dass ich alles begreifen muss, damit ich dann weiß, was auf mich zukommt. – Ich will immer vorbereitet sein. Und bei dir komm ich nie dazu, du treibst dein Leben einfach nach vorne. – Ich weiß inzwischen, dass ich ein Bestandteil davon bin, und deshalb gebe ich es immer öfter auf, alles zu kapieren. – Und es geht mir bis jetzt gut dabei, trotz ..."
Ihre weichen Lippen schlossen sich um meinen Mund und ihre Zunge suchte meine. Ich glitt mit meiner Hand

zu ihrem Busen und fühlte die aufrechten Knospen. Mit einem Daumen hatte ich zuvor den Saum ihres Hemdes gefasst und schob dies nun über ihren Kopf, ihr Körper sank langsam auf meinen. Der R 16 hatte nur Vorteile, kein Gangknüppel oder eine Handbremse störte. Klappte man die Sitze nach hinten, entstand eine mehr als akzeptable Liegefläche. Ich hatte es Lilly damals ja versprochen.

Das Wasser prasselte weiterhin auf das Dach und sorgte mit der Musik aus dem Radio für eine fast heimelige Stimmung, die uns an die ersten gemeinsamen Tage in Paris erinnerten. Ich hatte die Lehnen inzwischen tatsächlich nach hinten geklappt und dadurch einen Platz für unsere Liebe geschaffen. Die Gegend hier war menschenleer und die holprige Straße hinter den Rapsfeldern verschwunden. Und der Rest war uns egal. Ich streichelte Lillys Haut, die sich gleichzeitig erhitzt und feucht an mich schmiegte, küsste sie und versuchte dabei keinen Quadratmillimeter auszulassen. Ihre Finger erkundeten meinen Po, zogen das Band der Hose locker und schlüpften unter ihr zu meinem Glied. Sie umschloss es fest, ließ es los und zog die Shorts über meine Knie. Ich hockte mich zwischen ihre Beine und betrachtete hungrig ihre Augen Lippen Haare Schultern Brüste und die tief atmende Brust, während sie dasselbe mit mir tat.

Meine Hände streichelten ihre Seiten entlang zu ihren Achseln. Ich hob sie hoch, trug sie ein wenig weiter nach hinten und wanderte mit den Händen auf ihrer Haut zu dem kleinen feuchten Höschen, ich schob es über ihre Schenkel und sie zog die Beine an, um herauszusteigen. Dann lagen wir beide nackt aneinander und ich küsste mir einen Weg zu ihrem Schoß, benetzte mein Gesicht und glitt mit meinen Lippen über die Innenseite ihrer Schenkel in die Kniekehlen. Ihre Beine öffneten sich und ich hob ihr Becken hoch, um mit meiner Zunge in sie einzutauchen. Ihre glitzernde Perle streckte sich mir erregt entgegen. Mit einem Finger betupfte ich diesen kleinen roten Knopf und ihr Körper zuckte. Sie zog mich hinauf an ihre Wangen.

„Komm ganz tief in mich."

Und im gleichen Moment begann ich wie von selbst in sie hineinzugleiten. Die Sonne brannte inzwischen höher stehend zwischen den herabfließenden Wasserbahnen durch die Scheiben und der sicher tausendste Regenbogen bewegte sich auf den Wagen zu. Unsere Körper waren heiß und nass – auch vom Schweiß. Ihre Zähne bissen in meine Lippen und ihre Erregung wurde spürbar. Sie legte die Hände um meinen Hals, drückte mich mit ihren Unterarmen nach unten und ich rutschte aus ihr heraus.

„Puh – ich heb gleich ab. – Bitte mach langsam."

Ich legte mich neben sie und sie streichelte mein pochendes Glied, zeichnete eine unsichtbare Linie auf dem Frenulum und ließ dadurch meinen Körper zittern. Einem Luftkissenboot gleich schwebten ihre Lippen über meinen Bauch, küssten und schlossen sich über meiner Spitze. Sie umkreiste sie mit ihrer Zunge und machte sich wieder auf den Weg zurück zu meinem Gesicht. In dieser Zeit hatte ich bereits zwei Finger in ihrer feuchten Grotte tief versenkt und mit einem weiteren Finger der anderen Hand um ihren Rücken herum ihre Klitoris gefunden, die ich mit ihrer Nässe sanft massierte. Draußen trommelte das Wasser weiter den passenden Rhythmus aufs Dach. Nie zuvor hatte ich das Gefühl gehabt, nackter gewesen zu sein als jetzt, was mich nun aber noch erregter machte und sie wohl spürte. Sie ließ sich fallen und zum ersten Mal hörte ich, wie sie seufzte, keuchte und keine Scheu hatte zu stöhnen. So erlebten wir unseren nahenden Gipfel. Dabei schaute ich ihr mit bebendem Körper und flackerndem Blick in die Augen. Kurz darauf zog sich ihr Tunnel eng um meine Finger und ich spritzte meinen Samen in heftigen Schüben in ihre Hände zwischen uns. Ihr Mund entließ ein entspanntes Gluckser. – In diesem Moment schienen wir auf diesen Teil der Welt aus unendlicher Höhe ganz leicht, glücklich und selbstverständlich zu schauen.

„Mein Gott, ich fliege. Halt mich fest!"
„Immer."
Ich schaute in ihre weit aufgerissenen Augen und sie rieselte wie der Sand einer Eieruhr langsam und stetig in mich hinein. Füllte mich mit Wärme, Freude, Sorglosigkeit und Glück. Alles um mich herum schien zu explodieren und hinterließ jedes Mal ein anderes Licht. Ich hätte mich auf den Kopf stellen müssen, um sie wieder aus mir herausrieseln zu lassen. Aber das erste Mal in meinem Leben war ich froh, nicht Dinge machen zu müssen, die ich mir überhaupt nicht mehr vorstellen konnte.

„Lilly, ich hab' dich sehr lieb."
Sie nickte.
„Ich weiß!"

***

Die Beerdigung fand damals im kleinsten Kreis statt. Wir wussten nicht, dass Jean keine Verwandtschaft hatte. Zumindest fanden wir in seinen ganzen Unterlagen keine weiteren Adressen, außer der alten, die seine Frau ihm irgendwann einmal hinterlassen hatte. Dort wusste aber auch niemand, wohin sie wohl gezogen war. Somit waren nur Lilly, Vivianne, Suzanne, Paul, Luc, Bénard und ich auf dem Friedhof. Ein alter kleiner Pfarrer hielt eine unwissende Rede, die so interessant war wie das Leben von Marlon Brando vor seiner Geburt. Ich hätte wetten können, dass er diese, nur durch wechselnde Namen verändert, immer wieder verwendete. Zumal er sie so emotionslos vorlas, wie einen Einkaufszettel im Supermarkt.

Nach einigen Minuten fing es an einem Ende des Friedhofs an zu schneien. Die leichte, fast gewichtslose Wand kam langsam und dichter werdend auf uns zu. Parallel dazu wanderten die letzten Sonnenstrahlen über den hinabgleitenden Sarg, bevor die ersten Flocken sich auf in setzten und wie unsere Tränen zerliefen.

Der Psalmenbeter war uns mittlerweile vollkommen egal, wir dachten an den verrückten letzten Wunsch von Jean, nahmen uns an den Händen und entleerten jeder eine Flasche Kronenbourger über seinem Grab. Alle weinten und sprachen ein Gebet für Jean oder einen Fluch auf Pablo. Der Pfaffe kippte eine kleine Schaufel mit Erde dazu, reichte uns mit anklagender Miene schnell die Hände und zockelte mit schnellen Schritten davon.

Wir waren tagelang danach wie amputiert im Kopf. Jeder spukte eher als Geist durch die Wohnung, arbeitete sich mechanisch durch sein Pensum und brach fast zusammen, wenn der Alltag gnadenlos einem plötzlich seine Sachen um die Ohren schlug. Keiner war fähig, Jeans Dinge nochmals durchzuschauen, ob nicht etwas von Bedeutung sei, um vielleicht irgendeine Schuld oder Verpflichtung zu begleichen. Alle dachten, dass er gleich durch die Tür käme und *Hallo* rufen würde.

Vor allem hatte es Luc getroffen. Er war regelrecht in einen Strudel geraten und reagierte die meiste Zeit übersteuert und gereizt. Er machte sich für Jeans Tod verantwortlich, er hatte das Telefon ignoriert. Das war unverzeihlich. Vivy war manchmal nicht mehr fähig, ihn zu beruhigen und ihn aus diesen Gedanken herauszureißen. Einige Tage später stand er dann im Wohnzimmer und gab seinen Beschluss bekannt. Es klang eher nach Flucht als nach zukünftiger Freiheit.

„Übermorgen kommt der Tieflader und holt die Presse ab. Ich kann diese Stadt nicht mal mehr riechen." Dabei fegte er mit einem Arm durch die Luft und räumte die Platte des alten Vertikos. Der ganze Plunder setzte das Surren fort und stob in alle Richtungen. Wir schauten uns an, dann auf den Boden. Wie die drei Affen saßen Lilly, Vivy und ich auf dem Sofa und hielten uns scheinbar Ohren, Mund und Augen zu.

„Und dann?"

„Und dann. Und dann. Und dann. Ich hau ab. Lisieux, Schanghai, Fidschi. Das ist mir scheißegal. – Wenn noch jemand mit will, kann er sich gerne anmelden."
Vivy stand auf und stellte sich bewegungslos vor ein Fenster und zeigte ihm deutlich ihren Rücken und er – drehte sich um und fuchtelte immer noch mit seinen Armen. Plötzlich stand er wieder in der Tür.

„Und diesen ganzen Mist hier könnt ihr euch an den Hut stecken. Macht 'n Feuerchen draus oder gebt's der Wohlfahrt. Würde mich freuen, wenn ihr dafür noch Geld bekommt. – Aber lasst mich um Gottes willen mit irgend 'nem Gesülze in Ruhe."
Innerhalb von zwei Tagen verkloppte er seine halbe mobiliare Vergangenheit. Fast alle in der Straße erhielten ein Stück für ein paar Francs fünfzig und seinen geliebten Volvo hätte er beinahe persönlich zum Schrott

gefahren, wenn nicht ein guter Geist es geschafft hätte ihn davon zu überzeugen, dass man ihn selbst auf den Fidschis ganz gut gebrauchen könnte.

Dann kam der Tieflader. Ein riesiges Monster, aufgeplustert mit Lämpchen, Fähnchen und Plastikfiguren, und zurechtgemacht wie ein Pfau auf Brautschau, mit dem man den Montmartre hätte transportieren können. Der Fahrer und sein Kompagnon sahen aus wie frisch entlassene Knochenbrecher. Sie jumpten aus der Fahrerkanzel wie Hartgummibälle, rauschten mit einem unförmigen Gabelstapler von der abgesenkten Ladefläche und kurvten mit ihm haargenau durch den engen Torgang des Hauses. Im gleichen Tempo kamen sie mit der aufgepickten Maschine wieder herausgedonnert und in nicht ganz drei Stunden war das Ding vertäut und rutschfest verankert. Dort oben auf der Ladefläche sah das Ding viel kleiner aus.

Während der ganzen Zeit hatten die beiden kein einziges Wort miteinander geredet, sondern nur Unmengen von Kaugummi zu Spuckkugeln verarbeitet, die fortwährend wie kleine Geschosse über die Straße flogen und auf das nächstbeste Hindernis klatschten. Luc reichte den beiden Riesen einen Zettel mit einer Adresse und ohne irgendwelche Zweifel an der Richtigkeit des angegebenen Ortes zu haben, zündeten sie ihren schimmernden Truck und der Diesel setzte sich dröhnend in Gang.

„Darf man mal erfahren, was auf dem Zettel stand?" Vivy hatte als Erste die Sprache wiedergefunden und fixierte Luc mit kalten Augen.

„Deine Adresse natürlich."

„Wenigstens denkst du bei deinen Unternehmungen noch an mich, aber wo, wenn ich fragen darf, stellst du das Ding hin? In den Vorgarten, aufs Dach oder in unser Schlafzimmer vielleicht? Ich kann auch die Nachbarn fragen, ob sie nicht ihre Garage räumen könnten." Luc schaute auf den Gehweg, spitzte seinen Mund und erwiderte ihren Blick.

„Nee, mein Schatz, aber unter einer Plane hinterm Haus. – Ich hab' Pauls Bekannten angerufen, der aus Le Bourget, der kommt mit seinem fahrbaren Kran und hievt das Ding über's Dach. – So einfach ist das. Die Idee kam mir schon damals auf der Baustelle. Und dafür hab' ich mein Konto gesprengt. Und im nächsten Sommer lass ich es in eine Halle bugsieren."
Er griff in eine Tasche und zog ein mindestens fünf Zentimeter dickes Päckchen mit Hundertfrancsscheinen heraus. Wir guckten ziemlich blöd und hatten dann jeder ein paar davon in unsren Händen.
„Nehmt's, der Transport kann so viel nicht kosten."

***

Als wir am nächsten Morgen zu Luc wollten, hing ein Umschlag an seiner Tür. In ihm waren der Schlüssel zur Wohnung und ein kurzer Brief, den Vivy noch schnell geschrieben haben muss, bevor sie gegangen waren.

Entschuldigt bitte. Aber Luc wollte nicht mehr tschüss sagen.
Wir sind bereits um 5 Uhr gefahren. Sind noch nicht in Lisieux! Sondern fahren jetzt irgendwo in den Süden.
Paul schaut, dass mit der Druckmaschine alles klappt.
Macht's gut. Wir melden uns irgendwie, wenn wir zurück sind.

Ach ja, den Peugeot würde gerne Que Wang (ich weiß nicht, wie der sich schreibt), von den Vietnamesen haben. Wir glauben, es wäre Jean sicher recht. Er hat ja oft für ihn die Speisen ausgefahren.
Wie wir das dann mit dem ganzen Geld machen, können wir später noch ausmachen.

Küsse V + L

Könnt ihr den Eisschrank gebrauchen?

Ich sah sie regelrecht winken und die Autotüren zuschmeißen. Vivy war in diesem Moment sicher immer noch nicht von Lucs Vorhaben überzeugt.

„Der Eisschrank. – Sonst haben die keine Probleme. Hat er denn die Wohnung überhaupt schon gekündigt?"

Lilly probierte den Schlüssel und öffnete die Tür. Der Flur stand voll mit Kartons, auseinandergebauten Schränken und aufgerollten Teppichen. An jedem Teil hing ein Zettel mit einem Namen, und wann derjenige es abholen wollte. Sie mussten die ganze Nacht über den Schraubenzieher geschwungen haben. Der einzige Raum, der fast wie sonst aussah, war die Küche, in der auch sein geliebtes Gefriermonument stand und leise vor sich hin summte.

Er war immer noch randvoll. Jetzt hatte Luc seine Katastrophe und die ganzen Vorräte versauerten hier nun ohne ihn. Ich schnappte mir eine Dose Bier und biss in eine fette Salami, die mit den Minustemperaturen sicher nicht einverstanden war. Lilly lehnte sich an die Tür des Gerätes und ließ sie dadurch langsam wieder zuschlagen.

„Und nun? Was hast du vor?"

„Mit dem Ding hier? Gott, keine Ahnung. Wohin sollen wir's denn stellen."

„Puh, ich mein doch nicht dieses Ungetüm. – Was machen *wir*? Jeans Wohnung muss bis Ende des Monats geräumt sein und Luc hat sich aus dem Staub – na ja, sagen wir, er ist halt abgehauen."
Ich schlug mit den flachen Händen auf den Küchentisch und gab dem Stuhl einen Schlag. Er tänzelte und kippte lärmend um.

„Schön, und wir dürfen jetzt hier klar Schiff machen. Als Erstes werde ich mal Käse-Henry fragen, ob der was weiß wegen der Wohnung. – Mann, wenn ich das alles hier sehe, krieg ich 'ne Meise. Ich hab' einfach keine Lust mehr. – Weißt du was? Wir machen *ganz einfach* schnell Ordnung und dann auch ab durch die Mitte."
Lilly rollte ihren Kopf in den Nacken und hielt sich die Fingerspitzen vor die Lippen, auf die sie biss, ihr Blick turnte durch die Zimmer.

„Dann lass uns mal gleich anfangen."
Henry war natürlich überhaupt nicht eingeweiht. Er hatte nur in aller Frühe gesehen, als er auf den Großmarkt wollte, wie die zwei in den Volvo gestiegen und losgefahren waren. Sein Kopf zappelte auf dem Hals hin und her und dann meinte er, dass wir ihm ruhig den Tag über den Schlüssel geben könnten, solange er aufhabe, würde er gerne Lucs Bekannte rein- und ihre Sachen holen lassen.

Da er gerade in Geberlaune zu sein schien, bat ich ihn noch um seinen Lieferwagen, um den Eisschrank doch noch aus der Wohnung zu holen. Ich hatte zwar keinen blassen Schimmer, wohin ich ihn hätte bringen können, aber dieses Symbol unserer oft in dieser Küche gemeinsam verbrachten Abende und Nächte durfte nicht in fremde Hände geraten.

In einer Art Blitzaktion leerte ich das Ding zusammen mit Lilly, fuhr die Lebensmittel in Jeans Bude und bugsierte es in einer halsbrecherischen Aktion mit ein paar jungen Kerlen, die auf der Straße meinten, sie müssten mit ihrem Frisbee den Verkehr blockieren, die Treppen hinunter. Beinahe wäre der Koloss uns durchs Geländer gesaust, wie in jeder drittklassigen Klavierträgerposse. Unten angekommen gaben wir den Schlüssel Henry und Lilly schaute mich an, klopfte gegen den Apparillo und wies still mit dem Kopf in Henrys Richtung. Ich zögerte nur kurz, dann lächelte ich.

„Wenn du immer zwei Kronenbourger drin hast, kannst du ihn behalten."

Henry war sofort begeistert.

***

Am Ende der Woche hatten wir Jeans Papiere durchgesehen und sortiert, das Auto Ki Wan für gute zwölftausend verkauft und das Geld auf ein Konto für Natalie eingezahlt.

Manchmal saß ich dann minutenlang am Tisch, schaute aus dem Fenster und ließ Bilder der vergangenen Jahre dort draußen wie einen Kinofilm ablaufen. Jetzt war alles mit einem Mal plötzlich zu Ende, jeder ging seinen Weg, hatte sich von den anderen losgeeist und versuchte seinen Kopf klar zu bekommen.

Während ich die letzten Zettel in die Hand nahm, um sie in einen Ordner zu tun, fiel ein Brief wie ein schweres Herbstblatt zu Boden. Ich erkannte die Schrift sofort, es war die seiner Geschiedenen. Ich wollte ihn gerade zu den anderen Blättern schieben, als ich das Datum las. Er musste ihn vor fast genau drei Monaten erhalten haben.

In wenigen Sekunden war klar, warum er jegliche Suche aufgegeben hatte. Ein paar Wochen vorher hatte sie geheiratet und ihr neuer Mann hatte die Kleine adoptiert und sie war nun nicht mehr auf seine Almosen angewiesen. *Hör endlich auf, andauernd hinter mir her zu schnüffeln!* Es lag eine Kopie der Adoptionsurkunde bei und ein Foto, auf dem Natalie ihrem neuen Vater einen zärtlichen Kuss gab. Sie war groß geworden und der Typ sah sogar ziemlich nett aus. Ein Dolchstoß für Jean. Dass er damals sich dann so besoffen hatte, war jetzt mehr als verständlich. Aber dass er nun die neue Adresse gewusst hatte und nicht einfach mal hingefahren war, verstand ich weniger. In meinen Augen hätte sie eine Abreibung verdient gehabt.

Lilly stand derweil hinter mir und hatte mitgelesen. Sie wusste sofort, was los war, und drückte mir einen Kuss ins Haar. Ich spürte ihre zarten Lippen.

„Warum hat er uns das nie erzählt? Er konnte es wohl nicht vertragen, wenn man wusste, wie schlecht es ihm ging. – Wir sollten denen Bescheid sagen."
Sie ließ meinen Kopf los und klopfte mit den Händen aufmunternd auf meine Schultern.

„Lass es uns hinter uns bringen."
Ich schaute sie etwas abwesend an, nahm ihre Hände und wollte zum Telefon.

„Vielleicht ist ein Brief besser. Wir legen dann das Sparbuch einfach dazu."

„Eigentlich würd' ich von der Tante die Stimme hören wollen, um zu wissen, ob sie getroffen ist. Rein theoretisch müssten Eiswürfel aus dem Hörer kommen."
Ich zuckte mit den Schultern und erhielt über die Auskunft die Nummer.

Erst am späten Abend hatten wir einen Anschluss und hatten ihn an der Strippe. Seine Stimme war überaus angenehm und bestätigte den Eindruck vom Foto. Ich begann ihm mit Auslassungen das Entscheidende zu erzählen und er antwortete auf alles lediglich mit *Hmm, so was, nun ja* und anderen kurzen Silben. Er fragte nicht nach uns, nach dem, was nun wäre, wie alles geregelt sei. Ihm schien nichts leidzutun und nach Jeans Hinterlassenschaft, Geld oder anderem erkundigte er sich genauso wenig, wie er auf die Bitte einging, seine Frau an den Apparat zu holen. Nicht weil er nicht wollte, dass sie diese Nachricht hörte, sondern weil sie gerade beschäftigt sei. Doch Eiswürfel.

Am liebsten hätte ich die Leitung aus der Wand gerissen und gehofft, dass er am anderen Ende hing und richtig schön blöd aus der Wäsche gucken würde, wenn er dann was auf seine Fresse bekommen hätte. Auch wenn er Jean nicht gekannt hatte, war sein Verhalten beschissen. Mir tat Natalie leid, kurz entschlossen sagte ich ihm nichts von dem Sparbuch, vergaß zu grüßen und hämmerte den Hörer in die Gabel. Natalies Adresse würde ich auch so herausbekommen.

„Dieses dumme Schwein."

Meine Seele fing an zu kochen.

„Was glaubt der eigentlich, wer er ist?"

Lilly schaute mich an und schüttelte den Kopf.

„Ich möchte zu gerne wissen, was damals die beiden zusammengebracht hat."

Ich gab Lilly ein vergilbtes Foto rüber und sie zog die Brauen hoch.

„Sie?"

Ich nickte.

„Schön und hohl."

***

Tagelang trauten wir uns nicht aus der Wohnung, weil wir hofften, dass die zwei *Flüchtlinge* anrufen würden. Wir wollten endlich einen Schlussstrich ziehen, sagen, dass alles in Ordnung sei, und uns auch absetzen.

Nach vierzehn Tagen war dann nicht einmal eine Karte gekommen und in Lisieux wusste auch keiner, wo sie steckten.

An einem Abend bei François, der gerade dabei war, einige Touris übers Ohr zu hauen, und sich dann an unsere Brust warf, um sein Beileid möglichst deutlich kundzutun, tauchte Bénard auf. Er hatte wohl geahnt, dass, wenn wir nicht in Jeans Wohnung wären, wir hierhin kommen würden. Sein Gesicht schien bleich und eingefallen. Er ließ sich in einen Stuhl an unserem Tisch sacken, streckte die Füße weit von sich und hielt mit den Händen die hinteren Stuhlbeine so fest, dass die Knöchel weiß hervortraten. Wir beobachteten seine Bewegungen und nahmen dabei selbst eine verkrampfte Haltung an. Seine Ausführungen klangen mathematisch erbarmungslos und zeigten, dass er in diesem Moment lieber all die Jahre den Beruf eines kleinen Bauern oder unbedarften Fabrikarbeiters gehabt hätte, von denen man außer Sorgfalt, ständige Anwesenheit und Verfügbarkeit nichts weiter verlangte, um sich durch sie zu bereichern.

„Es hat nie Marokkaner gegeben in unserem Fall. Gestern haben wir die Aufzeichnungen von Pablo gefunden. Er war derjenige, den wir hätten verfolgen müssen. Er hatte eine Liste mit Namen durch unsere Leute erstellen lassen, auf der alle Namen sowohl von Carons Mitwissern als auch den Leuten rund um

LaCluse draufstanden. Dann ließ er ihm mitteilen, dass er sie ihm als guter Freund zukommen lassen würde ..." Bénard ließ die Stuhlbeine los und beugte sich über ein Glas Ricard, das er unverdünnt hinunterstürzte und wieder auffüllen ließ. Er holte tief Luft und verschluckte dabei ein Aufstoßen.

„... natürlich wusste er, was er dadurch auslösen würde, zumal er ihn noch durch ein weiteres Telefonat davon in Kenntnis setzte, was wir alles über ihn erfahren haben. Pablo hoffte, dass sich LaCluse wehren würde, um dann für ihn reinen Tisch zu machen. Dann kamt ihr und er wusste nicht, wer ihr seid. Mir gegenüber sprach er von ‚weiteren Elementen' und in einer Aufzeichnung, die ich in seinem Schreibtisch gefunden habe, hat er, nachdem er merkte, dass die Sache brenzlig wurde, noch versucht eine Russen-Mafia einzubauen, um alle vollends zu verwirren. Statt Verdacht zu schöpfen, weil er im Gegensatz zu früher plötzlich bis in die Haarspitzen motiviert war, übergab ich ihm auch noch den größten Teil des Falles und der Organisation und er arrangierte prompt die Sachen mit Lillys Entführung, die am *Mémorial* und den ganzen anderen Rest. Alles musste so aussehen, als sei er der große Zampano. Und es sollte natürlich glimpflich für ihn ausgehen, denn sonst wäre durch irgendeine kleine Dummheit *seine* Sache aufgeflogen."

„Klasse, superglimpflich. Am *Mémorial* wären wir deshalb fast alle hopsgegangen, überhaupt jedes Mal, wenn einer von denen aufkreuzte. Und keiner hat was gemerkt und ihr gepennt."

Ich stand über dem Tisch und hatte seinen Kragen gepackt. Bénards Kopf zuckte hoch und sein Blick bestätigte alle schwelenden Vermutungen. François trennte uns im Vorbeigehen, bevor ich einen Schlag ansetzen konnte. Bénard hob die Hände.

„Ich kam erst drauf, als ich am Abend zuvor Pablo suchte, um bei einem Glas Bier alles noch mal durchzugehen. Einer aus einer anderen Abteilung sagte mir dann, dass er mit einem Wisch los ist und die zwei Typen geholt hat. Durch mich wusste er ja Bescheid, dass ihr wieder in der Stadt wart und in Le Bourget konnte er nichts machen, denn da wusste nur ich, wo ich euch untergebracht hatte. Aber dann war alles zu spät. Ich hatte noch versucht euch anzurufen."

Ich schlug ihm fast das Kinn durch den Hals. Die Wucht des Schlages warf mich und den Tisch nach vorne, rammte ihm krachend die runde Kante in die Rippen, während ich auf der anderen Seite mit einem Wasserschleier vor den Augen runterrutschte und von Händen heftig nach hinten gezogen wurde.

François knallte mir einen nassen Fummel ins Gesicht. Die ganzen Touris waren aufgesprungen und nicht hinausgerannt, sondern gafften. Ich fuchtelte mit meinen Armen, wehrte mich gegen helfende und schlagende Hände und spürte dann Lillys Wangen an meinem Gesicht. Ich zog mich an ihr hoch und rieb mir meinen Nacken. Vor mir kniete Bénard, stützte sich auf seine Hände und rang nach Luft, François versuchte ihn hochzuheben.

„Tut mir alles sehr leid. – Wenn ich noch was für euch ..."

Er stand und seine Arme fielen an seinem Körper entlang. Das tropfende Blut, das aus seiner geplatzten Lippe quoll, störte ihn nicht. François verteilte an den Tischen Cognac und eine aufgesetzte beruhigende Heiterkeit.

Mein Kopf schien jeglichen Inhalts beraubt, ein Vakuum breitete sich in ihm aus und ich war nicht einmal mehr fähig eine Bewegung auszuüben. Lilly schob mich in einen Stuhl und nahm Bénard am Arm. Mit einem Tuch an seinem Mund begleitete sie ihn hinaus. Vor der Tür, die langsam zurückschwang, blieb sie eine Weile stehen und redete mit ihm. Durch die Scheiben sandte sie mir ab und zu ein beruhigendes Lächeln. Nach einer kurzen Weile wurde ihr Blick plötzlich ernst. Sie schüttelte den Kopf und griff Bénards Unterarm, der sich dann von ihr verabschiedete und mir durch die Scheiben mit hängendem Kopf zuwinkte.

„Man hat ihn beurlaubt und angeboten, sich versetzen zu lassen, bevor ein Verfahren ihn arbeitslos macht."

Die Worte hatten keinerlei Bedeutung für mich, sie touchierten mich lediglich und prallten dann wieder von mir ab. Ich verzog das Gesicht und zuckte mit den Schultern. Der Tod hatte vor wenigen Augenblicken gezeigt, wie knapp er an uns seine Sense vorbeigeschlagen hatte. Und ich wusste in diesem Moment nicht, ob ich es als Glück verstehen sollte. Da kam es mir auf einen arbeitslosen Bullen mehr oder weniger nicht an. Er hatte seinen Teil der Arbeit zu gut in den Sand gesetzt.

„Du, das ist mir gerade verdammt egal."

Ich nahm sie in den Arm, kurvte um den wieder aufgestellten Tisch, kehrte mit einem Fuß die Scherben zusammen und klebte einen von Lucs Scheinen in eine Pfütze auf die Theke. An der Tür schaute ich zu François.

„Vielleicht sieht man sich mal wieder."

Ich versuchte versöhnlich auszusehen.

***

Vier Tage danach nahm ich mein geerbtes Geld und eine Summe, die auf dem Konto von Jean auf Benutzung wartete, und kaufte uns den R 16. Vivy und Luc waren immer noch wie vom Erdboden verschluckt. Das Auto stand auf dem Hof der *Garage Gauthier* und war ziemlich eingestaubt. Ohne mich um Lilly und ihren Einwand, *der Laden hier ist doch viel zu teuer,* zu kümmern, inspizierte ich den Wagen und schaute durch die Scheiben. Es stimmte tatsächlich, kein Gangknüppel und keine Handbremse, eine richtig schnieke Beziehungskiste. Sogar die Farbe passte. Knallrot.

Lillys Versuche, mich am Kauf zu hindern, scheiterten spätestens, als sie meine glänzenden Augen sah. Doch als der Händler versuchte, mich wie eine schwer tragende Kuh zu melken, wurde ich wieder wach. Laut protestierend und dadurch das Interesse aller anderen Kunden auf uns ziehend, schaffte ich es, dass der Heini mit bittendem Lächeln seine Forderung vergaß und mir den Wagen für lächerliche siebeneinhalbtausend überließ, während Lilly neben mir unruhig hin und her hüpfte und ihre Augen mich anflehten, mich zu beherrschen.

„Ich glaub, du bist total verrückt geworden. So eine alte Mühle, guck doch mal wie die hinten runterhängt." Ich küsste ihr süßes wütendes Gesicht und öffnete die Beifahrertür. Drinnen roch es etwas muffig, aber ansonsten war es hier sauberer als auf dem Lack. Lilly plumpste mit langem Gesicht in den Sitz und ich testete, als ich neben ihr Platz genommen hatte, die Vorzüge des neuen Autos. Ich drückte sie an mich und sie klemmte ihre Arme vor Gesicht und Brust.

Die Sitze knarrten, das Zündschloss klemmte und die Lenkung musste dringend geschmiert werden. Aber die Leute von Renault waren Künstler in Sachen Schaltung, die funktionierte mit dem kleinen Finger. Wir rollten vor die Zapfsäulen, füllten den Tank und rauschten zur nächsten Waschstraße. Ein junges Girl mit langen schwarzen und störrischen Haaren sprang auf unseren Wagen zu.

„Soll ich Ihnen die Scheiben putzen?"

Ein Mega-T-Shirt baumelte um ihren schlanken und schon wohlgeformten Körper. Die viel zu große Jeans, die sie wohl von ihrem dicken Vater hatte, war mit einem Gürtel in ihrer kindlichen Wespentaille zusammengeschnürt. Doch die weiten Sachen versteckten nur notdürftig den unaufhaltsamen Drang ihres Körpers erwachsen zu werden. Zumal sie sich mit einem Lidschatten, der so breit wie der Amazonas um ihre Augen floss, versuchte älter zu machen. Auf ihrem Shirt stand *Nezihe*, das klang nach einem orientalischen Namen.

„Das ist türkisch."

Ich gab ihr fünfzig Francs und beobachtete, wie sie geschickt mit einem Schwamm und einer Gummilippe an einem langen Stock die Scheiben reinigte, dann kam ihr dicker Vater und wies uns in die Waschstraße ein. Lilly und ich blieben sitzen. Sie hatte sich inzwischen an den Wagen gewöhnt und legte ihren Kopf auf meine Schulter.

„Hauen wir morgen ab?"

„Das kannst du glauben. Koffer packen und ab."

Am nächsten Morgen luden wir unsere wenigen Sachen in den Kofferraum und gaben Jeans Wohnungsschlüssel dem Hausbesitzer, der sich um alles Weitere kümmern wollte. Die meisten Dinge waren ohnehin ausgeräumt und am Ende bei verschiedenen Wohlfahrten abgegeben.

Im Türrahmen stehend schaute ich noch einmal auf ein paar einsam zurückgebliebene Möbelstücke, die von einem Augenblick zum anderen unbrauchbar und leblos wirkten. Jean schien vom Fenster ein letztes Mal zu winken. In Gedanken grüßte ich zurück und küsste Lilly. Sie schlüpfte unter meinen Arm und ich schloss langsam die Tür.

***

Der Duft von Lillys Haut machte mich betrunken. Ich umwickelte mit meinen Armen ihren zierlichen Körper und fühlte ihn überall. Wir lagen schon einige Zeit einfach nebeneinander, hatten uns gestreichelt, Dinge erzählt, den Schweiß von uns abgewischt, uns angeschaut und tausend Leben versprochen.

Das Wasser rauschte weiterhin die Scheiben hinunter und die Hitze im Wagen nahm nicht ab. Ich kletterte über Lilly zur anderen Tür, ließ mich kurz auf ihren Körper und in ihre Wärme sinken und stieg aus. Sofort erwischte mich einer der kalten Wasserstrahlen und duschte mich ab.

„Buuah! – Saukalt! Tut das gut!"

Lilly hatte sich hingesetzt und lachte zu mir herüber. Dann sprang sie auf und rannte unter dem Regen hindurch. Sie fiel gegen mich und ich um. Wir rieben uns ab, ließen das Wasser an unseren Körpern hinabrieseln und kühlten uns Arm in Arm ab. Jeder erkundete dabei noch einmal des anderen Körpers, sein Gesicht und Schoß. Gerade als Lilly mit einer letzten Welle und einem hellen Seufzen ins Paradies enteilte, stellten die Berieselungsanlagen ihren Dienst ein. Maulend hob ich meinen Kopf, doch Lilly zog mich zu ihren Lippen. Ihre Stimme klang ohne Zweifel glücklich.

„Augenblick! – Nur kleine Pause. – Bitte. – Bin gleich wieder da."

Dann verschwand sie hinter einem Gebüsch und ich hörte es plätschern. Zurück am Wagen lehnte sie sich an mich. Wir hatten uns abgetrocknet und schauten über die Felder. Die Rapsblüten trockneten schnell in der warmen Luft und versprühten ihren herben Geruch. Dann zog ich lediglich meine Shorts und Lilly ihre zwei dünnen Teilchen wieder an. Anschließend setzte ich langsam rückwärts und fuhr auf der kleinen Straße wieder in Richtung der Halbinsel.

Es war noch nicht allzu spät an diesem Nachmittag. Deshalb bog ich in Crozon nach links und fuhr durch Morgat zum Cap. Lilly hatte ihre Beine wieder auf den Spiegel gelegt und war mit sich und der Welt zufrieden, die sich hier in die karge Heidelandschaft zu ducken schien. Jedes Haus lugte gerade noch aus dem Boden, um dem ständigen Wind keine Angriffsfläche zu bieten. Mich wunderte es jedes Mal, dass über all die Jahre die Ziegel auf den Dächern geblieben sind.

Hinter Saint-Hernot konnten wir rechts hinter uns die zerklüftete Küste sehen und die Pointe de Pen Hir im Hintergrund auf der scharfen Linie der Hügel thronend erkennen. Wir fuhren an dem riesigen Signalmast vorbei, der den Himmel wie ein Messer in zwei Hälften schnitt, und parkten den Wagen in der Nähe des ehemaligen Beobachtungsstandes der Boches. Auf ihm sitzend sahen wir über das Meer, das hier ständig Arbeit hatte. Rechts unter uns tobten die Wellen mit ganzer Kraft über die Felsen, die im Meer vor der Landzunge lagen, peitschten die Wassermassen dem Himmel zu und fielen in sich selbst wieder zusammen. Der Horizont war heute wie frisch gereinigt. Nur im Westen schob sich allmählich eine dunkle Wolkenwand Regen versprechend dem Land entgegen, während weit drüben im Osten, auf der anderen Seite der Bucht, sich die grünen Hügel mit weiß schimmernden Dörfern lieblich fast bis nach Quimper streckten.

Irgendwo dort hinten an der Kante des Horizontes, an der das Meer wie der Niagara-Fall hinunterstürzen musste, dümpelte mein Karton mit den Erinnerungsstücken. Als ich genauer hinsah, machte ich meine Mutter aus, wie sie mir zuzwinkerte und ihre Hand mit dem Daumen nach oben von sich streckte. Ich nickte in ihre Richtung und verstand. Dann hatte mich das Rauschen des Meeres wieder auf meinen Platz gespült.

Einige knospende Strandnelken trotzten zwischen den Felsen jeglichem Sturm und Salz, das bei dieser Hitze nahezu pur auf die Blüten niederrieselte. Eine neue Wassersäule bäumte sich auf, klatschte wuchtig gegen den in den letzten Jahrtausenden rund gewordenen Stein und türmte sich wie eine glitzernde Lanze nach oben. Die Wolkenwand war noch zu weit entfernt. Die Lanze stach nicht in sie hinein, um sie aufhalten zu können, sondern löste sich auf und formierte sich weit draußen im Meer mit neuem Schwung und Wasser zu einem weiteren Angriff.

Die Flut ergoss sich in die trockenen Spalten zwischen den Felsen, stob an den Quadern zu einer gläsernen Wand senkrecht hinauf und zerbrach glitzernd in Tausenden von Tropfen, die wie Diamanten in den Sonnenstrahlen aufblitzten. Fast ohne Bewegung verharrten sie in der Luft, bis die oberen schwer die anderen mit auf die manchmal grünen Felsen rissen und dort zwischen den Algen und Anemonen zerrannen.

Welle um Welle wütete draußen unter dem stärker werdenden Wind. Schaumkronen krönten nun die vormals kleinen Prinzen der nassen Naturgewalten. Stellten sich trotzig dem harten Stein entgegen, ohne daran zu denken, dass die nächste Ebbe sie wieder erschlaffend in die Ferne ziehen würde, um den dann nicht mehr verschütteten Lebewesen in der unwirtlichen Umgebung neuen Atem und neues Licht zu spenden. Nirgendwo wurde der Kreislauf der Natur so deutlich wie hier an den Vorposten des verschonten Hinterlandes.

In der noch nicht so von Handtüchern und eingeschmierten Lethargikern belagerten Bucht von Morgat stocherten derweil die Wattvögel nach den Wattwürmern, verschlangen sie einzeln wie ein Kind seine Spaghetti und vertrieben sich gegenseitig von dem nächsten möglichen Opfer, das die Zeit ausnützte und in seinem Schlickloch verschwand.

Lilly lag neben mir, malte Fantasiebilder in den aufbrausenden Himmel und ließ sich den Wind in ihre Nase wehen. Ab und zu blinzelte sie mit den Augen, schätzte die noch zur Verfügung stehende Sonnenscheindauer und schlummerte dann wunschlos und selig weiter. Eine Hand von ihr war noch wach, suchte meine und zog sie zu sich herüber. Sie küsste mich in die Hand und schaute mich mit großen braunen Augen an, die mich beinahe verschlangen.

„Weißt du, dass du Macht über mich hast? Und du nützt sie nicht mal besonders aus, aber ..."
Ich spürte, wie ich rot wurde, und ließ meinen Blick von ihr zur nun doch dicht herangerückten Wolkenwand gleiten. Sie setzte sich auf und der glücklichste Blick der Erde brannte sich in meinem Herz ein. Und dann war Lilly da, mit ihrer ganzen Liebe und ich wusste, in diesem Moment war es noch nicht alles:
„Ich möchte ein Kind von dir."

Ich schaute zum Horizont, sah noch einmal meine Mutter über diese Linie zu uns schauen und ihren Daumen, der nach oben zeigte. In genau diesem Augenblick fing der Himmel wie ich aus lauter Freude an zu weinen. Dicke Tropfen platschten um uns immer schneller auf den Boden, die Erde und Steine. Sie hielt noch meine Hand, betrachtete sie dabei, wie sich unsere Finger umarmten. Ich presste sie an mich und flüsterte meine Freude in ihre Ohren. Ihre und meine Tränen vermischten sich mit dem Regen. Wir standen auf und spurteten lachend zum Wagen, mein klitschnasses Hemd über unsere Köpfe gezogen, schlugen dir Türen zu und legten uns in die Arme wie damals in dem unverschämten Gelb des Rapsfeldes. Nur draußen hinterließ die Welt schmuddelige Schlieren auf den Scheiben, uns schien sie nämlich den Dreck von Paris endlich abgewaschen zu haben.